La isla y los demonios
Carmen Laforet

Carmen
Laforet

La isla y los demonios

Ediciones Destino
Colección
Destinolibro
Volumen 38

Consell de Cent, 425. 08009 Barcelona
Primera edición: febrero 1952
Primera edición en Destinolibro: marzo 1977
Segunda edición en Destinolibro: octubre 1991
ISBN: 84-233-0681-X
Depósito legal: B. 36.085-1991
Impreso por Limpergraf, S.A.
Carrer del Riu, 17. Ripollet del Vallès (Barcelona)
Impreso en España - Printed in Spain

A Carmen Castro de Zubiri, que con su admirable y abnegado sentido de la amistad ha contribuido, en gran parte, a que este libro pueda ver la luz. Con admiración y cariño.

A mi padre, arquitecto de las Palmas. A todos los parientes y amigos que tengo en la isla, donde pasé los mejores años de mi vida... Sin demonios.

PRIMERA PARTE

I

ESTE relato comienza un día de noviembre de 1938. Marta Camino llegó hasta el borde del agua, en el muelle en que debía atracar el correo de la Península. Su figurilla de adolescente se recortó un momento a contraluz, con la falda oscura y el jersey claro, de mangas cortas. El aliento del mar, muy ligero aquel día, le empujó los cabellos, que brillaban cortos, pajizos. Se puso la mano sobre los ojos, y toda su cara parecía anhelante y emocionada. El barco, en aquel momento, estaba dando la vuelta al espigón grande y entraba en el Puerto de la Luz.

La bahía espejeaba. Una niebla de luz difuminaba los contornos de los buques anclados y de algunos veleros con las inútiles velas lacias. La ciudad de Las Palmas, tendida al lado del mar, aparecía temblorosa, blanca, con sus jardines y sus palmeras.

El gran puerto había conocido días de más movimiento que aquellos de la guerra civil. De todas maneras, cajas de plátanos y tomates se apilaban en los muelles dispuestas al embarque. Olía a paja, a brea, a polvo y yodo marino.

Las sirenas del barco empezaron a oírse cortando aquel aire luminoso, asustando a las gaviotas. El buque se acercó lentamente en el mediodía. Venía, entre la Ciudad Jardín y el espigón grande, hacia la muchacha. Ella sintió que le latía con fuerza el corazón. El mar estaba tan calmado que, en algunos trozos, parecía sonrosarse como si allí abajo se desangrase alguien. Una barca de motor cruzó a lo lejos y su estela formaba una espuma lívida, una raya blanca en aquella calma.

De repente, cuando se empezaban a distinguir con claridad las atestadas cubiertas del barco y hasta surgían algunos pañuelos, Marta se dio cuenta de que había mucha gente junto a ella, detrás de ella, a su lado, aglomerándose para saludar aquella llegada. En aquellos tiempos el correo de la Península venía siempre lleno de soldados con permiso desde el frente.

José Camino, un hombre alto, flaco y rubio, cogió del brazo a su hermana y la apartó de aquel borde del agua.

—¿Estás loca? Pino se está poniendo nerviosa; dice que te vas a caer.

La hizo retroceder unos pasos, y ahora quedó la muchacha entre su hermano y su cuñada. Entre los dos parecía insignificante e infantil.

En realidad, Marta tenía la misma estatura que Pino, que era una mujer bien plantada, joven, morena, de caderas amplias y cintura muy breve, vestida con lujo rebuscado algo impropio de aquella ocasión y aquella hora. Pino llevaba unos tacones altísimos y Marta sandalias bajas; esto la hacía parecer más pequeña junto a la otra mujer.

José resultaba un hombre serio, importante. Era más rubio y más blanco que su hermana; su piel parecía la de un nórdico, porque no se tostaba. Se enrojecía a cada instante, por la influencia del aire o del sol, o simplemente de sus emociones. En nada más que en el cabello claro se parecían Marta y él, afortunadamente para la muchacha. José tenía algo extraño y como muerto en las facciones. Su nariz era enorme, caída. Sus ojos, saltones y de un desagradable color azul desteñido. Siempre vestía de negro y siempre sus trajes eran impecables.

El buque se acercó tanto que Marta se notó envuelta en un doble griterío. La gente del muelle se volvía frenética al distinguir los rostros de los pasajeros, y éstos desbordaban su entusiasmo. Marta sólo veía allí, en las cubiertas, soldados, hombres de la guerra con sus mantas. Había muchos barbudos. Casi sentía su olor... Miraba ansiosamente entre ellos y sobre ellos, y, al fin, en la cubierta más alta, vio unas figuras civiles. Había señoras, y pensó que entre aquéllos debían estar sus parientes. Consultó con la cara de José, quien en aquel momento sacaba su pañuelo del bolsillo y empezaba a agitarlo: en efecto, hacia allí miraba. Después de haberlos esperado tanto, de haber soñado durante dos meses con su llegada, Marta se sintió repentinamente tímida.

Los que llegaban se habían sentido deprimidos poco antes, cuando el barco pasó delante de unos acantilados secos, heridos por el sol.

En aquella cubierta alta, apoyados en la barandilla, estaban dos mujeres y dos hombres que por primera vez llegaban a la isla. Tres de ellos, las dos mujeres y un caballero maduro de cabello rojizo, pertenecían a la familia Camino; el cuarto era un hombre joven, un amigo a quien la guerra civil había desarraigado de su familia y que tuvo la ocurrencia de marchar a las Canarias cuando supo que los otros tres se venían a las islas. El aspecto de este hombre no era muy elegante ni cuidado; sin embargo, en aquella época difícil, tenía la extraña suerte de poseer suficiente dinero para permitirse vivir donde quisiera, aunque sin grandes lujos. Su ocupación también lo permitía: era pintor, pero, en verdad, hacía mucho tiempo que no vendía un solo cuadro.

Apoyado en la barandilla, junto a la exuberante y madura señorita que era Honesta Camino, Pablo, el pintor, resultaba muy joven. Aún lo era más de lo que parecía, porque su cara morena, de rasgos sensuales y simpáticos, estaba marcada por azares de una vida en la que no siempre había salido bien parado. En realidad, Pablo estaba aún en la edad militar, pero padecía desde la infancia una cojera que le libraba de las obligaciones de la guerra.

Los otros tres, Honesta, Daniel Camino y la mujer de éste, Matilde, venían en calidad de refugiados a la isla. Buscaban en aquellos tiempos agitados el amparo de unos sobrinos que estaban en buena posición. Su vida, desde el principio de la guerra civil, había sido muy penosa. Los sucesos les sorprendieron en Madrid, donde vivían siempre. De allí pasaron a Francia hasta recibir la invitación hospitalaria de José Camino. Ahora se arrimaban unos a otros al ver la nueva tierra desconocida. El aire de aquella tierra les caldeaba sus rostros de personas ya maduras que expresaban un cierto estupor en los dos hermanos Camino y fatiga en la flaca cara de Matilde.

Honesta se había estremecido cuando el barco pasó por delante de aquella costa llena de acantilados tristes y estériles.

—¡Yo creía que veníamos a un paraíso!

Matilde, una mujer alta y pálida, que a pesar del día primaveral se arrebujaba en un gran abrigo, y que había sufrido horribles mareos durante el viaje, la miró con ironía.

—Nada de paraísos. Estas islas son terribles.

Matilde era licenciada en Historia. Se suponía que sus juicios eran inapelables.

Pablo, con los ojos sonrientes debajo de sus cejas negras, intervino diciéndole que no fuese tan pesimista.

Daniel Camino, que, en contraste con su mujer, era bajito, gordinflón y muy pecoso, se manifestaba inquieto.

—Debemos estar dando la vuelta a la isleta —volvió a decir Matilde.

Del bolsillo de su abrigo sacó un mapa del archipiélago, que desde que habían decidido emprender el viaje tenía siempre a mano. Allí aparecían las siete islas con sus nombres: Tenerife, Gran Canaria, Fuerteventura, Lanzarote, Gomera, Hierro y La Palma... Todos estaban acostumbrados a ver a Matilde durante el viaje con aquel mapa del archipiélago en la mano, y solían sonreírse; pero en aquel momento se inclinaron sobre él vivamente. Hasta Pablo se asomó por encima del hombro de Honesta para mirar aquel papel que el aire levantaba y doblaba a cada instante por sus bordes.

La Gran Canaria era la isla a la que iban, la antigua Tamarán de los guanches. Estaba casi en el centro del archipiélago. En el mapa aparecía rodondeada en forma de cabeza de gato que sólo tuviera una oreja en el noroeste. Esta oreja es la isleta; el istmo que la une al resto de la isla da lugar, al este, a la gran rada origen del Puerto de la Luz; al oeste, a la hermosa playa natural de Las Canteras, que no es la única de la ciudad de Las Palmas.

La ciudad se extiende desde las estribaciones de la isleta formando el barrio del puerto, por todo istmo, en una barriada jardín frente al puerto, y sigue luego a lo largo de la costa hasta alcanzar los barrios de Triana y Vegueta, que son su verdadero corazón. A espaldas de estos barrios se alzan riscos que forman calles populares, escalonadas, de casitas terreras, encaladas o pintadas de colores.

Todo esto lo ignoraban los forasteros. Matilde señaló solamente en el mapa el lugar aproximado donde debían encontrarse en aquel momento: dando la vuelta a la isleta, para entrar en el Puerto de la Luz.

Se oyó su voz precisa, de profesora consciente:

—Gran Canaria... Estamos en el centro del archipiélago. Entre los 27º 44′ y los 28º 12′ de latitud Norte, y los 9º 8′ 30″ y 9º 37′ 30″ de longitud Oeste.

Cerró el mapa y comentó de nuevo:

—Unamuno no se explicaba por qué llamaban a este archipiélago el de Las Afortunadas, y Paul Morand dijo que Las Palmas, precisamente Las Palmas, era el rincón más feo del mundo.

Pablo sonrió. Matilde le hacía gracia, sobre todo

viéndola junto a su marido. Ella le miraba aguda, con sus ojos grandes, redondos y feos.

—Matilde, ¡qué cosas dices! ¡Si aquí hay un clima estupendo! Muchas montañas de gran altura y, según mis noticias, toda clase de cultivos, desde las plantas tropicales junto al mar hasta los árboles de tierras frías... Mira ahora. No parece que esto sea el rincón más feo del mundo.

Estaban entrando en el puerto. La ciudad parecía bella, envuelta en aquella luz de oro.

Los soldados, apiñados en las cubiertas, se conmovían, lanzaban vivas. Todo el viaje lo habían pasado en continuas juergas, acompañándose con guitarras o con simples canciones de la tierra: isas y folías.

—Siempre me parecieron terribles las islas... Y las islas volcánicas, más. No puedo remediarlo: me pone nerviosa pensar que de pronto pueda haber una erupción.

Hones se volvió a Pablo mientras un suspiro hinchaba su pecho. Sonrió muy aniñada.

—Si eso le pasa a Matilde, que es valiente, figúrate a mí, Pablito... Pero prefiero imaginarme bosques de cocoteros y ukeleles y todo lo demás, aunque sé que no existen... ¡Y soy como una niña!

Daniel dijo, con una voz tenue, que no iba a conocer a su sobrino.

—¡Oh, Daniel! No creo que aquel niño pueda haber cambiado tanto. Ya era muy alto cuando lo dejamos de ver...

Esto lo decía Hones. Matilde no conocía a José.

—Mi pobre hermano Luis —explicó Daniel para Pablo— se empeñó en venirse a estas islas porque tenía la mujer tuberculosa y le dijeron que el clima sería bueno. Se vino aquí con ella y con el hijo; pero a los pocos meses su esposa murió. Más tarde contrajo nuevas nupcias y de ellas quedó un bebé, una nena, a la que no conocemos.

Matilde interrumpió, mientras oteaba con sus ojos

saltones a aquel horizonte del puerto y los muelles que se les acercaban por minutos:

—Algo más que un bebé será, si tu hermano murió ya hace diez años.

—Sí, murió en un accidente de automóvil. Su segunda mujer está delicada, según nos escriben, y el nene..., quiero decir mi sobrino José, a quien siempre llamamos así, es ya un señor casado y todo... Creo incluso que tiene más edad que tú, Pablo.

Hones levantó la cabeza, que llevaba envuelta en una gasa verde, bajo la que brillaba el cabello oxigenado. Le molestaba oír hablar de edades.

—¡Qué hermoso día, Pablito...! Ya llegamos.

—¡Ahí está! —dijo Daniel, excitado—. Es inconfundible.

Honesta miró. Vio en el puerto la flaca figura oscura, rematada por una cabeza albina, y vio que aquel hombre les saludaba con un pañuelo. En la mano centelleaba algo, una sortija.

Ella también agitó el pañuelo y lo llevó luego a los ojos, conmovida.

—La familia, Pablito... ¡Es conmovedor! ¡La voz de la sangre! Comprendo que soy tonta...

Pablo se reía sencillamente, enseñando unos dientes blancos. Muy interesado, al mismo tiempo que escuchaba a Hones, por el espectáculo del puerto. La familia Camino siempre le divertía muchísimo.

Él dilató la nariz al olor de la tierra, que después de varios días de navegación dejaba sentir su perfume. Se sintió cautivado por el espectáculo de los muelles y achicó los ojos inconscientemente para recoger mejor las gradaciones de la luz. Después de unos años muy angustiosos tuvo una sensación grata, como si en verdad hubiera llegado a un refugio. Tuvo la impresión liberadora de que estaba empezando a zafarse de ciertas obsesiones íntimas y amargas.

Marta Camino vio bajar por la pasarela del barco a Honesta y a Pablo, y detrás de ellos a Matilde y Daniel. Pablo fue presentado rápidamente y se despidió en seguida.

—Es un amigo —dijo Honesta—. Un pintor célebre... en realidad, genial...

Marta siguió con los ojos durante un momento a aquel joven pequeño y enjuto, de cabellos rizados, que, a pesar de su cojera, se alejaba ágilmente apoyado en su bastón y seguido por los maleteros. No le sorprendía que sus tíos madrileños fuesen amigos de las gentes más interesantes y geniales del mundo. El mismo Daniel, a pesar de su sorprendente aspecto a un tiempo atildado e insignificante, era director de orqueta y compositor: un músico extraordinario. En cuanto a Matilde... Marta la miró anhelante y casi con miedo. Aquella mujer alta, joven, de facciones acusadas, que tenía una hermosa trenza castaña rodeándole la cabeza, era una poetisa célebre. Marta, que estudiaba el Bachillerato y que pasaba con síntomas de gran virulencia el sarampión literario, se sentía transportada a la idea de que en su casa iba a vivir una escritora "de verdad". Honesta, muy rubia y rebosante, llena de gestos lánguidos y afectados, era hermana de ellos. Respiraba desde siempre aquel ambiente de arte, de preocupaciones intelectuales en que Marta imaginaba que los forasteros estaban como sumergidos; participaba en el encanto de aquellos seres mágicos.

Los seres mágicos hicieron poco caso a su tímida y enmudecida sobrina. Solamente Hones, como si hubiese esperado verla en mantillas a pesar de los dieciséis años que Marta tenía, se asombró de que hubiese crecido tanto. Mucho más se dedicaron todos a José y a Pino, y contemplaron con agrado el magnífico automóvil que les esperaba.

Daniel era muy viejo. No tenía una sola cana en los cabellos rojizos y rizosos que encubrían algunas calvas, no tenía grandes arrugas en la cara gordinflona, pero era muy viejo. Quizás esta impresión se recibía al oír su voz aflautada llena de notas falsas. Decía:

—No está mal el cochecito, José. ¿Último modelo?

José enseñó sus dientes feos.

—Lo cambio cada dos años.

El automóvil era amplio. Conducía José, y Daniel y Marta iban a su lado holgadamente en el asiento delantero. Detrás, las otras tres mujeres.

Marta sentía que estaba flotando en una especie de niebla de dicha. Casi no podía oír las conversaciones de los otros porque aquella dicha la ensordecía. La ciudad desfilaba, se abría al paso del parabrisas.

"¿Cómo será una ciudad que no se ha visto nunca?", pensó Marta. Trató de imaginarse que ella misma era una viajera recién llegada. Le pareció, sólo de pensarlo, que el cielo se hacía más profundamente azul, las nubes blancas más inquietantes, los jardines más floridos.

Metida en su ensueño notó cómo el coche atravesaba Las Palmas de punta a punta. Por la larga calle de León y Castillo, que une todo a lo largo el barrio del puerto y el casco de la ciudad, cruzaban automóviles, típicas guaguas de pasajeros, camiones. A veces la calle bordeaba el mar, por un trozo cruzaba entre la ciudad jardín y la playita de Las Alcarabaneras, donde aquel día hermoso había algunos bañistas. Todo esto a Marta le parecía lleno de color y de vida. Pero los ojos de Daniel, que ella consultaba, no expresaban la menor admiración. Él veía casas pequeñas, gentes despaciosas, aplastadas por el día lánguido, pesado, soñoliento. Algo pesado y soñoliento había también en la cara de aquel hombre.

El coche salió de la ciudad por la carretera del Centro.

—Vivimos en el campo a causa de mi madrastra —explicó José a Daniel.

—¡Oh...! ¡Sí...! Nos escribiste que estaba delicada la pobre dama. ¿Nervios o algo así...?

Marta se puso inquieta. El automóvil dejaba atrás el valle plantado de platanares, a la salida de la ciudad. Se veía la cumbre central sirviendo de fondo al paisaje.

La carretera enseñaba sus curvas violentas, subiendo la montaña áspera, calcárea. Marta había creído, hasta aquel momento, que los peninsulares sabían ya todo lo referente a su madre.

—Pues sí... Nervios.

José frunció ligeramente el ceño, cambió la marcha del automóvil.

De los asientos de atrás llegó, muy desagradable, una risita de Pino.

—¡Nervios! ¿Qué dices, niño...? ¿Tampoco se puede decir que Teresa está loca? ¡No es ningún secreto!

—¡Oh! —exclamó, allá atrás, Honesta.

Marta vio que Daniel parpadeaba rápidamente, impresionado. Los ojos de Daniel tenían el mismo color desteñido que los de su sobrino, pero eran más pequeños, menos salientes. Marta pensó qué era lo que José hacía sin hablar. Bien claro se notaba que todos querían tranquilizarse. Por un momento meditó que quizá le fuera posible vencer su salvaje timidez y explicar las cosas ella misma. Pero José ya estaba hablando.

—No se puede decir que Teresa esté loca... Ella iba en el automóvil con mi padre, el día del accidente, cuando él murió. Mi madrastra tuvo una conmoción... Sin embargo, los médicos opinan que lo que Teresa tiene podía haberle ocurrido lo mismo sin el accidente... Hablan de un coágulo en el cerebro. En fin, nadie sabe exactamente lo que pasa. Ella ha perdido sus facultades mentales; no habla nunca y no da muestras de conocer a nadie. Su locura, en caso de que se pueda llamar así, es pacífica. Está siempre en sus habitaciones. Ustedes no notarán su presencia.

El coche, al remontar la montaña, entró en parajes risueños. Valles verdes, con escalonadas plantaciones de plátanos. Casitas floridas. Algunas palmeras.

El aire se hizo mucho más vivo y fino que en la ciudad, aunque en remontar las alturas el automóvil sólo había tardado un cuarto de hora. Marta volvió a su abstracción:

"Si yo no conociese esa alta palmera que en una vuelta da tanta gracia al paisaje, si yo no conociese estos jardines floridos de bugambillas, si yo no conociese la carretera alquitranada, sombreada de eucaliptos, centenarios, ni el telón alto, azulado, de la Cumbre, ¿qué pasaría? ¿Qué sentiría en este momento?"

José introdujo el automóvil por una carretera lateral entre fincas y viñedos. Marta, orgullosa, como recordando algo, volvió la cabeza para anunciar:

—Nosotros vivimos en las faldas de un volcán antiguo.

Vio que Matilde la miraba como asustada. Todos callaron. Pino, que iba sentada entre los dos peninsulares, tenía una sonrisita sarcástica muy suya. Su cara, entre la afilada Matilde, con su nariz de caballete, y la rubicunda Hones, resultaba exótica, algo negroide de rasgos, aunque tenía la piel pálida y blanca. Hablaba dulcísimamente, con tono algo quejumbroso.

—Es horrible vivir aquí, teniendo en Las Palmas una casa cerrada... ¡Ustedes no saben lo que es mi vida!

—Oh, pero esto está muy cerca de la ciudad.

Matilde dijo esta frase porque el coche se metía en aquel momento por un portón de hierro y bajaba una avenida de eucaliptos entre colinas plantadas de viñas. Las vides crecían enterradas en innumerables hoyos, entre lava deshecha, negra y áspera. Este mismo picón producía un curioso chirrido al ser aplastado por las ruedas del automóvil.

La avenida desembocaba en un jardín antiguo, encantador, como una plataforma, en la colina. Había árboles añosos y parterres cargados de flores. La casa no parecía muy grande, pero sí simpática en su falta de pretensiones, con muchas enredaderas adornándola.

José detuvo el coche en una plazoleta delante de la puerta principal. Había allí una fuente. Hizo sonar la bocina, y apareció un jardinero muy joven, pero de talla alta, casi gigantesca, rubio y colorado como un auténtico guanche, con su blanca sonrisa infantil. Iba en mangas de camisa.

Cuando todos se apearon, Chano, el jardinero, se metió dentro del coche y siguió con él por una corta avenida en declive que llevaba al garaje.

Honesta juntó las manos con admiración. Entrecerró los ojos.

—¡Qué casita para unos recién casados! ¡Qué dicha!

Pino la miraba de reojo.

—¿Sí?... ¿Les gusta? Yo no sé lo que daría por perderla de vista.

Marta pensó que Hones era afectadísima.

Hubo un silencio antes de que aquellas personas entraran en la casa. En el silencio se oyó el zumbar de los moscardones, pareció hacerse más intenso el perfume de los macizos de rosas. Destacaron claramente en la fila de limoneros que limitaba por allí el jardín con la finca los limones amarillos.

—Esta paz es un poco agobiante —dijo Matilde—. Parece mentira que haya guerra, que España esté en plena guerra civil.

La puerta de la casa, muy sencilla, se abrió dejando paso a un señor enorme, de aspecto tristón y bondadoso, con una gran panza cruzada, al estilo antiguo, por la cadena de un reloj.

—Bienvenidos, señores...

Pino se sintió ceremoniosa. Se notaba su falta de naturalidad.

—Tengo el gusto de presentarles a mi padrino. Ha venido a comer hoy con nosotros y conocerles a ustedes.

—También es padrino mío —dijo Marta, inútilmente, porque nadie la escuchaba.

José añadió, mientras el caballero grande y tripudo estrechaba las manos de todos:

—Don Juan es el médico de casa. Era el mejor amigo desde la infancia del abuelo de Marta... Hoy día es como nuestro pariente más cercano.

—Pasen, mis hijos —dijo familiarmente don Juan, como si, en efecto, fuera el dueño de la casa—. Pasen y tomen posesión...

Todos fueron entrando; Marta quedó detrás, sin decidirse a seguirles. Se fijó por primera vez en la casa donde había nacido. La miró críticamente como pudiera hacerlo una desconocida. En el jardín crecían ya los crisantemos y seguían floreciendo las dalias. Por las paredes del edificio trepaban los heliotropos, madreselvas, bugambillas. Todos estaban en flor. Sus olores se mezclaban ardorosamente.

Marta se sintió satisfecha de aquella belleza, de aquel lujoso desbordamiento.

"En otros países, ya en esta época del año hace frío. Se caen las hojas de todos los árboles, nieva quizá..."

Trató de imaginarse que ella venía de un país muy frío, lleno de tinieblas, y llegaba a esta casa... Se sentó en el escalón de la entrada y puso la palma de su mano en el cálido picón que jamás había recibido la caricia de la nieve.

El sol le daba en los ojos y tuvo que guiñarlos. Enfrente de ella las montañas ponían su oleaje de colores; la alta y lejana cumbre central lucía en azul pálido, parecía navegar hacia la niña, como horas antes había navegado el gran buque en la mañana.

Marta pensó en las tres personas que acababan de desembarcar. Por el ventanal abierto oía sus voces.

A lo lejos se oía un rastrillo arañando el picón de los paseos. La voz potente del jardinerillo Chano se dejó oír en una canción de notas largas, profundas. Se detuvo un momento, y en el silencio se oyó el grito de una criada llamándolo a la cocina para el almuerzo.

Todo esto era suficientemente plácido y encantador, como ella quería que lo fuese para los refugiados de guerra que habían llegado. Pero Marta no estaba tranquila. Dentro de los muros de la casa esta placidez y tranquilidad desaparecían. Allí dentro no había felicidad, ni comprensión, ni dulzura.

Marta frunció el ceño.

Por el ventanal llegaba la voz de su cuñada contestando a una insinuación de Hones:

—¡No, qué va!... La niña no es ninguna compañía para mí. Está siempre con sus estudios. Y además... ¡si viera cómo es! ¿Quieren creer que esta mañana la encontraron durmiendo en el comedor con una botella de vino en la mano?

El corazón de Marta latió desagradablemente, porque lo que decía Pino era verdad. No había medio de defenderse de ello. La noche anterior Pino y ella, que habían vivido indiferentes la una a la otra durante algunos meses, se habían encontrado frente a frente. Marta estaba resentida aún, y más que por nada, porque había sido muy cobarde y muy tonta. La voz de Pino la hería. Pero algún día estas gentes recién llegadas sabrían que ella, Marta, había sufrido entre los recelos y la vulgaridad que escondían aquellos muros, y este pensamiento la consolaba infantilmente.

"He sufrido."

Murmuró esto y sintió que se le llenaban de lágrimas los ojos. Entonces supo que alguien la estaba mirando.

Volvió la cabeza y vio, separada de ella por varios macizos de flores, la figura de una mujer, vestida con un traje de faldas largas, como las campesinas viejas. Llevaba un pañuelo negro a la cabeza y sobre él se había colocado un gran sombrero de paja, como siempre que salía algún momento al jardín o al huerto. Era Vicenta, la cocinera de la casa. Comúnmente la llamaban allí la majorera, porque majoreros y majoreras se les llama a los habitantes de Fuerteventura, y ella era oriunda de esta isla.

Marta no sabía que Vicenta había estado acechando en el comedor a los recién llegados, que en la reunión familiar la había echado de menos a ella y que salió al jardín con la intención de averiguar dónde estaba.

No le dijo nada. Marta a ella tampoco. Pero se levantó poseída de una gran vergüenza de que la criada la hubiera cogido en un momento de debilidad. Sintió que enrojecía lentamente al impulso de sus pensamientos. Abrió con cuidado la puerta de la casa, con cierta torpeza salvaje y conmovedora, y desapareció allí dentro.

La mujer, que estaba en la esquina de la casa, se marchó también. El jardín quedó solitario, lleno de luz de mediodía.

II

La nocne anterior había comenzado, como siempre, por una aburrida cena familiar. A mediodía las comidas eran menos pesadas. José tenía la poco amable costumbre de aislarse detrás del periódico, y Pino y Marta casi no hablaban la una con la otra. Terminaba el almuerzo rápidamente. José miraba el reloj y Marta corría a arreglarse para ir con él a Las Palmas. José iba a la oficina y, de paso, dejaba a Marta en el Instituto.

Por las noches, José y Pino solían discutir cosas de la casa o del dinero, y Marta se aislaba en una especie de neblina detrás de sus propias imaginaciones. A veces sonreía, y esto irritaba enormemente a Pino. José se fijaba menos en ella.

Últimamente, desde que llegó la noticia de la venida de aquellos parientes, Marta prestaba atención. En aquella vida monótona la llegada de estas gentes adquiría una importancia enorme. Pino estaba excitada porque José contaba que eran personas acostumbradas a vivir en sociedad, muy amigos de estar en todas partes, muy relacionados.

—¿Mandaste a limpiar los cubiertos de plata?

—Claro que sí... Tanto coraje como les tienes a esa gente y tanta lata que me das para preparar la casa.

Porque José, al hablar de sus parientes, empleaba siempre un tono burlón y un poco rencoroso. Decía que eran unos desordenados y unos bohemios. Vistos por

José, Marta no sabía ya si eran personas acostumbradas a todos los lujos o unos medio mendigos que se asombrarían ante un pollo asado por Vicenta.

Marta tenía su composición de lugar sobre ellos. "Bohemios", "vagabundos", estas dos palabras detrás de aquélla: "artistas", para la chiquilla tenían sugestiones extraordinarias. Su propio padre había sido así, un bohemio, un vagabundo, o por lo menos así lo había oído calificar ella; sólo que Luis Camino no había sido artista, y por lo tanto no estaba justificado ni enaltecido por estos títulos que José aplicaba con desprecio.

—Pues si te parecen tan idiotas, no sé por qué te has molestado en traerlos, mi niño; mejor me hubieses dado a mí ese dinero, para trajes.

Eso lo dijo Pino esta noche. José se impacientó.

—Los hice venir porque me dio la gana, ¿entiendes? Me alegro de que vengan aquí y vean cómo vivo yo, y lo que tengo. Siempre decían que yo no llegaría a nada, que sería un desgraciado toda mi vida. Ahora los desgraciados son ellos... Además, los ha invitado Teresa. Ella lo hubiera hecho de haber podido. Ésta es su casa, y aquí se hacen las cosas como Teresa hubiera querido hacerlas.

—Demasiado lo sé —Pino empezó a chillar—. Estoy hasta aquí de saberlo, ¿entiendes? ¡Hasta aquí...! Hasta aquí de Teresa me tienes tú.

Pino se llevó las manos a la garganta, excitada. En aquellos momentos se notaba el ligero estrabismo de uno de sus ojos grandes y negros.

Marta miró instintivamente la larga mesa, uno de cuyos extremos vacío se perdía en la penumbra. Siempre adornaba aquella mesa un jarro de cristal verde con rosas amarillas, y ésta era una de las manías de José, porque a Teresa le gustaba este adorno. En la finca había muchos rosales con rosas amarillas. Se daban en toda época del año.

El comedor, que era una habitación espaciosa a la que convergían tres puertas (una de ellas la entrada principal de la casa), conservaba intacta la distribución de los muebles tal como lo había dispuesto Teresa, y, en general, toda la casa, que había sido reformada cuando la boda de los padres de Marta. Una de las paredes del comedor, la que aquella noche quedaba un poco en penumbra, estaba adornada por una gran escalera de madera oscura, encerada, que llevaba al piso alto. Hacia esta escalera miró también Marta. En el hueco de ella había un banco de madera y paja y un reloj de pie. "Pronto —pensó la muchacha mirando su esfera— será hora de acostarse." No tenía sueño, sino ganas de acostarse sola en su cuarto sin oír discusiones.

En los ventanales se oía un ruido como de lluvia; el viento empujaba las ramas tiernas de las enredaderas contra los cristales.

—Si estás harta de Teresa, te aguantas —dijo José.

Así terminó la discusión aquella noche.

Un rato más tarde, los tres subieron la escalera en fila india. Marta se encontró sola, como quería, en su gran alcoba, donde los muebles parecían nadar en el suelo encerado. Tenía una ventana muy bonita a la parte más tranquila y cálida del jardín. La ventana estaba abierta y el campo lleno de paz. De pronto se oyó, muy debilitado por la distancia, el largo gemido de la sirena de un barco que entraba o salía del puerto. Marta se sobresaltó.

Siempre le parecía un milagro aquel fenómeno acústico que llevaba el sonido de las sirenas de los barcos, a través de los barrancos, hasta su cuarto. Siempre le emocionaba escucharlas, le producían una nostalgia enorme, como si alguien muy querido y lejano la llamase en la noche.

"Yo también soy una vagabunda."

Sonrió al decirse esto, recordando a su abuelo, el padre de Teresa. Era un caballero muy bondadoso y cultivado. Teresa había sido su única hija y Marta su única nieta. Había vivido con él, en su casa de Las Palmas, muchos años; desde la muerte de Luis Camino y la enfermedad de Teresa hasta que él murió también. El abuelo era quien le había dicho un día, contestando a las preguntas de la niña:

—No debes hacer caso cuando te digan que tu padre fue un mal hombre y un gandul... Era un poco desgraciado, ¿sabes? Había anclado aquí en la isla, y él no estaba hecho para eso. Era un tipo algo bohemio y vagabundo... Por eso seguramente se enfadó con su familia de Madrid. A veces un hombre sale así, y entonces es una desgracia: no puede parar en ningún sitio. Siempre tiene ganas de marcharse.

—¿Y una mujer?

El abuelo se echó a reír y le acarició la cabeza.

—No, una mujer no... Nunca oí eso. Iría contra la naturaleza.

Sin embargo, Marta se estaba convenciendo de que, a pesar de todo, algo de vagabunda tenía ella. Siempre soñaba con ver países lejanos. Las sirenas de los barcos le arañaban el corazón de una manera muy extraña.

Cuando su abuelo murió, José, que era su tutor, le permitió seguir sus cursos de Bachillerato; pero durante dos años no lo hizo oficialmente, sino en un internado de monjas. Le hubiera gustado estar allí, porque se acomodaba con facilidad a todas las circunstancias, si no hubiese sido por aquella opresión de saberse encerrada en un edificio. Más tarde, José, que nunca dejó de vivir en la finca, se casó con una enfermera de Teresa. Esto había sucedido la primavera anterior, y Marta volvió a la casa con el matrimonio, y a su estudios oficiales.

Marta, mientras se desnudaba, veía los cajones de su escritorio descuidadamente abiertos, vacíos por completo. Aquella misma tarda había trasladado los libros y los papeles a un escritorio de la salita de música, un cuarto en la planta baja de la casa donde ella pensaba dormir cuando llegaran los parientes. Iba a ceder su alcoba a la tía Honesta. En la casa sólo había un cuarto de huéspedes, que debería ser ocupado por Daniel y su mujer.

Apagó la luz y quedó con los ojos abiertos, pensando mil cosas insensatas. Veía brillar las estrellas en el recuadro de la ventana. Llegó un ligero rayo de luz desde la lejanía del jardín; Marta sabía que Chano, el jardinero, se estaba acostando en su camareta sobre el garaje. Aquella luz se apagó en seguida.

Marta no podía suponer que el grandullón jardinerillo era miedoso y estaba pasando el peor rato de la jornada. Atrancaba con cuidado las maderas y se quedaba escuchando los negros golpes del viento en los muros del aislado garaje. Las paredes de su cuarto, llenas de fotografías de artistas de cine que el muchacho recortaba de revistas, le parecían en aquel momento hostiles. Miraba cuidadosamente debajo de la cama antes de meterse en ella, y al apagar la luz se tapaba la cabeza con la sábana. Nadie supo nunca estos terrores del muchacho.

Al poco rato, tanto él como Marta, como seguramente todos los de la casa, dormían aquella noche.

Se abrió una puerta del jardín y los perros ladraron furiosamente. Chano se encogió entre sueños. Los perros dejaron la ladrar en seguida, y el muchacho dormido se tranquilizó.

En aquel momento fue cuando se despertó Marta. Nunca le sucedía esto, y hubiera jurado que ni siquiera había dormido, tan espabilada, viva y trémula se sentía. Era como si hubiera oído de nuevo las sirenas de los barcos, o como si la hubieran llamado por su nombre angustiosamente.

Se había dormido pensando en sus cuadernos, en sus papeles. No los había trasladado todos al cuarto de música. Hacía mucho que parte de ellos los escondía entre unos libros viejos olvidados en una caja de embalaje en el desván. Hacía eso desde que supo que Pino solía registrar sus cajones. Además, aquella habitación, el desván, tuvo siempre un particular atractivo para la niña. La descubrió en la época en que aún vivía con su abuelo. Todos los domingos, durante aquellos años, el viejo y la niña, acompañados por el médico, subían al Monte a ver a la enferma, y pasaban el día allí. Marta encontró aquel cajón de embalaje con los libros que habían pertenecido a su padre, y sintió un gran placer de irlos leyendo uno a uno en secreto. Ni a su abuelo, que fiscalizaba cuidadosamente sus lecturas, se atrevió a decirle nada de esto. Más tarde, cuando ella empezó a escribir fantasías, le gustaba escribirlas allí.

Aquella noche pensó en sus "leyendas". Desde que supo la llegada de los forasteros, estas leyendas habían tomado cuerpo en ella. Inventaba cosas de la isla mezclando en los relatos a su propia persona con los demonios y los dioses guanches, y esto lo hacía como una especie de ofrenda a los que iban a llegar, para los que Gran Canaria era un país desconocido y sin descubrir. Últimamente estas cosas que ella escribía se convirtieron en una gran ilusión para Marta. Le gustaban. Pensaba que por hacerlas quizá fuera digna de aquellos artistas, de aquellos creadores de belleza que eran sus tíos.

El deseo de escribir se le hizo tan fuerte que la envolvió en una ola cálida de entusiasmo. Se lanzó de la cama, descalza y en camisón, como un pequeño fantasma. Sin encender las luces se encontró en el corredor de las alcobas. Dos ventanas dejaban pasar la tenue claridad del cielo. Al final de aquel corredor, una escalerilla de caracol, muy oscura, subía hasta el desván. A cada paso aquellos escalones crujían. En la negrura, Marta sintió un ligero vértigo y se agarró a la barandilla para no caer, pero el deseo que la llenaba era muy grande. Siguió subiendo, y suspiró de alivio al encontrar la puerta y la gran llave puesta en ella. La puerta chirrió al abrirse, y en el silencio de la noche aquel ruido resultaba estremecedor. Un aire frío y negro le dio en la cara. Buscó el interruptor de la luz con cierto nerviosismo.

Muchos años atrás, aquella habitación, que era una

especie de torrecilla en la casa, con cuatro ventanas, le había gustado a Luis Camino, y pensó instalar en ella su biblioteca. El proyecto quedó abandonado, como tantos otros, en la abulia que presidió la última época de aquel hombre. Sus libros quedaron en el cajón de embalaje, entre muebles y maletas viejos.

Marta fue hacia aquel cajón y levantó hábilmente dos tablas. Allí estaba el cuaderno con su diario y el otro de las leyendas. El corazón le golpeaba. Allí tenía siempre un lápiz preparado. Lo mordió y luego empezó a escribir con cierto arrebato:

"Gran Canaria...

"La luz de la mañana, verde, tiene una frescura salobre, marina, como si la isla saliese de las aguas cada amanecer.

"Marta, después de una noche inquieta, llena de proyectos, se duerme al fin. El pequeño mar de sus sábanas crece hasta cubrirla y es el océano infinito y brillante del día en que Alcorah, el viejo dios canario, sacó de su fondo azul las siete islas afortunadas. Una oleada cálida y húmeda viene de las tierras recién creadas. El corazón palpita brutalmente, ciego, entre la bruma pegajosa del mar. Hay imágenes y sombras de islas que danzan.

"La voz de Alcorah llena de oro los barrancos, crea nombres y deshace nieblas. Las palmeras, los picachos, los volcanes, surgen en una luminosa, imponente soledad... Marta se llama Marta en un campo de viñas calientes de Tamarán, la isla redonda.

"Leyendas de gigantes y de montañas suben a su alrededor como el vaho de la calina a mediodía.

"Así, Bandama, la montaña negra, la que Marta tiene delante de sus ojos, aparece con su historia antigua. Bandama es el gigante que instaló en los días del caos de la isla la gran caldera, donde hizo hervir el fuego infernal los primeros componentes de la vida de los diablos. Hervor y locura que no resistieron a la sonrisa de Alcorah. La gran caldera hirviente se convirtió, con este conjuro, en un inmenso nido de pájaros.

"«Así pasará con tu corazón», dice Alcorah a Marta en esta noche de sueños.

"Sombras de nubes cruzan sobre el viejo volcán apagado y la voz del dios de las islas se va por los barrancos dejando ecos imprecisos y angustia. Marta se ha visto al pie de la Caldera, cerca de su casa, que aún no existe, sola, entre el dolor de las viñas y de las higueras.

"¿Puede llegar a ser una caldera hirviente, un gran nido de pájaros, el corazón de una niña perdida en una isla de los océanos?"

Al terminar este trozo, lo leyó dos o tres veces, acalorada. Luego se fue enfriando. Por mucho cariño que tuviera a sus cosas, estaba lo suficientemente cultivada para saber cuántos defectos tenían sus poemas, qué balbucientes eran aún. Pero los parientes comprenderían, al leerlos, que ella era apenas una chiquilla muy joven y aislada.

Guardó sus cuadernos, y por primera vez sintió frío en el cuerpo, que debajo del camisón estaba desnudo. Una de las ventanas tenía un cristal roto, y la corriente de aire hacía golpear la lona que cubría una antigua cuna desarmada, con un plop plop insistente y frío. La bombilla, pendiente de un hilo, se balanceaba levantando extrañas sombras de los rincones.

Sin saber por qué, Marta se acercó a una de las ventanas. Limpió el polvo de los cristales con sus manos y acercó la nariz a ellos. Sabía que desde allí, entre dos colinas, se veía un trozo de mar lejano. Si hubiese apagado la luz lo habría visto brillar bajo las estrellas. Pero no apagaba la luz porque, de pronto, la noche, el silencio y lo insólito de estar en aquella habitación a tales horas le estaban empezando a dar miedo.

Los cristales le devolvieron su propia imagen, su

cara de niña, con los pómulos redondeados y sus ojos un poco oblicuos como dos inclinadas rayas de agua verde. En aquella cara había algo tímido y espantado que le dio aún más miedo. Le pareció que detrás de ella los muebles crujían con una misteriosa vida. Tuvo la sensación de sus pies descalzos, indefensos contra posibles cucarachas; tuvo también la sensación de un jadeo y de una mirada humana clavada en su nuca, y quedó como hipnotizada mirando aquel cristal, sintiendo que sus manos se enfriaban y que su corazón no se atrevía a latir.

La puerta del desván, quizá empujada por el viento, se abrió a sus espaldas; ella cerró los ojos, encogida, esperando inútilmente el golpe de aire que de nuevo la haría cerrarse. De pronto todo le pareció tan absurdo que hizo un esfuerzo y se volvió bruscamente.

Creyó que se le paralizaba el corazón, porque, en efecto, una larga figura humana, con una vela encendida, estaba en la puerta. Por el terror que le produjo, tardó unos instantes en reconocer a su cuñada Pino, y luego el alivio fue tan grande que se encontró con las rodillas flojas y hasta con ganas de reír.

Pino era la realidad. Algo muy sólido que barría el miedo a la noche y a los insectos del desván. Algo muy familiar y un poco cómico, con aquel cabello espeso de rizado negroide, con el quimono abierto que el aire empujaba hacia detrás de ella, y el camisón pegándosele al cuerpo. Una vela, recién sacada sin duda del tocador de su cuarto, temblaba en su mano insegura. Los ojos de Pino, como siempre que estaban inquietos, acentuaban su estrabismo. Era muy extraño que no dijese nada. Tan extraño, que fue Marta la que empezó a hablar:

—¿Qué pasa, Pino?

Pino respiraba fuerte, como si se preparara a hablar y no le salieran las palabras. Como Marta había avanzado hacia ella, la empujó apartándola y fue a asomarse a la misma ventana donde la muchacha había estado con la cara pegada a los cristales. El temblor de su mano era tan grande que la vela le estorbaba. La apagó, estampando la llama contra la pared, y la tiró al suelo. Marta se asombró mucho porque sabía cuánto estimaba Pino cualquier objeto de los que pertenecieran a su alcoba, aun los más insignificantes.

Pino, claro está, no veía nada notable en la negrura de fuera, aunque abrió los cristales y asomó por el hueco de la ventana la cabeza, despeinándose con el aire de la noche.

Marta la miraba boquiabierta. Toda la impresión de familiaridad que le había traído su presencia desapareció. Era como si la viese por primera vez en la vida. Se frotó los ojos.

Pino cerró de un golpe los cristales. Uno de ellos estaba ya rajado, y se sintió un crujido como si fuese a saltar. Ella se volvió a Marta, siempre en silencio, mirándola con aquellos ojos extraviados. De pronto se dio una palmada en la frente y empezó a pasear por el pequeño espacio libre de muebles que quedaba en la habitación. Marta fue hacia ella y otra vez la rechazó, con tal rudeza que la hizo tropezar con el cajón de los libros y quedar sentada allí, en actitud algo cómica.

Pino paseaba. Se daba golpes con los muebles. Empezaba a mascullar frases cada vez más audibles, y entre frase y frase soltaba palabrotas. Marta ya conocía este lenguaje de su cuñada, porque lo empleaba siempre al enfadarse con el servicio. La primera vez que la oyó estaba ella recién llegada de las dulzuras del convento, y hasta le había hecho gracia. Más tarde, todos los gestos de Pino, con todas sus expresiones, le habían llegado a parecer muy vulgares. Pero ahora estaba asustada, casi tenía la boca abierta de asombro, porque jamás había visto a nadie en este estado demencial. Nunca su madre, aunque decían que estaba loca, había tenido un ataque parecido.

Pino empezó a reírse y hablar a borbotones.

—...todo muy bien pensado. Pino, la idiota, duerme. Los hermanitos se ponen de acuerdo. ¿Cómo lo va a sospechar ella...? Pero yo tengo el sueño ligero... Yo oigo muy bien los pasos en la escalera del desván... José no está en la cama. No es la primera vez que me hace esto; dicen que padece insomnio... ¡Insomnio! ¡Toda la familia con insomnio...! ¡Cochinos...! ¿Dónde está?

La última pregunta se la dirigió directamente a Marta. Acabó agarrándola por los hombros.

Marta ahora entendió. Al parecer, su hermano José había tenido la misma idea que ella, levantándose de noche. Si Pino no hubiese estado tan agitada, ella se hubiese reído. Pensó casi sin querer en cuánto había cambiado Pino desde que la conoció, recién casada, la primavera anterior. Últimamente todo la excitaba. A Marta le salió una voz muy tranquila.

—Yo no sé dónde está José, Pino. ¿Por qué te imaginas que yo lo sé? Hice una tontería subiendo al desván... Vámonos.

Pino se calmó apenas, con el tono de aquella voz.

—¿No sabes...? ¿Y en la ventana? ¿Qué estabas viendo por ahí? ¡Tú sabes algo, vaya si lo sabes...! La vieja te lo cuenta a ti.

—Pero, ¡por Dios!, ¿qué vieja...? No te entiendo.

Pino la miró de arriba abajo.

—Ah, sí... El angelito... ¿Te crees que me chupo el dedo...? Tú lo sabes todo y ahora mismo, ¿entiendes?, ahora mismo me lo vas a decir.

—¡No grites!

—Sí grito. ¿Cómo que no? ¡Como si no estuviera en mi casa!

Marta se encogió de hombros.

—Bueno, ya está bien... Yo me voy a mi cama.

Pino quedó desconcertada, mientras Marta, en efecto, le dio la espalda dirigiéndose a la escalera. Empezó a gritarle que volviera con tales voces que la chica se detuvo espantada. La verdad era que Marta no estaba muy segura de sí misma. Tenía un sentimiento de cul-

Pino goes mad thinks J. is having affairs w/ maids

pabilidad por haber sido cogida allí, en la noche, sin poder justificarse. Aquella palabra que a ella le gustaba emplear, "la inspiración", ¡qué ridícula resultaría diciéndosela a Pino en un momento como aquel!

Pino jadeaba. De pronto pareció derrumbarse y se apoyó en la pared, tapándose la cara con las manos como si fuera a llorar. Respiraba fuerte y temblaba.

Marta se enfrió. Se encontró repentinamente pequeña y preocupada escuchando por si alguien venía, aunque sabía que era muy improbable.

—Pino —dijo—, tú estás enferma, estás mala.

Pino, de pronto, corrió a la ventana como había hecho antes. Intentó abrirla de nuevo y no acertó. Decía que se estaba ahogando. Como si la ropa la oprimiera se tiraba del camisón hasta romperlo. Por fin empezó a llorar, con el cuerpo flojo, y Marta pensó que se caería. Se acercó y la cogió por los hombros haciéndola sentar sobre el cajón donde ella había estado antes. Mientras le hablaba pensó que estaba destinada siempre a ocuparse de personas que no le importaban lo más mínimo. En el internado era ella la encargada de calmar siempre a una muchacha histérica. Recordó sus métodos.

—Pino, dime lo que te pasa. Nos hemos portado como dos locas, pero yo no sé por qué... ¿Cómo puedo saber yo dónde está mi hermano?

Pino, callada, se arrebujaba en el quimono, entrando en una fase de depresión y se tapaba otra vez la cara con las manos. Estaba muy fría. Al fin se decidió a hablar con su voz quejumbrosa.

—...Es que una no sabe qué pensar. Si oigo pasos en la escalera y mi marido no está en la cama... Hace un mes mandé que las tres criadas duerman juntas en el mismo cuarto. Vicenta, la vieja, las guarda bien, pero a mí ese demonio de mujer no me puede ver. A lo mejor se hace la desentendida y una de ellas sale y viene a buscarlo... ¡Qué sé yo! No sabía si sería la sinvergüenza de Carmela o la otra, la Lolilla, que parece una mosca muerta...

Marta tenía unos ojos muy extraños escuchando estas cosas. Era realmente imposible hacerse a la idea de que su hermano saliera de noche a encontrarse con las criadas. En verdad era inconcebible. Sabía que hay hombres que hacen estas cosas, pero tenía la idea de que son seres viciosos y horribles que no viven en las casas de uno. José era un tipo aburrido, era un hombre vulgar, pero resultaba demasiado difícil imaginarlo como un sátiro. Era una verdadera monstruosidad imaginar la menor relación, la menor broma entre él y la gorda Carmela, o Lolilla, que a pesar de los esfuerzos de Pino era tan impresentable, que si alguna vez alguna visita de cumplido hubiese llegado a la finca habría habido que esconderla... ¡José, que casi podía ser el padre de Marta, besando en la oscuridad a Carmela, respirando su sudor y su risa idiota, subiendo al desván para esperarla!

Marta fruncía el ceño, porque una vez admitida esta imagen, aunque no la creía cierta, parecía que dentro le quemase y le hiciese daño. Seguía escuchando a Pino.

—¡Qué es eso de abandonar a una mujer recién casada, sola, acostada en su cama, esperando...! Cuando me decidí a subir, mi cabeza no regía bien ya. Abro la puerta y te veo a ti descalza, acechando por la ventana... Es para volverse loca.

Marta sentía como un ligero mareo, pero al ver el trastorno de Pino, por contraste, le daba fuerzas para conservar la serenidad en un momento tan extraño.

Pino se estaba poniendo pálida, de un pálido verdoso, y tenía las manos frías y húmedas. Marta las sintió así al cogerlas entre las suyas. Ahora explicó con una voz ahogada que se sentía como sin vida después de aquel ataque y se veía muy claro que era verdad.

Marta logró que consintiese apoyarse en ella y en dejarse conducir hacia su alcoba. Si ella misma, Marta, hubiese podido verse con su cara asustada saliendo de un camisón en forma de campana, se habría reído. Estaba despeinada y cuando bajaba la escalera sintió que empezaba a sudar. Era muy difícil conducir a Pino por aquella escalerilla casi arrastrándola. A cada momento parecía que se fuesen a caer las dos. "Es como una pesadilla", pensaba la muchacha.

Habían dejado abierta la puerta del desván y la luz encendida, pero pronto aquella puerta golpeó dos o tres veces empujada por el aire y al fin se cerró del todo. La escalera quedó negra y peligrosa. El temblor de Pino hacía temblar a aquellas frágiles barandillas.

Con gran trabajo llegaron al corredor después de unos minutos muy largos. José no estaba en su alcoba. Marta ayudó a Pino a meterse en la cama y la abrigó con los edredones. Pino temblaba, su frialdad resultaba inquietante. Ella misma indicó a Marta que le trajese una manta eléctrica guardada en el cuarto de baño. Le dijo vagamente que no era la primera vez que sufría un ataque así. Luego le pidió que se sentase al lado de ella. A Marta se le ocurrió que a las dos les sentaría bien un poco de vino después de tanto jaleo, y lo dijo. Siempre había oído decir que el vino era bueno para esos casos. Pino negó con la cabeza.

—Tendrías que bajar por él al comedor. No quiero que te muevas de aquí hasta que José venga.

Desde luego imposible desentenderse de ella. Sentada al borde de la cama, Marta se dedicó a hablar a su cuñada, que la oía con los ojos entrecerrados. Ni ella misma sabía lo que le decía para tranquilizarla. A veces, Pino hacía un movimiento de impaciencia. Estaba sintiendo que el tiempo era una cosa pesada, que transcurría demasiado lentamente. Pasó una hora larga y oscura en la vida de Marta. El cuarto aquel de Pino y de José, que respiraba frialdad, no se parecía lo más mínimo a las otras habitaciones de la casa. Pino había escogido sus muebles al casarse y trajo una alcoba de níquel y de cristales parecida a las que se exhibían en las películas de aquel año 1938. Con las gruesas paredes y los techos altos, aquellos muebles bajísimos de metal brillante resultaban extraños y sin espíritu.

Pino volvía a hablar y la niña, pasada la primera impresión, se estaba aburriendo ya con las obsesiones de su cuñada. Dentro del aburrimiento seguía molestándole como una gotera que se oye en la noche, implacable, y que llega a obsesionar y a interrumpir el sueño. La voz de Pino se arrastraba.

—¿Tú crees que hay derecho…? Se casa conmigo. Me encierra aquí con esa mujer loca. Me toma las cuentas como un miserable, no me saca a ningún sitio, y por las noches se va a la cama de mis criadas.

Esto era demasiado. Ya lo había repetido mucho.

—¿Estás segura?

A Marta otra vez le entraba una especie de escalofrío de asco. Quizá fuera una estupidez. Nunca hubiera querido impresionarse tanto al oír hablar de su hermano de aquella manera. No se creía una niña chica. Tenía dieciséis años bien cumplidos y había leído todo lo habido y por haber. Sin embargo, tenía ganas de vomitar oyendo a Pino. La miró con cierto horror.

—Si yo estuviera segura de una cosa así me separaría de mi marido. No se puede saber eso de un hombre y seguir queriéndole.

Pino se echó a reír de una manera desagradable.

—Tú no sabes nada de la vida. ¡Idiota!

Marta se enfadó. Le pareció que debía decir de una vez lo que pensaba.

—Sé más que tú de la vida… Sé que existe la amistad, que existen los sentimientos buenos y nobles, y tú de eso no sabes nada. Y de las cosas bajas que hay, también sé mucho. Tú misma te has encargado de contármelas.

—¡Y bien que escuchabas…! Bien me perseguías para que te contara… ¿Qué? ¿No es verdad, mosquita muerta?

Marta se avergonzó. Era verdad. Cuando ella llegó del convento, Pino la había conquistado durante unos días descubriéndole un mundo sucio, hirviente. Marta quería saber y había escuchado con avidez los secretos de las relaciones corporales entre los hombres y las mujeres. Y, claro está, a esto Pino le llamaba la vida como si no existiese más. Luego Pino se había desbordado. Sus conversaciones parecían teñir a todas las personas que Marta conocía y quería de esta suciedad. Sus propias amigas, con sus inocentes noviazgos y sus familias tranquilas habían sido metidas por Pino en estas conversaciones. Marta se encontró de pronto en una especie de fangal de confidencias diarias y de chismorreos con Pino y se horrorizaba de sí misma. Tuvo un desesperado afán de pureza. Había huido por completo de su cuñada. La había despreciado desde el refugio de sus libros y de sus sueños. Pino, por su parte, la persiguió con su aborrecimiento.

—Sí, es verdad. Pero no quiero escucharte más, ¿entiendes? Tú crees que mi hermano es un hombre horrible. Pues sepárate de él... Ya está. Yo nunca he conocido gentes como ustedes dos.

Pino le lanzó una mirada como un insulto. Se incorporó en la cama.

—No presumas tanto de familia y de educación. Todo el mundo sabe que los padres de tu abuelo eran unos ladrones sinvergüenzas. Tú misma madre ha sido siempre una cabra loca, para que te enteres, y andaba en amores con José... Y no te tapes los oídos... ¿Por qué se quedó tu hermano viviendo aquí solo con ella encerrado años y años? ¿Por qué me tiene a mí sacrificada en la finca?

—Si dices una palabra más, me voy.

La cara de Marta, pálida, asustada, rabiosa, asustó a Pino también cuando se inclinó sobre ella. La muchacha, enfurecida, había terminado por coger de una muñeca a su cuñada y la sacudía. La otra gritó. Las dos quedaron luego quietas, como petrificadas, porque en el corredor se oían ya los pasos de José.

Marta sintió un repentino frío. Se acusó interiormente de estúpida. Nada de lo que Pino dijera tenía importancia. No era posible sentirse tan herida, tan ofendida, por una persona así que no valía nada, aunque hubiese dicho aquellas cosas horribles de su madre. Pino sí que estaba loca.

Volvió los ojos hacia la puerta.

José apareció muy tranquilo. Traía la gabardina un olor a eucaliptos y una humedad del rocío de la noche que parecía desmentir todas las ideas que Marta había llegado a tener sobre él al escuchar a Pino. Se le veía cansado de andar y hasta contento.

José había visto encendida la luz de su cuarto y esto le causó gran sorpresa. Estaba preparado para una escena con Pino. Lo que no esperaba y le sorprendió de una manera desagradable fue la presencia de su hermana en la alcoba. Marta tenía un gesto impertinente, aunque siempre se sentía un poco asustada delante de José.

—Pino se puso mala...

José, sin escuchar la explicación, le dijo enfadado que se largase.

—No estaba aquí por gusto.

Marta vio que José enrojecía, como siempre que algo le molestaba. Era muy autoritario y soberbio.

Pino, incorporada en la cama, despeinada, empezaba a gritar dirigiéndose a su marido.

—¡Qué precioso está eso...! Te parece bien, ¿eh...?

José empujó a su hermana.

—Anda, afuera.

Marta cerró la puerta de la alcoba detrás de ella y al oír que el matrimonio empezaba a discutir se encogió de hombros. Al principio de estar en la casa se asustaba de las discusiones de ellos, incluso solía ponerse de parte de Pino contra José. Pero últimamente Pino le parecía tan loca que ya no se preocupaba. Aún sentía el resentimiento que le habían dejado las últimas palabras de su cuñada sobre su madre. Le parecían un sacrilegio.

Precisamente frente a la puerta de ellos se abría otra, triste y misteriosa. Era la del cuarto de Teresa. Marta sintió una ligera angustia de pensar que no podía llamar allí, entrar, despertarla, contarle que aquellas horas de la noche habían sido muy extrañas, muy insoportables para ella. Esto era un imposible que por primera vez le dolía. Nunca había sentido unas ganas tan grandes de echarse a llorar en los brazos de alguien que fuese comprensivo y bueno.

No le hizo falta encender luces eléctricas en un corredor donde la luz del cielo entraba por las ventanas. Se deslizó sin hacer ruido hasta la escalera oscura que bajaba al comedor, y también allí había claridad. Cuando Marta era una niña pequeña acostumbraba a sentarse al final de estos escalones para mirar escondida allí, apoyando la cabeza entre los barrotes de madera, lo que pasaba abajo. Ahora se detuvo, un poco sonámbula, mirando aquella habitación.

El comedor era la pieza más bonita de la casa. Era al mismo tiempo el verdadero salón, el sitio de reunión de la familia. Cuando Marta era pequeña, y su madre una mujer joven y alegre, en los tiempos en que su padre vivía, en aquella habitación se habían celebrado cenas y fiestas. Y parecía que desde entonces hubieran pasado siglos.

El comedor tenía una misteriosa belleza, mirado así a la luz de las estrellas que entraba por los grandes ventanales con las cortinas descorridas. A aquella luz casi podía adivinarse el alegre color de estas cortinas y de la tela que forraba los divanes debajo de las ventanas.

Marta empezó a bajar aquella escalera muy despacio. En el momento en que llegó al final de los escalones, aquella gran habitación alargada y la escalera que acababa de dejar y toda la casa dormida se conmovieron y empezaron a vibrar.

El viejo reloj de pie era como el corazón del comedor y cuando se preparaba para dar la hora todo a su alrededor parecía animarse de vida. En el gran locero antiguo la cerámica coloreada bailaba y producía una ligera música especial. Las dos... Una hora sorprendentemente temprana de la noche, teniendo en cuenta las muchas cosas que habían sucedido en ella.

Marta miró hacia los ventanales. Faltaba mucho aún para el nuevo día. El día en que debían llegar sus parientes, y ella ya no estaría sola. Se detuvo un momento, vacilante. El frío le subía desde los pies descalzos haciéndola tiritar. Esto acabó de decidirla.

Había un mueble oscuro y grande en cuya panza se guardaban varias botellas; lo abrió y tanteó en la oscuridad hasta que encontró una que ya había sido descorchada, la destapó y aspiró su aroma. Jamás había hecho una cosa así. Era posible que nunca volviese a hacerlo, pero sentía necesidad de arrimar el gollete de la botella a la boca y dejar entrar en su garganta el calor concentrado que contenía.

El vino era espléndido, de su propia finca. Un resto del antiguo vino de Canarias, que fue célebre en el mundo y que se vendía muy bien allí mismo, en la isla. Vino del Monte, más caro que ninguno de los vinos de la península, oscuro, aromado, uno de los mejores vinos del mundo.

Sintió el contacto del vidrio en sus labios. Bebió un largo trago cerrando los ojos, como quien besa. Inmediatamente sintió su efecto confortante. Volvió a beber una y otra vez.

Sonrió... Alguien parecía llamar desde los ventanales, fuera de ellos, en la noche, alegremente. Las enredaderas empujadas por el viento lanzaban de cuando en cuando contra los cristales unos tiernos dedos verdes, unas ramas demasiado crecidas que el jardinero cortaría pronto. Detrás de ellas, el rostro del cielo guiñaba sus infinitos ojos brillantes. Los hizo girar en una ronda de primavera. Los hizo quemarse más cálidamente que en ninguna noche que Marta recordara.

III

Si he contado las cosas que sucedieron aquella noche en que Marta terminó lamentablemente mareada es porque más tarde llegaron a confundirse en ella con los demás sucesos que recordara en los días en que sus parientes peninsulares vivieron en la finca del campo.

Durante años no había pasado nada agitado ni notable en la vida de Marta. Durante dieciséis años, muertes, bodas y días tranquilos, se habían deslizado componiendo su vida en un ritmo plácido. Ni la guerra lo había alterado. Pero aquella llegada de sus parientes fue la primera cosa que realmente conmovió su espíritu. Toda la casa pareció alborotarse y ella tuvo la sensación de que salía de su vida pasada para meterse en un mundo de sensaciones y sentimientos nuevos.

Ellos la desconcertaban un poco. Había esperado que fueran totalmente distintos a las personas que hasta entonces había conocido, pero lo eran hasta un punto que a ella la desorientaba.

El primer día de aquella llegada pasó rápido, como cargado de electricidad. Daniel tocó el piano para todos. Tocaba hábilmente y el cuarto de música, que a pesar de la puerta-ventana abierta al jardín era oscuro, para Marta se transformó en un extraño lugar de ensueño donde las figuras en penumbra adquirían calidades fantásticas.

A Pino le gustaba la música. Su cara estaba dulcificada y se apoyaba en José, aburrido y distraído. Don

Juan, el médico, demostraba su entusiasmo con el movimiento de su cabeza.

El cuarto de música era una de las pocas habitaciones que no fueron reformadas cuando la boda de los padres de Marta. Una sala atestada de mesitas y vitrinas, cargadas de fotografías antiguas en las paredes o en álbumes.

Había allí dos guitarras y un "timple", y aquel piano que José mandaba afinar a menudo, aunque desde la enfermedad de Teresa no lo tocaba nadie y al que ahora el gordinflón de Daniel sacaba su armonía. Había también una cama turca llena de cojines con colores vivos que se despegaba del conjunto. La cama donde aquella noche iba a dormir Marta y que era llamada pomposamente el diván.

En una esquina de aquel diván estaba sentada la chiquilla. Junto a la ventana veía recortarse el amplio busto de Hones como si se dispusiera a cantar. Algunos momentos Marta tuvo miedo de que lo hiciera en efecto, y de que una voz potentísima los destrozara a todos.

Pero no le gustaba tener aquella sensación de cosa cómica que le hacía rondar una involuntaria sonrisa en la boca. No le gustaba que sus parientes le pareciesen risibles. A quien más miraba era a Matilde, que estaba triste, apagada y severa.

Cuando el concierto terminó, Daniel se volvió hacia todos. Se limpió la frente con el pañuelo y durante un segundo nadie dijo nada. Entonces ocurrió algo chusco. En el silencio se oyó un ruido especial.

"Cloc, cloc, cloc, cloc..."

No era exactamente el ruido que hacen las gallinas. Marta no había visto nunca una cigüeña, de modo que no supo cómo clasificarla. Pero alguien imitaba a una cigüeña. La muchacha se sobresaltó. Miró a todos. Todos se miraron... En seguida empezaron a hablar y a felicitar a Daniel. Sólo Matilde parecía enfadada.

Durante la cena, cuando ya don Juan se había marchado, se reprodujo de nuevo aquel extraño ruido.

"Cloc, cloc, cloc, cloc..."

—Pero ¿qué es eso?

Marta lo preguntó sin poder contenerse. Matilde le lanzó una mirada fría, como si ella la hubiera interrumpido en su explicación a Pino de que Daniel estaba a régimen, y que sólo tomaba cosas hervidas y al mismo tiempo mucha mantequilla fresca y de postre su flan. Honesta misma se lo haría al día siguiente.

—No, niña —decía Pino un poco fastidiada—. Vicenta sabe.

—Entonces yo le explicaré cómo tiene que ser —dijo Hones—. Es un flan especial.

José intervino.

—Aquí habrá que acostumbrarse a lo que haya en la casa. No me imaginaba que en la guerra Daniel se hubiera vuelto tan refinado.

—Oh, el pobrecito Daniel está delicado —dijo Hones—. Los artistas son tan delicados...

José Miró a Hones con aquella sonrisa fea que parecía tener en exclusiva.

—Querida tía...

Hones hizo un gesto con las manos como para taparse la cara. Algo así como cuando a una jovencilla pavisosa le coge el rubor.

—¡Ay, por Dios, no me llames tía...! Si casi tenemos la misma edad.

—Querida tía. Tú te acordarás muy bien que cuando yo era un chiquillo tuve que ir a comer a casa de ustedes muchas veces. Entonces yo estaba realmente enfermo, pero para mí no hubo jamás un trato especial. Daniel mismo decía que tendría que acostumbrarme... Creo que tenía razón. De modo que ya lo sabes, él también se acostumbrará.

Pino le escuchaba nerviosa y dijo que su marido era el hombre más agarrado del mundo.

—¡Qué importará un flan...!

José la escuchó con la cara enrojecida sin perder su sonrisa.

—Como tú quieras.

"Cloc, cloc, cloc, cloc..."

Ahora Marta supo que aquel ruido lo hacía Daniel con la lengua y la garganta a un tiempo. Pino también se volvió a mirarle, sorprendida. Hones explicó con naturalidad.

—Es un tic que el pobre tiene desde la guerra... Un tic nervioso.

La criada, una joven gorda, había hecho tantos esfuerzos para contener la risa que en aquel momento empezó a llorar silenciosamente, y de pronto corrió a la puerta de muelles que separaba el comedor del servicio. Tropezó en ella con la bandeja y tiró al suelo la salsera. Pino se enfadó gritando dos o tres expresiones ordinarias y explosivas. Después de decirlas se fijó en Matilde, que la miraba con su nerviosidad de siempre, y se echó a llorar.

No había duda de que todo aquello resultaba muy animado. Marta miró a Daniel y vio que su tío parecía abstraído en la contemplación de las piernas que la criada Carmela enseñaba en aquel momento mientras recogía muy azarada los trozos rotos y con una bayeta la salsa derramada en el suelo.

Hones y Matilde, como si nada sucediese, comían silenciosas, mientras José hacía tomar agua a Pino.

Al cabo de un momento, después de una grave meditación, se oyó la voz de flauta de Daniel.

—Yo mismo explicaré mañana a la cocinera la forma de hacer mi flan...

José enrojeció.

Marta tenía ganas de saltar en la silla, excitada. Miraba a Matilde continuamente; pero la poetisa no parecía fijarse en ella. Al terminar la comida, Matilde propuso:

—Vamos a rezar por los muertos que han caído hoy en el campo de batalla.

José y Pino se miraron.

—En tu cuarto. Aquí no somos beatos.

Así terminó José con una voz muy irritada aquella primera cena en familia.

Marta se despertó por la mañana oyendo los cantos de Chano el jardinero. Tuvo al abrir los ojos una sensación agridulce al pensar en sus parientes. Le hacía ilusión que estuvieran allí y al mismo tiempo le parecía que algo, alguna promesa, se había frustrado con la llegada de ellos.

Salió al jardín y Chano la saludó y se acercó a ella tendiéndole una carta. El muchacho sabía leer, pero su hermano, que estaba en el frente, tenía una letra tan mala que no había manera de sacarle jugo a aquélla. Marta le ayudaba. Estuvo descifrando, pues, algo de aquel contenido. Después de muchos vivas a Franco y a España y a la muerte, porque el hermano de Chano era legionario, después de muchos deseos de que todos los familiares estuvieran buenos, en la carta se decía que la vida del frente era la mejor vida para un hombre, y que el hermano de Chano venía con permiso y que pensaba convencer al propio Chano de que debía alistarse "antes de que sea por fuerza", porque así podrían estar juntos y siempre sería mejor.

—¿Te vas a alistar?

Chano enseñó sus dientes blancos.

—Yo por mí sí querría. Pero tengo que engañar a mi madre... ¿Usted sabe? A mí me gustaría ver algo por ahí fuera antes de que se termine la guerra.

—Yo también me marcharía si fuera un hombre —Marta estaba pensativa—, y si no hubiera que matar a nadie.

—¡Eso de matar...! Lo malo es que lo maten a uno, ¿no cree, mi niña? Dice mi hermano que al que es listo no le cogen los tiros.

Ni Marta ni el propio Chano sabían aquella mañana que al fin el jardinerillo marcharía al frente; que alcanzaría la guerra en sus últimos momentos, y que a los tres días de estar en las trincheras una granada le volaría la cabeza.

Cuando Marta se iba, Chano la llamó.

—No se lo diga a nadie, ¿oye, Martita?

—No, ¡qué va!

Marta, mientras hablaba con el jardinero, había visto a Matilde asomada a la ventana de su cuarto. Le pareció a la niña la encarnación de la energía, con su trenza bien peinada. No pudo imaginar que Matilde estuviera llena de desaliento en aquel momento. El risueño paisaje que la rodeaba se le hacía a la poetisa silencioso y oscuro como una cárcel. Se sentía irritada y casi desesperada. Hones y Daniel se encontraban a sus anchas en aquella casa que, según decía Daniel, daba olor a dinero. Hones la encontraba muy interesante. La noche antes, cuando ella y Daniel se estaban desnudando, Hones después de cruzar el corredor llamó al cuarto de ellos y les hizo ir a su propia alcoba, que era la que antes había pertenecido a Marta.

—Venid, venid.

Hones estaba agitada, envuelta en su bata, con la cara llena de crema y el cabello de rizadores.

—Venid; mirad.

Les llevó hasta la ventana y al asomarse, ellos vieron solamente un rincón muy tranquilo del jardín, casi un patio abierto, muy romántico con sus enredaderas grandes y bajo ellas un banco.

—¡No!... ¿No veis? Es allí enfrente.

Casi en ángulo con aquella ventana, y a la misma altura, había otras dos enrejadas. Hones susurró, trágica y al mismo tiempo encantada:

—La loca... ¡Tan cerca de mí!

Daniel la miró pensativo. Matilde tuvo miedo de oír otra vez el clocleo de la cigüeña, de modo que cortó, seca:

—¿Para eso nos has traído aquí? ¡Vámonos a dormir, Daniel!

—No; esperad, veréis... Es interesantísimo lo que acabo de descubrir hace un rato.

Hones fue hacia el escritorio que había en aquel

cuarto. Ella lo había transformado en tocador colocando sobre él muchas cajas de cremas y polvos y un espejo. Allí encima estaba una fotografía grande en un marco de plata. Hones la llevó bajo la luz.

—¿Quién diréis que es?

Miraron. Aparecía la cabeza y el cuello esbelto de una mujer muy joven con el cabello recortado según la modo de algunos años antes. Tenía unos ojos hermosísimos, claros. Era muy bella.

—¿Es la loca? —preguntó Matilde.

Hones se decepcionó.

—¡Oh!..., tú todo lo sabes.

—No lo sé, lo supongo.

—Yo creí que era una artista de cine que tenía la niña aquí... ¡Cómo me iba a imaginar que esta belleza...! Porque es una belleza, ¿no?... Le pregunté a Marta quién era y me dijo que su madre. ¿No es extraño? Yo creí que Teresa era muy vieja.

—Pero este retrato es antiguo, ya no será así...

—No...; pero ¡qué curiosidad por verla! ¿No te parece, Matilde?

—Yo no tengo ninguna. Vámonos a dormir.

A Matilde no le divertían aquellas historias de la casa. Hones también había descubierto encantada que José, apenas se retiró a su cuarto aquella noche, volvió a salir dando un portazo, después de discutir con Pino.

Matilde suspiró en la ventana, un momento, aquella mañana hermosa de noviembre. Todo aquello, todas aquellas historias familiares, le producían cansancio y desesperanza. No sabía moverse entre ellas después del mundo de aventuras en que había vivido desde la guerra.

Daniel, en el comedor, había mandado llamar a la cocinera. Tenía delante de él y de su taza de desayuno un montón de paquetitos llenos de polvos desconocidos de los que luego se hicieron tan populares. Pero que Vicenta hasta entonces no había visto nunca.

—Son sucedáneos, buena mujer.

—Sí, señor.

Aquella mujer alta y seca, con su pañuelo anudado bajo la barbilla, miraba al suelo y lanzaba por debajo de sus párpados alguna ojeada a Daniel, que estaba sentado a la mesa con una taza de tila delante.

—Son sucedáneos... Tendré que irlos sustituyendo poco a poco por huevo para que mi estómago no se resienta. Hoy, para hacer el flan mezclará a estos polvos media yema, mañana una entera, luego dos, tres, cuatro, hasta que un día el flan contenga media docena... Al mismo tiempo se irá disminuyendo la cantidad del sucedáneo. ¿Comprende usted?

—Sí, señor.

José bajaba la escalera en aquel momento y se había detenido a escuchar con una curiosa expresión.

—Oye: ¿pero es un flan o una tarta lo que te van a hacer?

Daniel se sobresaltó cuando su sobrino se acercaba a la mesa. Vicenta desapareció silenciosamente.

—Ya sabes que nosotros, que yo, de otras cosas como poco y...

—Está bien.

José abrió el periódico. Los ventanales estaban abiertos. Olía a café, a tila, al gofio que aparecía dispuesto en recipientes de cristal, y también a mañana primaveral, a flores. José soltó una exclamación por algo que había leído en el diario.

—¿Qué te pasa, José, hijo mío?

No tuvo respuesta. José no parecía juzgarle digno de diálogo. Daniel, desamparado en la soledad de la mesa, donde el sol hacía brillar tazas vacías de porcelana, cucharillas, y un jarro con flores, dudó unos segundos porque sentía su tic subiéndole a la garganta. Infló las mejillas, movió la cabeza. Al fin no pudo remediarlo.

"Cloc, cloc, cloc, cloc..."

José cerró su periódico.

—No hagas esas idioteces, haz el favor.

—No puedo remediarlo, estoy enfermo...

Bajaban las escaleras Matilde y Honesta, muy sonrosada, metida en una batita veraniega. Luego entró Marta desde el jardín y se sentaron todos a la mesa. José dobló el periódico.

—A propósito: ahora que están todos ustedes reunidos me gustaría hablar de la cuestión económica. Prefiero que no esté Pino delante, porque mi mujer es demasiado sensible.

Marta se asustó porque José era muy desagradable siempre hablando de cuestiones económicas, como él decía. Él decía que no se podía malgastar un céntimo del dinero de Teresa que le estaba encomendado. Aquel día expuso a sus parientes la situación: ellos tendrían que contribuir con algo al gasto de la casa. Marta vio cómo Daniel se sobresaltaba. Honesta abrió mucho los ojos. Sin embargo, la cara de Matilde tomó una ligera animación.

—Si tú nos ayudas podremos trabajar los tres. Incluso creo que sería conveniente que viviésemos independientes en Las Palmas, hasta que termine la guerra.

José se puso encarnado.

—No he dicho tanto, ni hace falta que sea en seguida.

Daniel y Honesta se unieron a él contra Matilde.

—¡Por Dios, qué agresiva eres...! ¡Por Dios!

Marta había querido intervenir de algún modo. Pero no sabía cómo. Aquel día quedó así la cuestión. José se marchó en seguida a Las Palmas, y ella hubiera querido quedarse con Matilde a solas y hablarle de sus poemas. No se atrevió porque Matilde estuvo con ella muy fría y muy poco propicia a la conversación. En cambio se vio arrebatada hacia el jardín por Honesta.

—Vamos a ser muy amiguitas, ¿eh...? En medio de todo somos las únicas chicas solteras de la casa. ¿No te parece...? Eres muy mona, ¿sabes?, pero deberías pintarte un poco y ponerte zapatos con tacones.

—Eso dice Pino.

—Y dime, dime...: ¿qué tal estás de novios?

—No tengo.

—¡Ah...!, sí, tienes poco atractivo, pero es porque no quieres tenerlo; hay que cuidarse más...

Marta se vio andando entre los macizos de rosas, apretada por el abrazo de Honesta, respirando el olor de sus afeites mañaneros. Aquella conversación no se parecía en nada a la que ella había soñado en tener a solas con cualquiera de sus parientes. Honesta le hacía preguntas, como Pino misma le hubiera hecho sobre la vida que se llevaba allí. Si había diversiones o no en la ciudad...

Marta contestó rápidamente, y luego, casi desesperada, como si por medio de Honesta sus noticias pudieran llegar a Matilde, le explicó a su tía que ella escribía poemas y que había soñado la llegada de ellos tres para enseñárselos.

Ahora quedó Honesta desconcertada, pero se repuso en seguida.

—¡Oh!, qué interesante. Yo también hago versos... Y Matilde es un genio... Pero no le enseñes nada a Matilde. Te dirá que son cursis tus versitos. A mí también me lo dice...

Se veía bien claro que Honesta hablaba por hablar. Marta pensó en sus amigos; un grupo de estudiantes intransigentes como la misma juventud, a los que ella les había hablado de estos parientes admirables, y que esperaban casi emocionados sus noticias sobre ellos. ¿Qué pensarían si vieran a Hones? Se reirían un poco.

Abatida, inclinó la cabeza mirando los senderos del jardín por el que paseaban. Le mortificaba el pensamiento de que hubiera preferido subir al desván y leer, que seguir charlando con Honesta.

Cuando su tía la arrastró hasta un banco con toldo y balancín para seguir hablando de sí misma, de enamorados, oposiciones familiares a sus amores, y mil bobadas contadas con muy poca gracia, Marta tuvo ganas de bostezar o de taparle la boca. Sin embargo, unos minutos después, sin ninguna transición, Honesta empezó a hablar de aquel amigo que había desembarcado con ellos, el pintor Pablo, y Marta se interesó. Según Honesta, era un hombre muy desgraciado porque se había casado por interés con una horrible mujer que fumaba puros y que le dominaba. Afortunadamente la guerra le había separado de ella. Pablo era muy interesante. Había vivido en París. Para ir allí se había escapado de su casa siendo aún muy joven y había hecho un viaje accidentado huyendo de la Guardia Civil y pasando la frontera a pie.

—Porque es muy fuerte, ¿sabes? Su cojera apenas es un residuo de una enfermedad de la infancia. No te vayas a creer que le falta la pierna ni nada de eso. Está muy bien formado...

Al decir esto, Honesta se ruborizó. Pero Marta no se daba cuenta de nada. Al mismo tiempo que escuchaba a su tía oía el piano que allí cerca, en la salita de música, tocaba Daniel.

—Se casó por agradecimiento a su mujer, que era una vieja chiflada que le compraba todos los cuadros. Pero ese matrimonio se puede deshacer; es sólo civil...

Marta no sabía, claro está, que la mujer de Pablo era mucho más joven que Honesta, pero sí notó que su tía en aquella mañana incurría en contradicciones al hablar de la boda de Pablo.

—¿Pero se casó por agradecimiento o por interés? ¿Te lo ha dicho él?

—Nena..., ¿cómo me va a decir esas cosas?

¿No puede ser por amor?

—No...; su mujer es horrible. No le dejaba pintar..., y eso sí que me lo ha dicho Pablo. Dice que ahora es cuando empieza a poder pintar de nuevo. Y además, ¡date cuenta! ¡Fuma puros!, y... —bajó la voz— está de parte de los rojos; eso es seguro. No debe decirse porque perjudicaría al pobre Pablo, pero ella es una mujer de esas que dan mítines y cosas así.

—¿Tú la conociste?

—Sí; un día en Madrid... Es horrible... Pobre, pobrecito Pablo...

—¿No dices que es un genio?

—Sí.

—Pues no le llames pobrecito.

La voz de Marta era tan irritada que Honesta quedó con la boca abierta. Marta se sintió confusa también. No sabía cómo se había atrevido a hablar así a Honesta, ni por qué se sentía tan enfadada. No sabía tampoco que sentada allí junto a esta mujer, por la que empezaba a sentir profunda antipatía, su boca ancha tenía un extraño parecido con la de ella.

El banco en que estaban las dos se balanceaba suavemente. Enfrente, una pared llena de rosales trepadores producía una extraña sensación de ardor llena de sol. Sobre los rosales se abría la ventana del cuarto de Pino.

Pino despertó tarde, con una pesada melancolía. De un tiempo a aquella parte solía sucederle esto. Después de unos días de arrebato le venía aquella tristeza grandísima. Hacía mucho rato que José se había levantado sin molestarla apenas. Las ventanas del cuarto tenían las maderas cuidadosamente cerradas. Sólo filtraba una ligerísima raya de luz en el techo. La penumbra en que la habitación estaba envuelta se debía a la claridad que dejaba pasar la puerta del baño abierta por José. Pino hizo un movimiento, la estrecha cintura le dolía como si fuera a partirse con el peso de las caderas, y su corazón latió fuerte, desacompasado. Un pánico horrible la paralizó un momento y luego la misma fuerza de aquel miedo hizo que los latidos golpearan nuevamente con brutalidad el pecho. "¿Estaré enferma de verdad? ¿Me moriré?" Aterrada, recordó la cara de Vicenta, la cocinera, cuando pasaba a su lado mirándola de soslayo. Pino le tenía miedo. Contra ella la prevenía siempre su madre, cuando Pino iba a visitarla y a llorar un poco sus penas entre los fuertes brazos. Decían que la majorera conocía de un golpe a quienes llevaban en la cara la señal de la muerte. De Lolilla, la criadita esmirriada, cuyas mejillas, sin embargo, tenían buen color, había dicho Vicenta, hacía poco, que "hedía a muerta". Fijándose bien Pino había visto que la muchachilla se detenía ahogada, algunas veces, al subir la escalera y que sus labios tenían un extraño color morado... No quiso hacer caso de Vicenta, pero había preguntado a don Juan, el médico. Don Juan era un bendito, pero nadie mejor que ella sabía que no resultaba ningún lince. Pareció caer de las nubes, le tomó el pulso a Lolilla y le hizo sacar la lengua. Luego le dijo que estaba buena y sana. A Pino, en confianza, le explicó que por lo que ella contaba, bien pudiera estar la chica enferma del corazón. Lo mejor era desembarazarse de ella, no fuera a dar un susto. Pino no la echó, porque era difícil topar con otra menos atractiva. No era tan fácil además conservar las criadas en la finca, con tanto trabajo, y con una loca en casa que les daba miedo. Si viviera en Las Palmas...

"Si viviera en Las Palmas, no estaría yo así, que me estoy consumiendo viva", pensó. La familia tenía una casa en Las Palmas, una casa antigua de dos pisos en el barrio de la Vegueta, cerrada desde la muerte de don Rafael, el abuelo de Marta. Era un crimen tener aquella hermosa casa, completamente amueblada, y no habitarla, y en cambio estar metidos en este campo maldito sin la menor distracción.

No sabía bien qué es lo que esperaba ella al casarse con un hombre como José, estirado, y con fama de rico. Pero algo, un bienestar que no tenía, sí que había esperado. Aunque a veces al pasar por las calles de la ciudad en el gran automóvil nuevo sentía como un ramalazo de orgullo por su matrimonio, la mayoría de los días se lamentaba de aquella boda que había sido como una trampa para su juventud.

—Ten paciencia —le decía su madre—; los hombres cambian. Ya te sacará, ya te llevará a los sitios...

Luego, aquella mujer optimista, se impacientaba.

—Pero si ahora, con la guerra, no hay adónde ir... No sé qué demonios quieres. Más de cuatro se mueren de envidia.

Cuando Pino lloraba, su madre se quedaba pensativa y le daba, al fin, el consejo deseado.

—Lo que tú debías conseguir era que te trajera a Las Palmas. A la loca, que le pongan una enfermera y que se quede allí en el campo con la Vicenta y con la hija...

Cuando Pino oía esto llegaba a calmarse. Hasta se reía, como si aquella cosa negra, oprimente que llevaba dentro del pecho, se le aliviase. Su madre era una mujer práctica, y nunca estaba aburrida. Era ama de llaves de don Juan, el médico de la familia Camino. Era también otra cosa en aquella casa, según las malas lenguas, y últimamente a Pino le habían entrado grandes reconcomios de orgullo, y se enfadaba con aquella mujer porque no apuraba al viejo médico a que se casase con ella.

—¡Déjame tranquila, caray! ¿Quieres que me case para volverme neurasténica como tú...? Eso es para las jóvenes. Yo ya no tengo ilusiones.

Pero tenía ilusiones. Le gustaba llevar la casa de don Juan, enterarse de los recados de los enfermos, ir con una amiga al cine, comer bien. Cuando Pino se quejaba demasiado le daba una palmada en las nalgas, que restallaban.

—¿Dices que eres desgraciada, con ese culo que estás echando? Pero si se ve que te das buena vida... Yo a tus años trabajaba como una negra para mantenerte, mi hija... ¡Qué más querrás!

Pino volvía confortada de esas visitas. Se arrellanaba junto a José con una gran tranquilidad en el automóvil color rojo. Pero nada más salir el coche de la tibieza de Las Palmas y enfilar por la carretera del centro hacia Tarifa y Monte Coello, Pino volvía a su sombría angustia. Tenía la impresión de que la oscura avenida de eucaliptos que descendía entre los campos de viñas de la carretera hasta el jardín era una garganta que la tragaba. Un cuarto de hora tardaba el coche desde la ciudad hasta su casa, y parecía que la llevaba a otro mundo.

¿Qué hora sería? Las once de la mañana. En cualquier momento llegaría la majorera a despertarla, para la inyección reconstituyente que se le ponía a Teresa. A la majorera le tenía sin cuidado que Pino hubiera o no hubiera desayunado, o que estuviese buena o mala. Había que poner la inyección. Si Pino se rebelase, la vieja Vicenta hablaría en seguida con José de la necesidad de traer otra enfermera, ya que Pinito estaba cansada. Bastante había gruñido Vicenta diciendo que eso de dejar sola a Teresa por las noches, aunque la alcoba de José y Pino estuviera cerca, no estaba bien. Vicenta quería dormir en la alcoba de Teresa, pero en eso ella no cedería nunca... Mientras José saliera por las noches, las criadas jóvenes deberían estar bien guardadas abajo. Por nada del mundo hubiera traído tampoco otra enfermera. Sobraban mujeres en aquella casa. Ya estaba José demasiado consentido entre tantas faldas. Todos estos pensamientos la atormentaban. Cada vez que había insinuado la única solución de su vida que se le representaba ya casi obsesivamente y que era irse a vivir a Las Palmas, dejando allí a Teresa, José se había puesto hecho una fiera. Pino lloraba.

—No veo por qué tanto enfado... Don Rafael bien vivía en Las Palmas con su nieta, y era padre de Teresa, no como tú, que no eres nada de ella, y me sacrificas a mí por esa loca.

—Cuando te casaste, ¿sabías o no que ibas a vivir aquí?

—Sabía que me casaba contigo.

—Pues casarse conmigo es vivir aquí, ¿entiendes? Aquí. Con Teresa. Cuando mi padre se casó con Teresa, ella era una chiquilla, pero como yo estaba delicado del pecho fue ella la que arregló esta finca para vivir siempre aquí. Por mí, ¿entiendes? Yo no había sido feliz nunca en mi vida hasta que vine a esta casa. Aquí me hice un hombre, aquí conocí lo que es un techo propio, una alegría, una tierra de uno. Teresa supo ser una buena madre, ¿entiendes...? Y ni por ti, ni por nadie, la dejo... Mientras ella viva, aquí vivo yo... Bien sabido.

Bien sabido. Una mujer joven y sana tiene su vida amarrada a la vida de una loca. Se llevó las manos a las sienes. Le latían pesadamente. ¿Por qué estaba destinada a sufrir tanto? ¿Sería posible que nadie, ni su propio marido, la quisiera? Oyó a lo lejos, separado por los muros de la casa, el sonido de un piano. Entonces recordó a los peninsulares, y sin saber por qué, su alma se cargó de rencor. Ya habían tomado posesión de la casa aquellas gentes... Había esperado algo de ellos, hasta ayer. Una ayuda, una mano tendida... No sabía qué. Pero, ¡cómo eran! Eran horribles. Hones le había parecido una vieja prostituta, pero con muchas pretensiones, muchos remilgos. La otra, Matilde, peor. Tan fría, tan "superior" y encantada con aquel viejo melindroso que tenía por marido. Gentes finas. Con las narices arrugadas por si acaso algo les daba mal olor. ¿Cómo pudo pensar que iban a traer algún cambio a su vida triste? Venían a olisquear. A estorbar. A José su presencia no le imponía ningún respeto. Prueba de ello el paseo de la noche anterior contra el insomnio... Y eso después de haber discutido con ella sobre el dinero de la casa. Decía que no le iba a dar ni un céntimo más, a pesar de la llegada de los parientes. Que estaba seguro de que a Pino le sobraba... Ahora no podría ni sisar para sus pequeños gastos, y bien sabía Dios que la miseria de José hacía necesaria esta sisa. Debía estar loca esperando un alivio de gente nueva. Ahora le parecía que les odiaba... Todo lo que pensaba esta mañana estaba como emponzoñado. El piano le martilleaba en la cabeza... "Voy a llamar a la muchacha y a mandar que quienquiera que sea el maldito que toque, que se calle en seguida..."

Se levantó con las palmas de las manos húmedas. "Esto es debilidad." Un soplo de terror que antes la había cogido, volvió a atormentarla. Fue a abrir las maderas de la ventana. Pensaba sentarse en el tocador, y recoger un poco aquellos cabellos demasiado foscos. Su tocador le gustaba, y mirarse allí la calmaba un poco. Al pasar vio que a uno de los candelabros de plata que lo adornaban le faltaba una vela, y recordó lo sucedido dos noches antes. Le pareció tener delante de los ojos la cara de mosquita muerta de su cuñadita. Por un momento, la niña había demostrado lo que era: una soberbia, una rabiosa, con la cara sin sangre debajo de aquellas pecas que le sombreaban la nariz, con los ojos verdosos, pálidos de ira...

Pino, arrastrando las zapatillas, fue hasta la ventana. La abrió. Detrás de los cristales el esplendor del día hirió sus ojos un poco hinchados. Sin embargo, se detuvo a mirar. En el asiento de toldo se balanceaba alguien. Reconoció las piernas carnosas, bien hechas, de Honesta, y las de Marta tostadas por el sol, con la falda descuidadamente subida hasta la rodilla, y las sandalias blancas, que castigaba sin piedad contra el picón. Verlas así, de pronto, era como si chocaran contra ella aquellas dos mujeres.

Otra vez tuvo la sensación desagradable de que el corazón le resonaba dentro del pecho como un tambor. Estaba segura de que hablaban de ella. Marta vertería su veneno en los oídos de los tíos, y todos serían enemigos de Pino dentro de la casa. Había sido bien tonta de no pensarlo antes. Le parecía oír la voz de la niña, con su odiosa precisión.

"¿Pino?... No le hagan caso. Es una ordinaria, hija de una criada. Llama padrino a don Juan, el médico, que no sólo no lo es, sino que para colmo, es padrino mío... Lleva las joyas de mi madre siempre que se le antoja. Pero ella no tiene nada. Es una criada que se hizo un poquito más fina porque la madre tuvo suerte de entrar en casa de don Juan como ama de llaves. Pueden ustedes reírse de ella, que es una boba, y ni lo nota. Ayer, cuando se le derramó el té, y Matilde dijo que no tenía importancia, y se reía de ella, no lo notó. Ella y yo, no nos podemos ver. Desde que vine del convento y nos miramos, la desprecié. La desprecié, sí. Empezó a hablarme de novios y pretendientes que había tenido, y yo ni la escuchaba. Me hablaba de sus ilusiones, y yo ni la oía. Ella entonces tenía muchas ilusiones. Estaba recién casada. Creía que las madres de todas mis amigas la iban a recibir con los brazos abiertos, hasta no le hubiera importado hacer jerseys de punto para los soldados del frente con tal de estar con aquellas señoras. Luego se ha dedicado a hablar mal de ellas, pero yo sé por qué, todo le salió mal... Todo el verano viéndome salir de excursión con mis amigas, riéndome, volviendo cansada, feliz, y ella sola en casa. Un día le pregunté, a ver qué decía, para reírme, ¿saben?

"—¿Tú no tienes amigas, Pino?

"¿Saben ustedes lo que hizo? No le hagan caso. Aquí nadie la defiende, si no es don Juan, el médico, que viene los domingos a comer y a pasar la tarde. El marido se le va por las noches..."

Sí, parecía que la estaba oyendo, y sólo Dios sabía cómo en este momento la odiaba. A ella, y a todo lo que había alrededor. A todo lo que ennegrecía su vida. A la maldita Teresa...

Estaba Pino tan abstraída que no oyó un golpe en la puerta de su alcoba. Entró Vicenta y se quedó mirándola.

Los peninsulares, el día anterior, habían encontrado pintoresca a Vicenta. Era sólo una mujer de aspecto campesino, con unas facciones obtusas, y unos ojos feroces y vivos, que desmentían la pesadez de los rasgos. Aquellos ojos se achicaban ahora mirando a Pino. Quedó unos segundos junto a la puerta, con un gesto de secarse las manos en un inexistente delantal. La cara de Pino tenía un color grisáceo junto a la claridad de la ventana. Se enterraba las uñas de una mano en la palma de la otra. Esto es lo que estaba viendo la majorera. Vicenta tenía el alma seca. El sufrimiento ajeno era como una especie de lluvia refrescante para ella. Su cara oscura pareció ensancharse con una maligna alegría, pero sólo duró unos segundos. Súbitamente se asustó como si hubiera visto un fantasma en la cara de Pino. Se conmovió todo aquel cuerpo, como si lo pasara una corriente eléctrica. Hizo un movimiento.

Pino se volvió, brusca, hacia ella.

Las dos se estuvieron mirando. Vicenta, quieta, con sus gruesos labios color de tierra algo más pálidos que de costumbre. Pino, con los ojos espantados, con una mano en el pecho, allí donde le golpeaba negramente el corazón.

De pronto, Pino pasó por delante de la majorera, con un gesto de desafío en los labios. Abrió la puerta de su cuarto, atravesó el pasillo, y bruscamente, brutalmente, se metió en la habitación de Teresa.

Había que poner la inyección a la enferma. Estaba entendido.

Vicenta, la majorera, entró detrás de ella. Tenía una voz áspera. Aspiraba las eses y las haches, como si una invisible j las hubiese raspado.

—¡Cuidado, no la lastime...!

Había una sofocada orden, una velada amenaza, en la manera de decir.

IV

Marta llegó a recordar más tarde aquel período de tiempo en que estuvieron sus tíos en la casa, como algo muy nebuloso y extraño. Ella se veía corriendo anhelante de unos a otros en aquella especie de sueño.

El ambiente de la casa se había puesto cargado como cuando va a haber tormenta, desde el día siguiente mismo de llegar aquellas gentes. A Marta, los ambientes de la casa hasta entonces apenas la habían rozado. No le importaba nada la vida de los seres que alentaban en aquellas habitaciones. Pero llegaron tres personas de fuera que sí le importaban, porque las había creado en su propia fantasía, y las cosas que veía la asombraban y a veces la herían.

Pino fue de una grosería insufrible para los parientes en los primeros días. Sólo Dios sabría lo que pasaba en su corazón, pero les molestaba de continuo. Les acechaba. Si Marta se acercaba a alguno de ellos para conversar un rato, indefectiblemente aparecía Pino con sus zapatillas silenciosas y un: "Sigan, si no hablaban de mí..." que los dejaba helados.

Marta contó a sus amigas del Instituto cosas muy vacilantes sobre ellos. Aquellas chicas tenían curiosidad por los peninsulares y ella les dijo que un día las invitaría a su casa para que les conocieran, pero que eran muy extraños, como todos los artistas.

Marta no concebía la vida sin consultar sus preocupaciones a la panda de amigas. Se sentía unida a ellas mucho más que a su familia. Al menos, hasta el momento en que los peninsulares llegaron. Estaban unidas todas por el gusto común de la lectura, por la edad parecida, por la adoración común hacia los creadores de cualquier clase de arte. También se sentían unidas y metidas en una especie de círculo mágico desde donde veían la vida de distinta manera que los demás. Tenían un código moral muy curioso y en honor de ellas hay que decir que si era inflexible para ellas mismas concedía gran tolerancia para las acciones de los otros, o mejor dicho, las otras muchachas que no pertenecían a la pandilla, porque a los hombres no sabían juzgarlos exactamente.

Las personas no pertenecientes a su generación no les parecían, en general, muy dignas de atención. Casi siempre les provocaban una sonrisa suave, indulgente, a no ser que fuesen famosas por algo, o sea dignas de admiración. Pero en verdad, ninguna de ellas, excepto Marta, podía contar con seres extraordinarios en el seno de la familia. Así es que la acribillaron a preguntas.

—¿Es verdad que tu tío está componiendo una sinfonía sobre la isla?

Marta se sentía sonrojada y confusa. Antes de llegar aquellas gentes nunca había mentido a sus amigas. Se sentía tan fundida con ellas que le parecía ser una misma cosa con todas. No tenía secretos para ellas. Pero ahora era más leal a los recién llegados e inventaba su manera de ser porque tenía miedo de que no les juzgaran bien. Lo de la sinfonía de la isla era una invención hecha en honor de Daniel.

Era verdad que él, continuamente, emborronaba papeles de música, luego se sentaba al piano y se oían desde cualquier sitio de la casa unas notas vacilantes. Volvía a escribir, y al fin terminaba tocando para descansar, algo muy hermoso que Marta, con su terrible incultura musical, estaba convencida que era ya la sinfonía acabada.

Marta había intentado hablarle de cosas de la isla, de Alcorah y de los demonios en forma de machos cabríos. Un día se lo expuso concretamente mientras él la miraba con sus ojillos aguados sin gran interés. Estaba sentado al banquillo del piano y de cuando en cuando tecleaba.

—Yo siempre he notado como una música, la música de la isla que los picos altos de las cumbres parecen dirigir. Tú podrías hacer esa música, Daniel.

Llamaron a la puerta. Entró Carmela.

—La señorita Pino que le duele la cabeza. Que si don Daniel quiere dejar el piano.

Tres veces Pino había mandado tal recado, cuando Marta estaba junto a Daniel. Aquélla fue la última vez. Daniel huía de ella.

—Pequeña, hay que ser prudentes... Cloc, cloc, cloc, ¡perdón...!, hijita, ¿qué sacamos de disgustar a la buena de Pino?

Daniel tenía miedo de Pino, que desde un tiempo a aquella parte estaba tan nerviosa. Cortaba para ella flores en el jardín. La adulaba. Le besaba la mano en cuanto tenía ocasión. De nada servía todo esto porque Pino, que como todos los isleños era sensible al ridículo, lo creía una burla y le dijo al asombrado Daniel que estaba poco dispuesta a dejarse tomar el pelo.

Marta, el día en que sus amigas exigían una contestación sobre la sinfonía de Daniel, sintió que le salía una voz débil al decir que sí. Sí, Daniel escribía la sinfonía, pero naturalmente era una cosa muy difícil que exigía mucho tiempo.

—Y de tus poemas de Alcorah ¿qué dicen tus parientes?, ¿les gustan?

—No me he atrevido a enseñárselos.

Como estaba mintiendo, a Marta le fastidió el corro de caras que la contemplaban allí, en el patio del Instituto. Por primera vez hubiera querido estar sola, lejos de ellas. Sus amigas conocían las leyendas, las juzgaban con imparcialidad. Opinaban que no eran buenas aún, pero prometían mucho. Marta debía enseñarlas.

Era muy fastidioso. Sus amigas le habían reprochado siempre tomar demasiado en serio aquel afán literario y no ocuparse de las cosas de la vida, como decían ellas. Pero en el momento de llegar aquellos peninsulares artistas, para las "niñas" resultaban un orgullo las habilidades de Marta.

De todas las amigas, Marta prefería a una. Todas la preferían: se llamaba Anita, y era la cordura en persona. Ella a su vez se preocupaba por todas y un día llevó a Marta aparte.

—Mira, yo he pensado que tus parientes se deben preocupar ahora por ti, en muchas cosas. Mi madre dice que tu hermano no se ocupa mucho y que tu cuñada no es gran cosa la pobre...

Marta dijo, muy agitada:

—Pero si se preocupan mucho. Quieren saberlo todo de mí. Me quieren mucho. Ya se han dado cuenta de que Pino y José no son simpáticos y quieren llevarme con ellos cuando vuelvan a Madrid...

Anita quedó pensativa.

—No te hace falta que te lleven a Madrid. ¿No te daría pena dejar la isla? Lo que tú debías hacer es buscar un buen chico y casarte. Tú no eres fea, ¿sabes? Sixto, el hermano de María, dice que le gustas... Ahora va a venir con permiso del frente porque lo han herido... Tus parientes te pueden ayudar para eso, ya que tu hermano no te saca nunca a ningún lado y además dice mi padre, no sé por qué, que se llevará un disgusto cuando te cases.

Marta se encogió de hombros. Explicó vagamente que Hones también le había dicho que tenía que buscar un novio... Pero inmediatamente se sintió triste, porque no era esto lo que esperaba ella de los parientes.

Cuando pensaba en la manera como Matilde le había rechazado, hasta tenía ganas de llorar. Nunca se lo diría a sus amigas.

Había ido detrás de Matilde como un perrillo, en todas ocasiones le había insinuado sus grandes deseos de que hablaran las dos de Literatura, y su tía siempre había encontrado el medio de escabullirse.

Un día, cuando Matilde, como siempre, tomaba el sol en el jardín, la abordó.

—Yo quería enseñarte lo que escribo...

—¿Por qué no vas a tu profesor?

—Creo más en ti porque has escrito también —la miró y continuó muy de prisa—: además, tú estás equivocada conmigo, crees que soy feliz y me desprecias. Crees que soy una tonta metida en esta finca sin enterarme de la vulgaridad de Pino y de José...

—No sabes lo que dices. Me parece de mal gusto hablar mal de tus hermanos.

—Sí... pero, ¿no quieres leer lo mío?

—No.

Matilde, detrás de las gafas negras que se ponía para el sol, vio la cara de Marta llena de desencanto. No se compadeció. Aquella niña la irritaba.

—Mira, te voy a decir por qué no quiero leer tus cosas. No sé si tienes talento o no. Lo más probable será que no lo tengas; pero, al fin y al cabo, es lo mismo... Me repugna verte todo el día sin hacer nada más que pensar en ti misma. De la mañana a la noche estás pensando en ti. No te das cuenta de que hay un cataclismo muy grande en tu país, que muchachos jóvenes que valen infinitamente más que tú, mueren cada día... Muchos de mis mejores amigos han muerto, otros están pasando hambre, otros abocados al destierro. ¿Quieres que me extasíe delante de una adolescencia llena de problemas falsos y literarios? Me repugna. Nunca piensas en la guerra, ¿verdad?

—Sí, sí pienso.

—¿Sabes lo que yo haría si tuviese tu edad? Ayudar con todas mis fuerzas. Ser natural. Vivir. Tener ahijados de guerra y escribirles a ellos... Hacer algo. Algo que no sean versos ridículos.

—No son versos.

—¿Eres tonta, o es que no me entiendes? No quiero leer tus bobadas.

Tan clara repulsa hizo sentir a Marta un complejo de perro apaleado. Reconoció que, realmente, pensaba en ella misma demasiado. Pero también pensaba en ellos, los refugiados, y los quería. Contaba con los dedos las faltas de hospitalidad que les hacían Pino y José. Aunque no los hubiese querido, habría sufrido por eso. En las casas canarias un huésped es sagrado. Se le ofrece lo mejor, ni los más humildes isleños faltan a esta tradición y Marta llevaba este sentimiento en su sangre. Pino también parecía comprenderlo así cuando hizo grandes preparativos para la llegada de los peninsulares y se enfadó por la roñosería de José que no quería hacer gastos nuevos para sus parientes. El día que llegaron les hizo preparar una comida de príncipes, sacando en su honor la más antigua y hermosa vajilla, la más bella mantelería calada, y los cubiertos de Teresa, que hacía años estaban guardados. En las camas, les puso, como correspondía, sábanas de hilo antiguo, bordadas de maravilla, que eran también del equipo de novia de Teresa, y que venían ya de la abuela de Marta.

Nada de esto se comprendía al ver el gesto malhumorado con que los acogió al día siguiente, y sus pullas constantes.

Marta hubiera querido explicarles, al menos, que en la isla la gente es acogedora, aunque en su casa no lo fueran. Pero a ella la huían.

Un día estalló al fin la tormenta familiar, y desde entonces Marta tuvo aquella extraña sensación de que había quedado en la vida definitivamente sola. Aquella sensación curiosa, insistente, que ya no la dejó nunca.

Pino y José, antes de la comida habían peleado como casi siempre, por cuestiones de dinero.

—Pues no haberte cargado con este hatajo de gandules, que no hacen más que criticarme...

Esta frase de Pino llegó desde el piso alto, escaleras

abajo, a los oídos de todos. Y todos se hicieron los desentendidos como siempre.

Ya sentados a la mesa, y cuando en ocasión del postre llegó el enorme flan de Daniel como un reto, Pino contó que ella desde joven había trabajado con sus manos, y se había ganado su comida, cosa que muchos encontraban mal.

José comía vorazmente, como siempre, y con toda tranquilidad.

—Nunca he sido una carga para nadie —recalcó Pino.

Daniel, en medio de un silencio, pidió un salero a Marta. Ya no se atrevía a sacar su tic delante de José, que lo fulminaba con la mirada.

—Hay niñas mimadas, como Marta, que ni se zurcen las medias. No quieren más que leer, y luego, si las cosas les van mal, seguramente se irán a casa de unos parientes, a que las mantengan.

Matilde dijo:

—Si esas cosas las dices por nosotros, en lo del trabajo tu marido tiene la palabra. Daniel habla inglés, y es posible que sea útil en su oficina. El otro día dijo que le hace falta gente. Estamos deseando vivir en la ciudad, independientes.

—¡Claro...! ¡Aquí les tratamos tan mal...!

—¡Por Dios, querida Pino...! nadie ha dicho nada. Haya paz... ¡Por Dios!, si lo que habéis hecho por nosotros...

Matilde, sin hacer caso a Daniel, siguió disparada.

—Muy mal lo pasamos en Francia. Pero peor lo pasan otros, en estos tiempos. Nunca fue nuestra intención estorbar en esta casa.

Se detuvo un momento, y con gran sorpresa de todos, se oyó la voz de Marta muy fuerte y clara:

—Pero, ¿quién puede decir que estorban? Esta es la casa de mi madre, ¿entienden? De mi madre y mía... Estamos muy contentas de tenerlos.

José dejó de comer. Se puso rojo y le destacaron en

la cara los pálidos ojos azules. Nadie supo lo que iba a decir, porque en aquel momento le entró la histeria a Pino, y todos se asustaron. Empezó a gritar, mientras arrugaba el mantel trayéndolo hacia ella. Se volcaron vasos, y corrieron agua y vino sobre el mantel, que después de empaparse aún dejó gotear al suelo, durante un rato, aquel líquido rojizo.

—¡Esto tenía que oír...! ¡No estoy en mi casa! ¡No estoy en mi casa! ¡Aquí amarrada a una loca, sacrificada, abandonada por mi marido por las noches...!

José se levantó y llamó a Pino mentecata, entre furioso y asustado.

—¿Qué dices de las noches? ¿Qué tiene que ver...?

Lolita, que servía esta vez a la mesa, corrió a la cocina, tapándose la boca con las manos para no soltar la risa. En la misma puerta se tropezó con la majorera, que entraba al oír el escándalo.

—Abandonada por ti, sí...

Pino lloraba y se ahogaba. José le metió entre los dientes un vaso con agua. Los dientes castañeteaban contra el cristal, y el agua se derramó sobre el pecho de Pino.

Matilde fue quien ayudó a la majorera a sostener a Pino para subirla a su alcoba. Marta iba detrás, confundida. Se quedó al pie de la escalera, al fin, sin saber qué hacer. José la vio, cuando él también iba a subir, y le soltó una palabrota, y luego dos bofetones sonoros. Le marcó los dedos en las mejillas. Marta quedó quieta... Vio que la vieja Vicenta, ordinaria y obtusa, se paraba un momento para ver su humillación, pero que Matilde no se volvía. En aquellos segundos de pesadilla, notó que en un extremo del comedor, Daniel y Honesta se hacían los disimulados. A nadie le importaba que la castigaran. Tal vez lo creían justo, ya que había provocado aquel ataque de Pino. Dio media vuelta y salió al jardín. El aire y el sol, vivos y fríos, le empujaron el pecho, allí donde le dolía. Empezó a andar cegada. Llegó a un límite del jardín y siguió por la finca, entre las vides invernales, hundiéndose en el áspero y suelto picón hasta media pierna. Luego se tiró al suelo. El pequeño dolor de las porosas piedrecillas de lava clavándose en los brazos y en el cuerpo, la hizo llorar al fin. Frente a ella, en su hoyo clavado en el picón, un esqueleto de vid, con las últimas hojas secas, quemadas, pendientes milagrosamente de unas gruesas telas de araña; empezó a temblar detrás de unas difíciles lágrimas. Luego lloró más, suelta ya la pena a chorro, infantilmente, y ya no vio nada.

Se dio cuenta más tarde de que estaba con la frente apoyada en los brazos, y que su boca, muy cerca de la tierra, aspiraba su aliento profundo.

Estaba tan sola en el campo de viñas, con el aire frío pegándosele en la espalda, como cualquier pequeño insecto perdido entre la vegetación, sobre el inmenso mundo.

El sol y el viento hacían temblar sobre su cuerpo grandes espacios de oro que llenaban vacíos, colgaban entre las colinas, se cortaban por carreteras con árboles grandes, y tropezaban con los profundos azules de la cumbre. Ella estaba absolutamente sola con Dios. Los elegidos de su corazón la habían rechazado. Había soñado encontrar en ellos personas que tuviesen su misma alma. Pero apenas había podido atisbar en sus ojos inquietantes, penas, sabiduría... Ellos, ni habían querido mirarla. Habían rechazado sus manos tendidas y le daban la espalda.

Se sentó en la tierra, y dejó que el viento enfriara su cara y su cuerpo. Asustada, vio como a la luz de un relámpago, lo que los padres cariñosos y los buenos maestros, y las amigas tiernas, nos ocultaban siempre: la grande y desolada soledad en que se mueve el hombre. Cerró los ojos, como si realmente estuviese hiriéndoles algo. Luego volvió a la casa, seria. Sus pensamientos los concretó en la frase que se repetía siempre: "Esto es crecer, estoy creciendo".

Desde aquel día fue y vino del Instituto, sintiendo

una lejana pena y un poco de resentimiento cada vez que encontraba a sus tíos. Hasta Hones, la más asequible, la menos interesante, se burlaba un poquito de ella porque, según decía, con sus dieciséis años, no había sido capaz aún de tener un novio.

Después de aquel estallido de Pino, todos los de la casa parecieron serenarse. Se decidió que desde enero vivirían los tíos en Las Palmas, en la casa ahora cerrada, donde durante parte de su infancia había vivido Marta con su abuelo. José daría a Daniel un empleo bien pagado.

Fuy muy raro para Marta ver como Pino se sintió desde entonces infeliz, porque los parientes que tanto habían parecido molestarla se iban. Decía que iba a quedar horriblemente sola y abandonada.

Llegó a hacerse muy amiga de Hones, que era muy amable y subía muchos ratos a su cuarto para hacerle compañía y cuchichear con ella interminablemente.

Marta pasaba unos días de desconcierto entre todas estas vidas indiferentes junto a ella. También se sentía distinta junto a sus amigas. Su antigua y absoluta intimidad con ellas no le parecía posible ya. En los últimos días de la estancia de los huéspedes, Pino llegó hasta a estar animada como en los tiempos en que Marta la conoció, cuando estaba recién casada. Iba y venía a Las Palmas con mucha frecuencia para ayudar a Hones a preparar la casa de la ciudad. A pesar del buen humor de Pino, José no pareció muy contento de estas salidas. Un día, delante de todos, le planteó la cuestión:

—Si sigues dejando la casa con frecuencia, tendremos que buscar una enfermera para Teresa. No estoy dispuesto a que Vicenta crea que tiene derecho y libertad para manejar completamente a la enferma... El mejor día nos encontraremos un curandero en casa... Ya ha sucedido.

El tono de José fue muy seco. Estaban todos tomando café debajo de los ventanales del comedor. Pino se había puesto su traje nuevo y estaba dispuesta a ir a Las Palmas aquella tarde. Escuchaba, rabiosa, a su marido. Marta, que estaba en un rincón, salió al jardín, como hacía siempre ahora, cuando presentía que se preparaba alguna discusión. Los peninsulares no despegaron los labios. Solamente Daniel se quemó con el café. Pino empezó a agitarse. José la miraba.

—No quiero escenas... Aquí todos son testigos de que no te impido hacer tu capricho, pero tiene que ser dejando a Teresa en buenas manos.

—Para tú acostarte con la enfermera que traigas. ¡Gracias...! No quiero.

Las caras de todos los que les rodeaban eran difíciles. Matilde, impaciente, no entendía bien estos celos furibundos de Pino. Se encogió de hombros fastidiada. "Si recordaran estas gentes que había guerra —pensó—, que había tantas cosas de que ocuparse en vez de perder el tiempo en discusiones ridículas..." Miró por los cristales de la ventana y vio a Marta en el jardín sentada con la gata en la falda. También le molestó la actitud de aquella chica. Se sentía profundamente descontenta con todo y con todos. A veces le parecía que jamás volvería a ser la mujer animosa de antes de la guerra.

La discusión entre José y Pino terminó como era de esperar. Pino se quedó en casa fastidiada y rabiando. Daniel se sintió mal y pidió que le hicieran tila. José marchó a su oficina llevando en el automóvil a Honesta y a Marta.

Los sollozos de Pino se oyeron mucho rato aquella tarde. Se había encerrado en su cuarto. Matilde, que no tenía gran cosa que hacer, había subido también a su propia alcoba y la oía desde lejos. Se acercó a la ventana y se dedicó a mirar el firmamento, como si estuviese enjaulada. Muchas veces hacía esto mismo. Así vio cómo unas nubes ligeras cubrían la Cumbre y se iban espesando rápidamente, y cómo luego se volvieron tempestuosas y terribles. Aquel espectáculo del cielo la iba cargando a ella de una extraña electricidad.

Daniel, que no se atrevía a tocar el piano por no molestar a Pino, daba vueltas en aquella misma habitación, y Matilde lo sentía, nerviosa. De pronto empezó a llover. Relampagueaba y llovía brusca y torrencialmente.

—¡Dios mío! —decía Daniel!— se me parte la cabeza... Pero ¿no estamos en invierno...? Este clima me sienta mal a los nervios... Yo tenía entendido que en invierno no había tempestades.

—Aquí en la isla, sólo hay tempestades en invierno.

Daniel miró la figura de su mujer, tan seca, recortada contra los cristales de la ventana.

—Pareces una profesora hablando así.

—¿No lo soy?

Matilde se había vuelto hacia él, desdeñosa.

—Eres una dama... No lo olvides. Te has casado conmigo.

Matilde tuvo ganas de reírse, como si ella también estuviese histérica. Aquel hombre, su marido, le parecía un monigote.

—Ojalá no lo hubiera hecho nunca.

—¡Qué manera de hablar...! ¿Te ha contagiado Pino...? cloc, cloc..., ¡ejem!

Matilde sentía aquella electricidad y aquel desbordar de la lluvia dentro de ella misma.

—Sí, eso es. Me he contagiado. Cuando las gentes viven encerradas en un círculo absurdo, terminan contagiándose.

Daniel, al ver que Matilde temblaba, se quedó mirándola con curiosidad, con cierta avidez también.

Matilde le apartó. A veces tenía ella impulsos extraños, pero ninguno como el que le cogió en este momento. La tempestad la conmovía, removía en ella una serie de sentimientos y de impulsos.

Salió de la habitación, corriendo, delante del asombrado Daniel. Había decidido permanecer apartada de todas las cuestiones de esta familia con la que ahora vivía, pero iba en este momento hacia el cuarto de Pino para consolarla. Era la primera vez en mucho tiempo que sentía un movimiento de simpatía hacia un ser humano. Sintió que le desbordaba una curiosa solidaridad por todas las mujeres del mundo, en el impulso que la llevaba hacia Pino. Ella no lo analizaba. Jamás había sentido simpatía por los seres de su propio sexo, pero, en este momento, aquella simpatía y aquella solidaridad, convergiendo hacia Pino, fueron tan grandes en ella que le hacían golpear el corazón y temblar las manos. Recordó vívidamente que, en un tiempo, ella también había llorado como Pino, encerrada en un cuarto, después de discutir con su marido.

Pino se había encerrado con llave. Cuando Matilde llamó a su puerta, le contestó con una palabrota. No quiso abrirle, de ninguna manera.

V

ME parece que equivocaste tu vocación.

Esto se lo decía José a Daniel. Estaban los dos en las oficinas de la casa comercial. Por la ventana se veía el puerto lleno de sol, entraba el olor de los barcos y el aire del mar. Los empleados acababan de marcharse. Daniel venía dócilmente ahora, todos los días, acompañando a José.

—¿Mi vocación...? No sé qué quieres decir.

José inclinó su larga nariz hacia él.

—Que hubieras sido un buen oficinista en vez de un músico mediocre, eso quiero decir.

José tenía un aspecto singular, mirando a Daniel, que acababa de entregarle un trabajo.

José estaba de muy buen humor aquel día. Había estado haciendo un balance de sus cuentas particulares y las cosas le iban bien. Hasta había calculado la posibilidad de que el tiempo en que él debiera tener un hijo se iba acercando. No quería esto hasta que verdaderamente pudiese ofrecer a aquel hipotético hijo suyo ciertas cosas de las que él había carecido en su infancia. Sobre todo la seguridad en el porvenir. Acababa de hacer una pequeña "faena", como él decía, y habían pasado a su cuenta algunos billetes más... Cada vez que estas cosas ocurrían, aquellos pensamientos de sucesión, de continuidad, venían a él con más fuerza.

Su tío Daniel sudaba. No tenía idea de por qué José se complacía en mortificarle y al mismo tiempo en tratarle bien. Sus labios se fruncieron de modo que la boca parecía minúscula.

—Hijo mío... sólo sé que te he tenido en mis rodillas de pequeño y que podías... No sé, tenerme un poco más de respeto...

José miró al viejo con cierta chispa en los ojos.

—Tú mismo me pronosticaste a mí un porvenir de oficinista. ¿No te acuerdas...? "Este pobre chico, este..." ¿Cómo decías...? Ahora soy tu jefe. Has sido un adivino.

Daniel tenía un aspecto tan afligido en aquel despacho, que José tuvo al fin que sonreírse. Desde que sus tíos escribieron hablando de su desesperada situación, José había pensado en muchas cosas, pero sobre todo en devolver una por una mil humillaciones antiguas, almacenadas debajo del aburrimiento de toda una vida. Recordaba la horrible casa de su abuela; el insoportable señor que era Daniel, siempre chillando con una voz aflautada contra el padre de José y sus dispendios y su hijo medio tonto. Toda la vida había llevado aquellas palabras: "este tonto", metidas en los oídos. Pero en el momento de tener en sus manos a este mismo Daniel que en sus recuerdos era odioso, le resultaba como si fuera otra persona: un pobre viejo ridículo y, sin embargo, no carente de dignidad, que se esforzaba por hacer lo mejor posible el trabajo que él le encomendaba. Además, le demostraba admiración, y a esto José era sensible... Si es verdad que, en la casa, Pino estropeaba con sus tonterías el conjunto feliz que él había querido presentar a aquellas gentes, también era verdad que sus tíos se mostraban muy prudentes, casi con el rabo entre piernas, y nunca se habían mezclado en sus discusiones. Ahora no podía menos de sonreír delante de aquella cara desconcertada.

—Daniel, ya falta poco para que puedas hablar mal de mí en las horas de las comidas.

La cordialidad y la guasa de José resultaban siempre un poco espectrales.

—No te entiendo.

Daniel estaba sobresaltado. Aquel día era un sábado. El lunes siguiente los Camino peninsulares iban a estrenar su casa de la ciudad.

—A mí no me desagrada que habléis mal de mí... por detrás..., pero no me gustan otras cosas. Entre ellas, aunque sea por saltar a otro asunto, que Hones tenga tantos tratos con mi mujer. ¿Qué es lo que murmuran todo el día? Tú debías vigilar a las mujeres de tu casa, como yo a las de la mía, con mano firme. ¿Me has entendido?

Los dos hombres estaban separados por una mesa de despacho, sentados frente a frente. Daniel, con su cara triste, parecía un cordero mojado.

—Si te disgusta que Hones sea amiga de Pino... No sé por qué, pero si te disgusta... inmediatamente dejará de serlo. Hones fue siempre una muchacha dulce y obediente. Y te ha llevado en sus brazos.

—Hones fue siempre una fresca. Yo era un crío y estaba harto de oír cosas sobre ella. No quiero que influya en Pino.

Daniel movió la cabeza como si le faltara el aire. Mientras contenía su tic pensaba que no se enfadaría con José por nada del mundo. Sabía que José quería que se enfadase, pero él no lo haría. Estaba demasiado harto de sustos y de hambre desde que la guerra comenzó. Uno de sus hermanos había sido fusilado...

—¿Quién es ese tipo cojo con el que se ve Hones?

—Estás equivocado respecto a tu tía, José...

—¿No me has oído?

—Nos vemos todos con él. Es un amigo que se portó muy bien con nosotros en Francia. Es un magnífico pintor, según creo... No hay nada de malo en esa amistad, me parece a mí.

Todo este tono humilde, esta resignación, acabaron por desarmar a José. Apartó su silla con un gesto algo asqueado.

—Vámonos a casa... Pueden ustedes hacer lo que

les dé la gana. Es más, don Juan, el médico, quiere celebrar el último día de ustedes en la casa con una reunión, mañana por la tarde. Yo no me opongo... No soy ningún ogro. Puedes sonreirte cuando hablo contigo; no te voy a tragar, estoy bromeando.

Daniel siguió con la boca fruncida.

—En lo de las amistades con mi mujer no bromeo tanto. Pino es muy joven y Hones la trastorna un poco. Matilde es más discreta y además parece buena. No sé de dónde la sacaste.

Daniel carraspeó. De pronto se vio lejos de allí, en su casa de Madrid, acabada ya la guerra. Tuvo una visión alegre de una Matilde sumisa, sin malos humores, de toda una casa temblando a sus órdenes, de una cena después de un concierto... Su mirada se perdió vagamente en el techo.

—Vámonos —volvió a decir José—. Todo el mundo se ha marchado ya.

Cuando llegaban a la puerta se volvió hacia su tío.

—Espero que tendréis un buen recuerdo, más adelante, de estos meses en la isla.

—¡Oh, sí...!

Daniel quedó como abstraído. Se vio entre unos amigos contando cómo habían sido aquellos meses: "En la magnífica residencia de mis sobrinos... Cuando vivíamos en la espléndida finca de..."

—Y espero que no pienses que yo te obligo a trabajar. Tu mujer prefiere la independencia. Eso es todo.

Bajaron las escaleras en silencio. Al llegar al automóvil, José volvió a decir:

—Tu mujer es muy dominante, ¿eh...? Las poetisas son todas así.

Daniel volvió de las nubes. Dijo con un poco de voz:

—Matilde me ha obedecido siempre. Ha sido una buena mujer.

—Sí, ¿eh...? Pues tampoco me gustaría que se acercara demasiado a Pino. Ahora está con esa idea de meterse en Falange y ayudar a organizar el mundo. ¿No?

—Dice que es su deber, en estos tiempos.

—Pues si Pino se empeñara en cualquier tontería de esas, ya veríamos en casa lo que pasaba... Querido Daniel, cuando yo era un niño me llamabas bobo cada dos minutos, pero te digo que mi vida y mi casa marchan bien y a mi gusto. ¡Vaya si marchan!

Daniel vio el horrible perfil de su sobrino, como una pesadilla, a su lado. Lo veía todos los días y todos los días le soltaba cosas parecidas. Daniel hubiera tenido mil argumentos para replicarle, pero se callaba, paciente. No le gustaba trabajar en la oficina, en verdad, pero pensar en que pronto estaría en una casa propia y que podría descargar todo este amargor que llevaba dentro a gritos, o como le pareciese mejor, era algo que le consolaba.

Cuando llegaron a la finca aquella mañana, José tuvo uno de sus súbitos y tremendos rubores. El comedor estaba lleno de mujeres. Marta leía un libro; Matilde hacía punto tan rígida y seria como si estuviese dirigiendo una batalla con sus agujas; una criada ponía la mesa, y Hones y Pino secreteaban en el extremo de un diván.

La entrada de los dos hombres tuvo la virtud de causar un ligero revuelo, un cacareo como el que dos gallos provocarían al meterse en un corral de gallinas. Esta imagen que se le ocurrió fue la que hizo ruborizar a José.

El domingo amaneció nublado. José tuvo la gentileza de llevar a todos, por la mañana, hasta la cumbre de la Caldera de Bandama, el volcán cercano a la casa. Hones palmoteó delante del cráter imponente, en cuya hondura volaban los guirres. Daniel se mareó. Marta consideró a todos con inquietud, midió sus gestos con los ojos. Estaba algo inquieta porque, al fin, le habían dado permiso para que invitara a algunas amigas a la finca aquella tarde. Vendrían, y también dos amigos. ¡Ella estaba tan desilusionada de sus familiares y había puesto tanta fantasía al describirlos que tenía miedo de lo que iban a pensar aquellas muchachas!

Después de comer, cuando esperaban a los invitados, estando todos de tertulia en el comedor, Honesta y Pino desaparecieron escaleras arriba seguidas por una mirada inquieta de José.

La verdad es que Hones tenía una gran inquietud y una curiosidad que la estaba atormentando desde hacía tiempo. Ya le había hablado a Pino de ella. Quería ver a Teresa antes de marcharse de la finca. El mismo día de su marcha, eso sí, porque no tenía ganas de soñar con ella por las noches y despertarse sabiendo que estaba cerca. Le habían obsesionado, desde que llegó, aquellas ventanas enrejadas tan cerca de la suya y aquella fotografía que desde la mesa de su cuarto parecía perseguirla siempre con unos ojos inmensos. Necesitaba ver los estragos que la enfermedad había hecho en aquella cara. Quizá fuera el arte del fotógrafo el que la hacía aparecer tan sugestiva... Hones no sabía por qué se sentía molesta por aquella belleza. Comprobaba con cierta complacencia que la cara de Marta no se parecía en lo más mínimo al retrato de su madre. Y ella misma, aunque no estaba muy acostumbrada a analizar sus sentimientos, se sorprendía de estas cosas, de esta especie de envidia extraña. Pino le había dicho que de la antigua belleza no quedaba nada, pero nada, y hasta creía que Teresa nunca había sido guapa. Hones no se quería marchar de allí sin saberlo de cierto, sin haberlo visto por sus propios ojos. Aquel día, después de comer, se decidió a aceptar la invitación de Pino.

—Vamos, si quieres, a ver eso.

Pino subió las escaleras con Hones detrás. Al fondo del pasillo abrió con brusquedad la misteriosa puerta. Hones, con sus ojos redondos, muy azules, muy abiertos, entró detrás de Pino en una gran habitación en penumbra. Junto a las maderas entornadas de una ventana se veía un sillón, y en él a una persona.

Pino le había dicho a Hones que Teresa no estaba

paralítica ni mucho menos. Sólo que, para que tuviera cualquier iniciativa de moverse o comer o hacer alguna cosa, había que ocuparse de ella como de un niño muy pequeño. Vicenta, la majorera, era la encargada de lavarla y peinarla. Muchas veces, cuando entraban en la habitación, encontraban a Teresa de pie, mirando estúpidamente al vacío, con las manos sujetas a la barandilla de la cama, o pegada a la pared. Había que conducirla al sillón y, una vez allí, solía pasar horas sin moverse, hasta que alguien venía para hacerla andar por la habitación un rato, como había dicho el médico. Darle de comer era lo más trabajoso; cerraba fuertemente las mandíbulas. Cuando estaba en su sillón miraba vagamente hacia el jardín, pero si pasaba alguien delante de su campo visual, solía cubrirse la cara con las manos, y lo mismo si oía ruidos extraños. Intentar sacarla al aire libre era cosa a la que se había renunciado hacía años. Entonces sí que trataba de defenderse, incluso gritaba.

Pino, sin ningún miramiento, fue hacia la ventana y la abrió de par en par. Entonces la persona que estaba en el sillón se cubrió la cara con las manos, pero Hones había visto bien. Pino intentó quitar a la fuerza aquellas manos.

—Déjate ver, estúpida. Tienes visita...

—Deja, deja, por Dios... Ya vi...

Teresa estaba muy flaca. La vestían de negro, con un traje ancho y largo. Los cabellos los llevaba casi al rape, para facilitar la limpieza y le brillaban negros, sin una cana. Debieron ser hermosísimos, espesos, con reflejos azules. Su piel tenía una palidez monjil y era joven. La expresión, que había visto Hones, de estupidez animal la afeaba enormemente. Pero aquellos ojos verdes, vacíos de inteligencia y espantados, seguían siendo extraordinarios. Aún parecían más grandes que en la fotografía. Un instante sólo los había visto Honesta. Era como si comieran toda aquella cara demacrada. Pino era injusta en sus apreciaciones; no había duda de que Teresa fue una mujer de belleza muy grande.

Pino, de pie delante del sillón, parecía mucho más trastornada que la enferma. Hones tuvo miedo de ella. Sintió que no debía haber venido.

—Por esta porquería... por ésta, soy yo una mujer desgraciada. Bien me había dicho mi madre que José estuvo enamorado de ella... Por ésta me voy a morir yo, aquí, en esta finca endemoniada...

—Vamos, vamos...

El pecho de Honesta subía y baja apresurado. ¡Cuánto hubiera deseado estar en aquel momento allá abajo, en el alegre comedor, o mejor aún, en el automóvil, camino de la nueva casa! Su curiosidad la había perdido. Pino no hacía caso alguno de ella; hasta empujó con el pie los pies de Teresa, que encogió las rodillas, quedando doblada como una vieja. Pino no atendía a razones, y Hones no se atrevía a marcharse; hasta estaba horriblemente interesada por la escena.

—Y tiene buena salud, la maldita... Nada le hace daño. Vivirá para enterrarnos a todos, si esto es vivir... Don Juan dice que el corazón está débil. Me río yo... Aquí está, cuidada como una reina, mientras los muchachos jóvenes mueren como chinches en las trincheras... Vámonos.

Se volvió hacia Hones, mirándola mucho, con la expresión cambiada.

—Ahora ya sabes para lo que yo vivo... Para tener guardada en un fanal a esta cosa, a este saco de huesos... Para eso me casé.

Hones, muerta de susto, sintió que Pino venía hacia ella y se echaba en sus brazos, en una rápida transición, abrazándola y llorando sobre su pecho. Había que acariciar aquellos espesos cabellos rizados.

—Te digo que no puedo más; tú has sido la única persona que me ha entendido un poco en esta casa... Yo necesito cariño; cariño y alegría...

"¿Yo entenderte?" Hones estaba cada vez más asustada.

Teresa se levantó del sillón. Hones, aterrada, vio que era alta y que tenía el paso de un muñeco mecánico. Se fue hacia la pared y se quedó allí, de espaldas a ellas, como un niño castigado.

—Vámonos, vámonos... ¿Cerramos la ventana?

—Ciérrala. Ayúdame a volver a ésa al sillón. Si no, se está así todo el día.

Pino se sonó con fuerza, ya con una expresión normal, cansada.

Increíblemente, a pesar de todos los temores de Hones, Teresa no opuso resistencia a que de nuevo la trasladaran. Iba con la cabeza agachada y los ojos bajos. A pesar de su desconcierto, Hones se fijó en sus largas y espesas pestañas. Luis, su hermano, debió de llevarle una gran cantidad de años a esta mujer. ¿Sería posible lo que había insinuado Pino acerca de ella y de su hijastro? ¡Qué barbaridad! Casi tuvo ganas de santiguarse, como si esta Pino que ahora parecía tan mansa, tan blanda, fuese un demonio... Decía que Hones la entendía... ¡No faltaba más! Se habían reído juntas de los apasionamientos de Matilde por la guerra, de lo boba que era Marta, la niña... Algunas veces habían comentado que lo único importante en el mundo, para las mujeres, era el amor de los hombres, y Hones hasta tuvo la debilidad de confesarle que a ella Pablo, el pintor, le gustaba muchísimo, pero era casado y ahí estaba la dificultad. Pino había tenido una exclamación muy campechana y ordinaria para expresar que un hombre casado, lejos de la mujer, resultaba como si no lo fuera. Pero Hones había opuesto entonces que ser soltera y hermana de un hombre tan puntilloso como Daniel obligaba a mucho... Jamás se hubiera descubierto a Pino, como ésta lo hacía ahora con ella, y se alegraba.

Pino parecía avergonzada al salir del cuarto. No levantaba la cabeza con su acostumbrada arrogancia.

Hones bajó las escaleras con los ojos tan abiertos y los arcos de las cejas tan levantados que Matilde, ignorante de lo que su cuñada había ido a hacer en el piso de arriba, le preguntó si había visto un fantasma.

Hones parpadeó unos momentos. Estaba toda la familia reunida como hacía un rato. Casi no se habían movido, pero ella se sentía turbada.

Marta rompió aquel extraño silencio que parecía envolver a las dos mujeres recién llegadas en aquellos momentos, poniéndose de pie, brusca.

—Oigo el coche del padrino... ¡Ya vienen!

Hones recordó que don Juan, el médico, había prometido traer a Pablo. Tuvo la sensación de estar sucia, con la nariz brillante, y hasta desgreñada. Aquella sensación no era cierta, porque Hones seguía tan maquillada como antes de subir al cuarto de Teresa, pero, murmurando que iba a arreglarse un poco, volvió a subir las escaleras en busca de su cuarto y de su espejo, al tiempo que el automóvil de don Juan paraba delante de la casa.

José siguió a su tía con una mirada desvaída. Luego se volvió a su mujer.

—¿Qué te estuvo diciendo? ¿Qué hacías arriba?

—¡Déjame, niño...! No me estuvo diciendo nada...

Se soltó del brazo de su marido y corrió a la puerta para recibir las visitas.

Aquella noche, Marta entró en el cuarto de música cuando se fueron todos. La puerta ventana estaba abierta al fresco de la noche, para que el humo se marchase. Los ceniceros rebosaban colillas. La tela que cubría su cama turca estaba arrugada y aplastados los cojines. El piano, abierto, y descolgados, vibrando aún, los timples y la guitarra.

Como si un gran hechizo la retuviese allí, se sentó la muchacha en su propia cama, olvidada del tiempo. Miró su falda gris, su jersey azul, como si tuvieran excepcional importancia. Tenía las piernas curtidas y nunca usaba medias ni tacones en los zapatos: siempre sandalias blancas.

Intentó tararear a media voz una cálida risa. Renunció.

Ella no sabía que la tarde había terminado desagradablemente para Pino, porque José había cogido una fría cólera al oírla cantar acompañada por los muchachos y por el tripudo don Juan, el médico, una canción parrandera. Pino había estado guapa, con la cabeza echada hacia atrás y los ojos grandes y brillantes que tenía.

Marta sentía que aquel domingo había tenido un extraño embrujo que lo había hecho muy corto. Un día amarillo y corto. Feliz y corto. Ningún día había sido feliz, desde que llegaron los forasteros, hasta este domingo. Todos los días, desde que llegaron los parientes, habían traído como una promesa frustrada. Pero habían traído una promesa... Esta era la verdad. Aquel domingo le parecía a la muchacha que se había cumplido del todo.

Sus amigas, tímidas y alegres a un tiempo, no se habían reído de los parientes. Siempre era muy distinto comentar las cosas en la intimidad feroz y salvaje que tenían cuando estaban solas, que juzgar a unas gentes en una tarde de fiesta. Además, estaba aquel hombre, Pablo, que no era afectado, que no se daba importancia, y que, sin embargo, era alguien importante a juicio de todos.

A primera hora hubo gramófono y baile, y Marta sintió que los brazos de un muchacho guapo, vestido de uniforme, la estrechaban con ternura. Le fue agradable coquetear con él. Sintió un ligero placer sádico al ver que Hones, muy pintada y desbordante, envejecida por el contraste con la panda de muchachas, la miraba. Entonces acentuó su aire cariñoso. Empezó a divertirse.

Don Juan intervino diciendo que nada de gramófono. Ya había advertido que no quería té para merendar. Tenía que ser algo típico en honor de los peninsulares: la guitarra y los timples, vino y ron y carajacas para merienda... Don Juan, con su aire de palomo aburrido, a veces tenía buenas ideas, y era infatigable dirigiendo una diversión.

Luego, la tarde se puso amarilla y extraña y llena de ardor. Pablo, el pintor, no tan astroso como ella recordaba, y con unos blancos dientes y un gesto triste que no se le quitaba al reír, la cogió del brazo.

—Dime, Marta Camino, ¿por qué miras tanto a Hones cuando coqueteas con ese muchachillo...?

Había sido casi un susurro. Marta quedó pasmada. La impresión la dejó pálida y al mismo tiempo no sabía por qué se impresionaba tanto. Le pareció que nunca le había preguntado nadie una cosa tan íntima. Era como si le tocaran una zona de maldad que ella no hubiera reconocido nunca en su alma sin esa pregunta.

Fue un momento en que Pablo y ella habían quedado aparte. Casi todo el mundo había ido al cuarto de música a buscar guitarras y timples y a ponerles las cuerdas nuevas traídas por don Juan. Como Vicenta desapareció y sólo estaba en casa la atontada Lolilla, la mayoría de las mujeres fueron a la cocina con Pino, para ayudar a traer cosas. Pablo, aquel hombre superior, a quien ni siquiera se había atrevido a mirar desde su humildad de los últimos días, la tenía cogida por el brazo, se sonrió con una tierna burla y le preguntó, así, asombrosamente.

Iba Marta a decir "No es verdad", cualquier cosa, no sabía qué, pero se detuvo un instante. Le pareció que Pablo era un ser de inteligencia extraordinaria, capaz de leer en su cerebro. Nunca podría engañarle. Le salió una voz temblorosa.

—¿Cómo sabe que miro a Hones?

A Pablo le divertía verla tan alterada. Casi le oía latir el corazón.

—Mi niña querida... ¿No decís los canarios "mi niña querida"? Me gusta fijarme en la gente.

—Creí que eso sólo me gustaba a mí...

—Sí, ya sé... Me ha dicho Hones que eres escritora, ¿no?

—¡Puede burlarse...! No vale nada lo que hago, y lo sé... Son unas leyendas de Alcorah, el dios de la isla, al que adoraban los antiguos guanches... Le adoraban viéndolo en la forma de los riscos altos, del Nublo y el Bentayga... He escrito también de demonios con patas de cabra... Pero no sé por qué le cuento esto. ¡Usted se aburre!

—No, querida, no. Me gusta mucho. ¿Por qué estás tan nerviosa? Te haré un dibujo de tus demonios.

Ante esta desusada dulzura, Marta tuvo ganas de llorar. De todas maneras, este hombre era portentoso. Hones lo había dicho por algo. Y ¡qué agradable y fuerte su mano sujetándole el brazo! Una mano nerviosa, muy morena y manchada de nicotina, pero llena de inteligencia...

—¿Dónde vivía Alcorah? ¿En aquel pico?

No había ni pizca de burla. Sonreía tiernamente. Señalaba la Cumbre y el pico más alto.

—Aquél es el Saucillo... Sí, yo siempre lo imagino ahí. Pero el Nublo y el Bentayga son más imponentes. Se ven, después de remontar la carretera hasta el puerto de Tejeda, mirando al otro lado de la Isla... Es un paisaje raro, está lleno de sombras, de barrancos y montañas; hay todos los tonos del rojo, todos los violetas en aquella marea de piedras. Uno se estremece. Usted debería ver ese paisaje...

Honesta se unió a ellos, al otro lado de Pablo, y se cogió a su brazo. El pintor, sonriendo, soltó el de Marta.

—¿Estáis viendo el paisaje, encantitos míos?

Marta se apartó. Hones tenía la suerte de ser amiga de este hombre. Ella, Marta, era una criatura sin importancia. Pero él la había mirado por dentro... Aún temblaba.

Los chicos vinieron armando jaleo. Empezaron a pulsar los timples. Don Juan lo dirigía todo con su barrigón de palomo, su cara triste y su gran bondad. Pidió que buscaran a Chano, el jardinero.

Chano estaba allí por casualidad. Se había despedido de los señores hacía unos días porque había decidido alistarse como voluntario y a fines de aquella semana marchaba al frente. Después de tomada esta decisión, Chano se sentía importante; de modo que aquel domingo andaba cerca de todos ellos, preparado a intervenir desde que vio que se afinaban los instrumentos de cuerda, y llegó con llaneza, sin vergüenza alguna. Se sentía seguro de su voz, y la soltó a chorro:

Hay dos clases de canarios,
Y ninguno...
Canta en jaula.
Canarios de Tenerife
Y canarios...
De Las Palmas.

Suspiró y, como en una confidencia triste y orgullosa a la vez, repitió:

Y ninguno...
Canta en jaula.

Marta miraba a Pablo de reojo. Sabía, al fin, que alguien había capaz de interesarse por lo que pasaba alrededor. Esto le hacía sentirse extrañamente orgullosa de sus amigas, de la hermosa y extraña tarde invernal y hasta de Pino, que de pronto se entusiasmó y salió a cantar una isa, echando hacia atrás la cabeza, con gesto de risquera.

Pablo a veces miraba a Marta, como si entre él y ella hubiese algún secreto.

—¿Estás contenta, niña?

—Sí.

—Siempre eres muy alegre, ¿verdad?

—No... ¡qué va!

—¿No?

"No, no." Repetía su respuesta, ahora, en soledad. Así como pocos días antes, cuando comprendió que los parientes nunca la querrían, le había parecido estar triste como jamás había estado, este embrujado domingo le parecía haber alcanzado un grado de alegría insólito en su existencia.

Sentada en la cama turca, tropezó su mano con un pequeño bloc de papel de dibujo. Lo cogió como una sonámbula y luego un profundo interés le hizo mirarlo. Tenía que ser de Pablo. Él había estado sentado allí. Seguramente lo llevaba en los amplios bolsillos de su americana. Lo examinó, en pie, bajo la luz de la lámpara. Vio las piernas de Hones en una hojilla. Sólo las piernas, pero se estaba seguro de que eran las de Honesta: un poco abiertas, estiradas, con un gesto de abandono que ella tenía a veces al sentarse. Pasó la hoja. Vio un apunte de demonio con patas de cabra... Una especie de fauno. Se emocionó. El apunte estaba tachado... Luego unas líneas embrujadas, llenas de movimiento, que representaban sin duda alguna a José en ademán de golpear la espalda de una mujer desnuda, que era Pino.

Profundamente asombrada, Marta volvió a repasar aquello. Le parecía que toda la tarde había estado mirando a Pablo y, sin embargo, no le había visto hacer aquellas líneas... ¡Pablo había imaginado a José golpeando a Pino! ¿Por qué?

Creyó oír unos pasos y se sobresaltó. Tener aquel bloc en la mano era como estar en posesión de un gran secreto.

"¡Qué suerte que haya sido yo quien lo ha encontrado!", murmuró. Casi temblando, escondió el bloc bajo el colchón de la cama turca y apagó de prisa la luz.

Vibraba toda ella, como hacía rato le parecía haber visto vibrar a los instrumentos de cuerda, calientes aún.

El jardín se volvió misterioso, con un pedazo de luna verde y el rebullir de unas alas negras. Era la cocinera, que volvía de su paseo. Marta reconoció sus pasos en el picón.

La vida parecía fluir gota a gota en la fuente del jardín, una fuente vieja, donde un niño de color de bronce veía salir agua por la punta de una bota agujereada que sostenía en alto.

Alguien se movería en la casa... Marta, en su oscuridad, ni lo notaba. De nuevo oyó pasos en el picón de los paseos. José había arrastrado a Pino hacia allí, para discutir...

Se oía el nombre de Teresa.

—¡Ah...! Entonces soy yo, yo, quien molesto a Teresa cuando canto... ¡Yo!

José gritaba menos; no se le entendía. Luego, Pino:

—¡Maldita sea esta casa! ¡Maldita Teresa! ¡Malditos...!

Luego, nada.

Era lo mismo. El extraño período en que Marta se había sentido sujeta por el interés de lo que pasaba a su alrededor, en aquella casa, había terminado.

Una extraña llamada, como la trompeta alrededor de Jericó, derrumbaba muros, hacía desaparecer tabiques, habitaciones y gentes que la rodeaban.

Allí, en la oscuridad, no escuchaba ni sentía más que un hondo y lejano rumor de su sangre.

VI

AQUEL domingo, por la tarde, Vicenta, la majorera, cambió su faldamenta color canela por un traje negro, se puso un pañuelo nuevo en la cabeza y se cubrió los hombros con una toquilla de lana negra y grandes flecos. Lana con olor a guardada y a nueva.

Salió de la casa con una expresión quieta, impenetrable, en la cara. Fue subiendo la cuesta, el paseo de eucaliptos que llevaba al portón. Una huella de automóvil hundía el suelto picón en dos surcos. Hacía fresco. Por la mañana un chaparrón había limpiado el aire y el picón estaba brillante.

Vicenta, que había subido muy de prisa la cuesta, se detuvo al llegar al portón. Hubiera deseado encender un cigarro. El fuerte humo, metiéndosele en la garganta, adormeciéndola, era para ella lo mejor del mundo. No tenía tiempo, sin embargo. Miró hacia la casa, escupió y salió a la carretera.

Una tarde extraña colgaba nubes oscuras llenas de desgarrones, de patas, como enormes arañas, sobre un cielo amarillo. Allá, a la espalda de Vicenta, la carretera subía hacia la montaña de La Caldera, sólo porque los turistas pudiesen ver la vista impresionante del redondo cráter y el gran trozo de llanura y costa que desde allí se alcanza. La vieja seguía, pensativa y ensimismada, en sentido inverso, aquella carretera tan graciosamente adornada de geranios, de tapias blancas, de cercos espinosos con rosales silvestres, floridos, vallado de fincas de viñas. El invierno verdecía las cunetas. Tres chaparrones, y entre los negros y fríos troncos de las vides saltaba una alfombra de amapolas amarillas.

Vicenta miró aquel cielo cuya escenografía aparatosa angustiaba. Vio que estaba nublada la Cumbre. Respiró un aire limpio con aroma a hierba, y se alegró. A la vieja le gustaba la humedad. Por su gusto hubiera retenido todas las nubes que pasan, como burlándose, durante los secos inviernos.

Desde un vallado de alambre espinoso se volvió otra vez para ver la casa. Allí, desde lejos, se veía mejor, entre el jardín. Hasta el rebotallo de gente se notaba. En el comedor descubierto, que era como una avanzada sobre la vertiente de la colina, encima de la mesa de piedra, habían colocado un gramófono de maleta. Esto era cosa de la juventud, que quería bailar. Menos mal que el escándalo se hacía lejos de la habitación de Teresa. Vicenta tenía sus razones para creer que al irse los peninsulares la casa volvería a estar en paz.

Reanudó la marcha. Quería volver a la hora de la cena. Se había ido sin avisar. No salía nunca, y se reservaba el derecho de hacerlo por sorpresa. Llevaba muchos días con ganas de hacer este camino. Tres noches atrás, se había despertado antes de clarear el alba. Había abierto el ventanillo de la alcoba, sobre su cama, para no ahogarse entre los ronquidos de las otras dos muchachas y su olor de trabajadoras. Vicenta no se despertaba nunca antes de la hora de levantarse. Un gran pesar la espabilaba. Oyó cantar un gallo. Oyó revolverse a la Lolilla. Carmela resoplaba dormida como una fiera. No se le importaba nada de ellas. Ni de esta Carmela gruesa y sudorosa, ni de la otra pobre criatura que, dormida, tiraba de las ropas y dejaba salir al aire unos grandes pies pálidos, y cuyo brazo, conmovedoramente flaco, colgaba como vencido por una mano enorme. Ni éstas, ni otras muchas que habían desfilado al lado de Vicenta, le dejaron huella alguna. Un solo ser en el mundo había logrado conmoverla entre tantos que la majorera había conocido. Por esta persona había olvidado Vicenta hasta a las criaturas de su sangre, que allá, en la otra isla, debían de alentar. Por ella sola se preocupaba. Y Vicenta sabía que únicamente ella en el mundo se preocupaba. Aquella persona había sido apasionadamente querida por muchos, bien lo sabía su celoso corazón; pero hoy, si no fuera por la majorera, estaría tan sola como están los muertos.

Hacía diez años que Vicenta tenía una extraña red de amistades con saludadores, zahoríes y curanderos, de los que esperaba el milagro que no pudieron hacer los médicos. Vicenta había acabado por creer que Teresa, la más brillante, la más envidiada mujer que conocía, había sido víctima de un maleficio. Un día volvería a mirar Teresa con aquel interés que ella miraba. Recobraría su paso ondulante y gracioso. Su voz, un poco velada, su risa inspirarían un deseo de vida a su alrededor. Vicenta, única en el mundo como antes, recibiría sus confidencias y sus lágrimas, y a veces lograría reírse con la gracia viva de Teresa.

Quien de repente enferma, de repente puede sanar. Vicenta recordaba los días de fiebre que siguieron al accidente que costó la vida a Luis y conmocionó a Teresa. Luego, la lenta y horrible convalecencia. Teresa no preguntaba nada, y nadie se atrevía a darle la noticia de aquella muerte. Apenas hablaba. Pero aun aquellos días hablaba un poco, aunque fuera para pedir algo concreto. Siempre los ojos cerrados, sin estrechar las manos que tocaban las suyas. Y, según el cuerpo mejoraba, parecía volverse más insensible a las caras y a las voces. Dejó de pedir nada. Se asustó de la luz y de las miradas. Se encogió como una hoja seca. Luego, lejos de la majorera, en el Sanatorio, según contaban, las curas horribles, los gritos de miedo; le habían dicho que estuvo en varios sanatorios. La desesperanzada vuelta a la casa al fin. Vicenta sabía que era un maleficio. Pendiente de aquello vivía y desinteresada de todo lo demás.

Había quien pensaba que en los largos ratos en que Vicenta consumía su cigarrillo amarillo, quieta, pensaba acaso en hijos muertos allá en la tierra. Pero Vicenta no tenía ya recuerdos, sino presentes. Su cara estaba acartonada, y la llamaban vieja. Su cuerpo estaba derecho. De cada día esperaba algo.

Andaba rígidamente por la risueña carretera. Siguiéndola, hubiera llegado hasta enlazar con la carretera del Centro, que va hacia abajo, a Las Palmas, o hacia arriba, a las cumbres. Vicenta echó por un atajo a mano izquierda, cuesta arriba. No iba a la carretera principal.

Ni un jadeo le salía del pecho. Aquella cuesta flanqueada de zarzamoras olía a caliente estiércol de vacas. Tenía piedras desprendidas, se acababa el picón y había barro.

Subía. Echaba a andar, paciente, por desolados caminos. Pasaba por delante de algunas casas humildes pintadas de blanco, adornadas con añil. Entre dos de ellas se metió por una especie de callejón. Al terminarlo se encontraba la sorpresa de estar en la cresta de una montaña que, bajo sus pies, descendía.

Todo un pueblo troglodita se abría en la ladera de esta montaña, iluminado y como bruñido por la luz amarilla del sol de la tarde. Centenares de cuevas, con las fachadas blanqueadas o pintadas de colores, se abrían unas sobre otras, con calles estrechas de piedras y barro, serpeando entre ellas. Se olían humedades de barro oscuro y tierra roja. Un olor grato para la nariz de la mujer. El último día que había estado en este pueblo de La Atalaya había sido uno muy sofocante y seco; entonces había respirado cal y polvo de excrementos, y nubes de moscas le habían quitado el alucinamiento de los ojos cegados por la luz implacable. Deslumbrada ahora también por el reflejo del sol, por aquel crudo colorido, Vicenta guiñó los ojos y comenzó a descender por aquellas calles. Iba tranquila y fijándose con cuidado. Los chiqueros de los cerdos daban ahora su penetrante olor dulzón, junto a las cuevas, en cuyos patios abiertos, delanteros, formados por una pequeña construcción blanqueada que solía ser la cocina o el horno de cocer las vasijas, se agrupaban rojos cacharros de barro, porque La Atalaya es pueblo de alfareros. Todos aquellos pequeños patios, como antesalas de las cuevas, estaban llenos también de macetas floridas, geranios sobre todo. Algunos rosales, plantas verdes.

No era de ninguna manera triste el pueblo. Aunque el domingo parecía poner una sombra callada sobre él, las flores lo animaban y hacían olvidar los gruñidos de los cerdos y la suciedad de las calles.

Vicenta se fijaba. Hacía tres años que no iba por allí, pero tenía instinto. Recordaba. No quería preguntar. Se cruzó con un grupo de excursionistas, una panda de muchachas con pañuelos de colores a la cabeza, que habían venido a comprar tayas de barro. Se hizo a un lado, mirándolas de reojo. No sabía por qué, le molestaban. Tenía un instintivo recelo a la gente rica; más que eso, un odio atávico, formado por sedimentos de muchísimas generaciones mansas y pobres que fueron dejando su recelo. Gentes ricas eran, sin distinción, todos los que tuvieran un nivel de vida algo elevado. Esas chicas, por ejemplo, con sus pañuelos de colores, sus risas y su tranquila despreocupación. Se parecían a las amigas de Marta. De gente rica venía también Teresa; pero este ser había llegado a hacerse único y suyo, desligado de todas las categorías. Salvado, allá en su alma, de odios y de indiferencias. Allí, al borde de la calle, escupió al paso de las alegres muchachas. Luego siguió su camino.

A pesar de la festividad del día y de la hora de descanso, vio subir a tres mujeres con latas llenas de agua a la cabeza. Agua para regar las flores, para beber y amasar el barro, acarreada así desde lo hondo del barranco. Instintivamente la majorera miró al cielo. Las fantásticas nubes se habían abierto, la tarde se había serenado en azul y amarillo. No llovería más.

Como iba despacio, fijándose en las viviendas, se sobresaltó al oír su nombre. Un hombre flaco, de bigotes grises y caídos, como Don Quijote, afilaba una caña con un cuchillo canario, sentado a la puerta de la casa.

—Se saluda, cristiana.

—Adiós, Panchito.

Panchito, el cabrero, había servido la leche a la finca hasta que, hacía un año, Vicenta consiguió que se compraran cabras propias. El viejo aguaba la leche con todas las artes. Se arrimaba a cualquier grifo que viera, a cualquier tanqueta de agua verde de riego, en el jardín. El día que no podía conseguir remojar las medidas, sólo las llenaba hasta la mitad. Vicenta no criticaba, porque cada uno vive según puede, pero aquella leche iba a Teresa, y no paró hasta tener cabras en la finca para ordeñar ella misma, por su mano. Pasó de prisa, porque no quería preguntas. Panchito, entonces, llamó a su nieto y le mandó detrás de ella, por ver adónde iba. En aquel pueblo de La Atalaya era bien conocida Vicenta. Muchas criadas de la finca habían sido de allá. La misma Lolilla tenía su cueva y sus padres. Algunos ojos más que los del niño rubio, vestido de domingo, que empezó a seguirla, la iban mirando en su camino.

Estaba algo cansada cuando encontró al fin lo que venía buscando. Se paró delante de una cueva con la puerta pintada de añil, y un patio delante, con sus flores y sus tayas rojas. Una mujer solitaria, enlutada, con el cabello canoso, estaba zurciendo a la luz de la tarde, al fresco de su patio, sin temor a la festividad del día. Levantó su cara gruesa al sentir la sombra de Vicenta. Tenía hermosos ojos negros, profundos. Falda hasta la mitad de la pierna. Moño y grandes zarcillos negros, mate, de luto, en las orejas.

—¡Oh...! ¿Usted aquí, Vicentita?

—Estése quieta, cristiana...

La mujer se levantó. Otra mujer más joven, gruesa, vestida de negro lo mismo que su madre, salió de la casa y trajo sillas. Vicenta sacó del profundo bolsillo de su falda un paquete de café tostado.

—Haga un pizquito de café, Mariquita. Usted lo hace bueno.

Hubo muchos cumplidos y remilgos con voces cantarinas.

—Es el vicio que me trajo mi marido, en paz descanse, cuando llegó de Cuba... Mi hija lo muele en seguida... La cosa del café es colarlo bien. Un calcetín usado, que esté limpio, se coge para esto, y no hay nada mejor. Así me enseñó él.

De repente cayó un pesado silencio.

—¡Fuera, niños...! —dijo la mujer a unos cuantos chiquillos congregados para mirar a la visita.

Vicenta miraba las rojas tayas heridas de sol, el encalado suelo del patio y la figura maciza de la mujer, que la miraba acogedora, esperando. Nada de sobrenatural ni miedoso había en ella. Sin embargo, era una zahorina.

—¿Novedades, Vicentita?

—¿Se lo dijeron?

—Gentes peninsulares en la finca, ¿no? Hermanos de don Luis?

—Sí.

—¿Señorita Teresa?

—Igual.

—¡Si la viera ese hombre de Telde...!

—Si la viera, sí... Pero nadita que hacer. Ni a escondidas me atrevo otra vez a meter a nadie.

—¿La hija no la ayuda?

—La niña no cree en nada. Quizá cuando crezca... —suspiró; cambió de asunto—; y... ¿usted?

—Ya ve, Vicentita: el yerno muerto en la guerra y la hija y los nietos agarrados a mí...

Hubo un silencio. La zahorina apenas rebasaba la cincuentena; tenía buenas piernas, zapatos de punta fina, abrochados a un lado.

Volvió la hija para preguntar adónde servía el café.

—Allá dentro. No quiero oledores.

Se metieron en la habitación principal de la cueva. Bien encalada y tibia, con almanaques de colores y ampliaciones fotográficas en las paredes. Había penumbra, y la hija encendió una vela. Luego prepararía, dijo, una luz de carburo.

Las tres tomaron su café, que llenó con el olor la habitación. Por la cortina medio corrida de una puerta se adivinaba una alcoba, y en aquel mismo cuarto, a pesar de ser llamado el comedor y hacer de salón de la casa, había junto a la pared una hermosa cama de hierro, con las perinolas doradas, relucientes, y una colcha tiesa de planchada. Olía casi sofocadamente a limpio sahumerio. Un olor de casa pobre pero cuidada amorosamente. Olor bueno para los sentidos de Vicenta, como era bueno el café y el cigarro encendido y chupado avaramente.

La hija desapareció al poco, cerrando la puerta. Le dijo la zahorina, cuando cerraba, que no se preocupase del carburo por el momento. Con la vela tenían bastante Vicentita y ella.

Vicenta, de reojo, se iba fijando en todos los detalles de la habitación. Junto a la cama había un marco que encuadraba juntas, una litografía del Caudillo y la foto de un soldado de ojos redondos, desvaídos por la ampliación. Entre estas dos estampas se había colocado piadosamente un ramillete de flores secas, sujeto por una cintita con los colores amarillo y rojo de la bandera española.

La zahorina siguió la mirada.

—Mi yerno, el que murió en la guerra.

Vicenta la miró ahora y la vio bajar los ojos.

—Y... Oiga, dígame. Su hijo, el que era rojo, ¿ése no lo tiene, Mariquita?

—Ése lo tengo en mi alcoba.

Mariquita, la zahorina, sabía que no había más que simple curiosidad en la pregunta de Vicenta, que a la majorera se le importaban muy poco de rojos y nacionales, de guerra y de paz, y que sólo tenía en el mundo una ansiedad.

—Para algo vino usted, Vicentita.

—Quiero las cartas.

—¿Es para el porvenir?

—Para el porvenir.

—¿Cosas de la finca?

—Sí.

—¿Siempre señorita Teresa?

—Sí.

—Y... ¿cómo le dio?

—Un sueño que tuve.

—¿Bueno?

—Malo.

Vicenta fumaba como un barquero. Bien sentada en su silla de respaldo negro, veía cosas familiares todas a su alma. Sillas alineadas junto a las paredes, una rinconera con figuras de yeso, un cojín con una cabeza de muñeca pegada. La luz de la vela temblaba. Se veía en la pared la sombra de la zahorina barajando las cartas y echándoles el rezado... Con las barajas en alto, se detuvo. Su sombra daba un gran perfil de nariz corva.

—Se ven mejor las cosas que ya pasaron en un plato de agua.

—Ya las vi, hace tres años, y por eso vine hoy. Quicro las cartas.

Hubo un silencio casi suspirante. Los ojos de la zahorina parecían grandes. Vicenta acercó el cigarro a la vela: se le apagaba. La otra esperó a que entrara bien el humo en los pulmones de la majorera, a que quedara quieta. Luego empezó. Pero algo debía de turbarla. Miraba a la puerta y por el respiradero al cielo de la tarde. Luego quería abstraerse, echaba la baraja, miraba, dudaba.

—No sale nada.

—Siga.

—Un hombre que se va. ¿Es algo?

—No.

—Tengo que barajar otra vez.

—Baraje.

Ahora nada en el mundo existía más que esta callada habitación, cavada en la tierra, envuelta en ese hálito casi animal que las cuevas rezuman. Ese olor subterráneo, fresco en verano y tibio en invierno, que parece incomparable a los que se acostumbran a él. Nada más que las sombras de las dos mujeres: grandes sombras frente a frente, inclinadas. La cabeza con gran moño y la cabeza con pañuelo doblándose y temblando en lo redondo del techo.

Detrás estaba la montaña abierta, herida por el crepúsculo ya, sangrante en el crepúsculo. Detrás, los caminos frescos. Allá lejos, la finca, la gente peninsular y sus enredos, y Pinito, la hija de Antonia, y la niña Marta con sus amigas. Y más lejos, la ciudad y el mar. Detrás del mar, otras islas. Pero dentro de las paredes cerradas había un mundo distinto. El único mundo en aquel momento.

Las gastadas figuras de la baraja hacen muecas. En tono bajo dice la zahorina:

—Piénseme en sus cosas.

Vicenta piensa. Fuma y piensa. El humo amargo le caldea el pecho enteramente. Ve los grandes ojos verdes de Teresa, oye su voz cuando le dice: "Vicenta, no tengo más que a ti." El humo deja de calentar, el cigarro no tira.

—Me está saliendo. Me sale un hombre y muchas mujeres.

—Siga.

—Hay una mujer morena a quien quieren mal.

La zahorina se detuvo. La llama, que temblaba a sus palabras, se fue haciendo derecha. Vicenta sintió la saliva amarga del tabaco con la colilla, apagada ya, en el labio.

—Me sale una muerte.

Vicenta susurró:

—¿A cuchillo?

—Dije una muerte.

—¿De mujer?

—Sí.

La majorera está anhelante; aquí, en este mismo cuarto, en un plato de agua, ella vio cosas hace años, cosas terribles y olvidadas.

—Dígame —dice enronquecida—. ¿No es lo que ya pasó...?

—Es lo que va a pasar.

Entonces la pena y la sombra pesan como el plomo dentro del pecho de la majorera.

Una luna agria salía de detrás de las montañas, siguiendo el último suspiro del crepúsculo. Se agarraba con los dos pálidos cuernos a las últimas nubes oscuras. Ascendía. Se transformaba, se abrillantaba para los ojos de quienes quisieran mirarla aquella noche de diciembre.

Por los caminos su luz era vacilante. Faroles eléctricos, amarillos, mortecinos, alumbraban la noche del campo. Los ojos de los automóviles, a veces, desde una lejana carretera, deslumbraban los ojos fijos de Vicenta. Vio desde muy lejos subir dos faros de automóvil por entre la avenida de eucaliptos de la finca. Un rato después se cruzó con el alto coche del médico, cargado de gente. Don Juan se llevaba al pintor cojo y a todos los jóvenes por lo menos hasta la carretera principal, porque hasta Las Palmas era imposible que llegase con aquella alegre carga humana que desbordaba a los guardabarros. Iban cantando; don Juan ensordecería.

Luego, un silencio muy grande quedó en el campo. Llegó el olor de los eucaliptos.

En el cuarto de música estaba Marta, sola. Vicenta

la vio desde la oscuridad del jardín. La niña estaba en medio de la habitación desordenada. Miraba con atención unos papeles: un bloc de papel blanco. Era la hija de Teresa. Sin la gracia ni la belleza de Teresa, y rubia como su padre, pero era hija suya. Una niña esbelta, de cejas rectas y manos tostadas.

En aquel momento el alma de la majorera se atormentó viéndola. Tenía una cara abstraída y curiosa, mirando bajo la luz de la lámpara lo que sostenía en las manos. Tenía una cara joven y desamparada, algo clamaba en ella que atraía también a Vicenta. La había visto nacer, y había tenido, en tiempos muy lejanos, unos oscuros celos de la niña, por ser hija de quien era. Ahora, también por serlo, tenía esta misma criatura suficiente fuerza para clavarla allí, en lo oscuro, mirándola.

La majorera pensó acercarse y decirle algo. Pero Marta levantó la cabeza como para escuchar, cerró el bloc de papel blanco y fue a esconderlo debajo del colchón de su cama turca. Luego apagó la luz.

SEGUNDA PARTE

VII

MARTA se escapó de la compañía de sus amigas a la salida del Instituto. Siempre se reunían en casa de una de ellas a charlar. De cuando en cuando, alguna de las "niñas" hacía rabona a estas reuniones en que ellas arreglaban el mundo: era cuando el novio estaba en la ciudad... o cuando decidían ir a pasear por Triana. Triana es la calle comercial, donde, como en muchas ciudades españolas, se organiza el paseo, despreciando los parques que están para eso. Bandadas de jóvenes cruzan la calle lentamente en uno u otro sentido, entorpeciendo el tráfico, mirándose fascinados al cruzarse, cambiando palabras, anudando noviazgos o amistades de esta manera.

Marta no había comprendido nunca el encanto de este paseo lento e incómodo; de modo que cuando aquella tarde se escapó en dirección a él, las otras chicas la miraron sorprendidas y risueñas. Pero ella subió a una guagua con dirección al puerto y se esfumó misteriosamente en el atardecer.

Llevaba unos días sufriendo obsesiones mucho más agudas que las que tuvo aquel verano cuando se enteró de la llegada de los peninsulares. Mucho más agudas, extrañas y hermosas porque no hablaba de ellas con nadie. Ahora pensaba en Pablo, el pintor, como el único amigo posible. Y quizá ni siquiera como amigo pensaba en él, pues esta palabra trae intimidad en ella y la chica sentía hacia aquel hombre un extraño respeto. Cuando sentía por casualidad su nombre empezaba a latirle el corazón de tal manera que llegó a pensar si no estaría enferma. Recordaba sus ojos bondadosos, que se daban cuenta de todo, y tenía en su poder el bloc de notas donde sus ágiles dedos habían dibujado cosas que la turbaban.

Ahora sabía también la dirección de su casa. Iba hacia allí en aquella guagua, en aquel pequeño autobús traqueteante, con todos los cabellos revueltos por el viento y el corazón golpeándole como siempre. Iba a devolverle aquello que era suyo, y con una mezcla de terror y de alegría pensaba en verle de nuevo.

Marta miraba a aquel puñado de gentes heterogéneas que iban con ella en la guagua, unidos un momento por el destino, y le parecieron asombrosas sus caras cerradas. Quizás hubieran sentido alguna vez emociones como las suyas, aunque pareciera imposible.

El vehículo sorteó aquel espeso paseo de Triana, dejó atrás el parque de San Telmo con sus árboles recortándose sobre el mar, y enfiló León y Castillo, entre casas pequeñas y bocanadas de agua marina en la atardecida. Cuando llegaba a la altura de la Ciudad Jardín bajó Marta de la guagua. La casa del pintor estaba por allí cerca.

La casa de Pablo resultó ser un chalet feo, construido de espaldas al mar, cerca de la playa. Una casa de dos pisos, rodeada de un ruin jardincillo. Marta se había llegado allí a la salida del Instituto. Era una tarde gris, con el cielo lleno de pardela y de sueño. La casa parecía dormida y desierta, casi encantada. El portillo del jardín estaba abierto; había un corto caminito asfaltado hasta la puerta de entrada, entre unos arriates duros, donde se secaban unas plantas tristes, quemadas por el yodo del mar.

Marta se detuvo en medio del caminito de asfalto. Parecía que la hubiesen clavado allí, con sus sandalias, su chaqueta roja al brazo y su carterón de cuero. El pensamiento de que el pintor podía estar en casa, y de que quizá le viera unos minutos más tarde, la dejaba sobrecogida; había pensado tanto en él que le parecía fabuloso.

La puerta de entrada ostentaba un globo de cristal blanco, con la palabra "Hotel" en letras negras, y la misma palabra se veía formada por bolitas blancas entre los alambres de un limpiabarros. Desde aquella entrada se podía ver hasta el fondo de un pasillo con varias puertas pintadas de verde, y una escalerita estrecha de mosaico que subía hacia el piso alto.

A Marta le parecía haber dado un paso tremendo al venir siguiendo el impulso de su corazón hasta la casa de este desconocido; trataba de tranquilizarse repitiéndose que no tenía nada de particular que hubiese llegado ella hasta allí, teniendo el pretexto de devolverle su olvidado bloc de dibujos.

No vio llamador por ninguna parte. No se atrevía a romper aquel silencio que ahondaba el ruido del mar rompiéndose a espaldas de la casa. De tanto mirarlos le parecían cada vez más altos aquellos muros, y se sentía cada vez más insignificante. No podía marcharse, pero tampoco se decidía a dar un paso. Llegó a tener unas infantiles ganas de llorar.

Torpemente, con miedo, decidió dar la vuelta a la casa para ver si aparecía alguien que la orientara. A las espaldas del edificio encontró un trozo de jardín más acogedor que el de la entrada, bajando en un declive suave hasta un muro blanco que debía protegerlo del viento del mar y quizá de las mareas altas. Allí vio una pérgola cubierta de campanillas azules. En un rincón abrigado había unas papayas de hojas anchas, y animaban el jardín varias adelfas grandes y floridas. Una señora, seguramente huésped de la pensión, estaba sentada en un sillón de mimbre con una labor de punto en la mano; en aquel momento, quizá porque ya había poca luz, la estaba recogiendo. A su lado un niño jugaba con un cubo y una pala. Los dos la miraron lejanamente.

Marta, fingiendo indiferencia, pero muy emocionada,

siguió dando la vuelta al jardín. Casi se asustó al ver salir de una puerta lateral a una mujer con un delantal azul y un cubo de agua en la mano, que volcó en unas enredaderas. Marta le preguntó por Pablo mientras daba gracias a Dios porque su voz hubiera salido tan tranquila.

—Entre por la puerta principal... La puerta del fondo del pasillo. No tiene pérdida.

Cuando Marta doblaba ya la esquina de la casa, la mujer la llamó. La muchacha, al volverse, vio que se fijaba mucho en ella, poniéndose la mano sobre los ojos para evitar la luz rojiza de la tarde.

—Oiga... No sé si está. Cuando su mamá vino esta mañana, parece que la señora le estuvo explicando que se había ido.

Marta, desconcertada por esta explicación incomprensible, dijo que ella buscaba a un señor cojo.

—Sí; ése es el que yo digo...

La mujer se encogió de hombros.

—No me haga caso... Vaya a ver.

La criada entró en la casa, y Marta no pudo pensar más en sus palabras absurdas. Aquel pasillo de puertas verdes la estaba llamando. Entró casi de puntillas, con un cuidado especial, totalmente injustificado, de no hacer ruido. Llamó débilmente a la puerta que le habían indicado. No contestó nadie, pero le pareció oír un susurro, una respiración. Llamó más fuerte. Entonces sintió solamente el silencio. Rozó el picaporte de porcelana blanca, y notó su frío en los dedos al tiempo que la puerta se abría fácilmente, como invitándola a pasar. Sin saber cómo, Marta se encontró dentro apoyándose en aquella puerta que acababa de cerrar a sus espaldas.

Enfrente de los ojos tenía una ventana con una mesita al lado, y detrás de la ventana llameaba el mar en el crepúsculo y se encendía un barco, lejos, junto al espigón del puerto. Era hermosísimo. Aquel colorido marino parecía invadir enteramente la habitación pequeña, anodina, y llenarla de una turbadora atmósfera emocional.

Marta, encantada y conmovida, como siempre que algo muy bello le entraba por los ojos, se fue tranquilizando. Comprendió que era mejor que Pablo no estuviese en su casa. Así podría mirar con más detenimiento todas aquellas cosas suyas.

La habitación era muy simple. Una cama, un armario, un perchero de pie, un lavabo de agua corriente, casi la llenaban. Pablo no había puesto allí ninguna fantasía; ni siquiera se veían papeles con dibujos, ni útiles de pintor. Nada suyo, ni una colilla en el cenicero... Sólo una gabardina colgando fláccidamente de la percha, indicaba que la habitación no había sido abandonada por completo, que desde dondequiera que estuviese aquel hombre volvería a su cuarto y vería otra vez el trozo de mar que Marta estaba mirando.

Marta tenía el ánimo lleno de fervor, como si estuviera en una iglesia. Todas las dudas que su educación le habían hecho sentir mientras llegaba hasta aquella casa quedaron atrás, se quemaron en aquel mar cobrizo que la noche iba rápidamente ensombreciendo. La persona que vivía con tal absoluta sencillez no podía tener esa espesa vanidad de los hombres contra la cual se previene a las muchachas y que enturbia y ensombrece la espontaneidad entre las relaciones de los sexos. Pablo, que era, según Honesta, rico y famoso, vivía con la sencillez de un monje, y se interesaba por cosas tan nimias como son los poemas que una colegiala puede escribir sin haber salido nunca de su isla. Pablo, en su juventud, había escapado de una casa, seguramente llena de comodidades, para conocer la inquieta y áspera maravilla del mundo. Marta rechazaba la idea de que se hubiese escapado por interés, como le habían dicho, aunque su mujer fuese extravagante y fea, según contaban. Un hombre que ama la riqueza y que la tiene en sus manos, no busca un cuarto así, casi desnudo, junto al mar, para vivir.

Entre las sombras que iban invadiendo la habitación, Marta buscó con los ojos alguna fotografía, algún recuerdo de la mujer a la que Pablo se había unido. Por ser mujer suya, Marta la adornaba con una serie de cualidades espirituales. Pablo tenía que haberse enamorado de su espíritu... En el cuarto no había nada de lo que ella buscaba.

La atmósfera de la habitación la llenaba, la calmaba toda. Perdía la noción del tiempo.

Apenas se daba cuenta de que los rojos del agua se ennegrecían, de que las sombras de los muebles se ahondaban en el cuarto. Tuvo como una sensación confusa de toda la ciudad fuera de aquellas paredes. De las calles por donde circulan automóviles, de las que están silenciosas y quietas, de las luces que se encienden detrás de las ventanas y el tañido de las campanas de las iglesias. Sabía que en un cuarto agradable e iluminado sus amigas estarían reunidas. Sabía que ella estaba sola y como desgajada de ellas. Sabía, en fin, que el dueño de esta habitación podía venir de un momento a otro y preguntarle qué hacía allí. Pero luego quizá sonriera. Quizá le pidiese que leyese ella alguna leyenda de Alcorah.

Quizás era desdichado y pobre. ¡Qué podía saber Honesta de él! No parecía nadar en la abundancia, su ropa era deslucida. Si ella de alguna manera pudiese ayudarle a no estar solo, se consideraría muy feliz de haber nacido y crecido en la isla para esperarle.

Se encendió una luz eléctrica en el jardín; el agua del mar ennegreció totalmente bajo los últimos grises del cielo. En el piso de arriba se oyeron pasos. Una voz cruzó el silencio de la casa. Marta se asustó.

Con cuidado sacó de su carterón el bloc de notas y lo dejó tímidamente en la mesita. Luego se acercó a la gabardina colgada en la percha y rozó con su cara la fría tela impermeable. El espejo de sobre el lavabo le devolvió su figura furtiva entre sombras. La gabardina parecía el espectro del pintor.

No se asustaba de sus sentimientos ni le parecían extraños. Sabía su pureza y su desinterés.

Le empezó el miedo al alejarse del cuarto cerrando suavemente la puerta detrás de ella. Se le hizo interminable el pasillo oscuro, larguísimo el pequeño jardín, y se encontró en la calle barrida de viento temblando como una hoja seca entre el gran aliento marino.

Tuvo el sentimiento de la hora, de los minutos; imaginó la cara de José y de Pino si volvía un poco más tarde que de ordinario.

Por las noches nunca volvía con José a su casa; tomaba el coche de hora.

Aquella noche, sin embargo, cuando iba agitada hacia la parada de los autos de línea, encontró a José, que detuvo el automóvil.

—¿Vas a casa? Sube.

Marta subió.

No hablaron una palabra mientras el coche salía de la ciudad en la noche calmada, tibia.

—¿Has ido a ver a tus tíos?

—No.

Los tíos vivían independientes desde unos días antes. José estaba contento con este arreglo, o al menos lo parecía; Marta dejó pasar unos cuantos kilómetros sin atreverse a indicar una cosa que llevaba en su pensamiento. A veces cerraba los ojos, veía una ventana y un mar llameando en el crepúsculo. Este pensamiento le daba fuerzas, no sabía por qué.

—¿Sabes que tendré que bajar ahora todas las mañanas a Las Palmas?

—¿Cómo es eso? ¿Han cambiado las clases?

—No. Pero tengo que estudiar con mis amigas. Todas lo hacen.

José no contestó en seguida. El coche seguía avanzando. Grandes ramas de eucaliptos cubrían la carretera; entre aquellas ramas el cielo desgarrado enseñaba puñados de estrellas. Bajo ellas, los faros del automóvil bañaban de luz amarilla el alquitrán.

—Ya veremos —dijo al fin José.

"¡Qué difícil es todo! —pensó Marta—. Hay seres que salen y se mueven sin consultar con nadie estos movimientos. Si yo fuera un muchacho, a nadie le extrañaría que yo saliese por las mañanas. No importaría que me alistase en la Legión si me diera la gana, como ha hecho Chano el jardinero. Quizá podría escaparme de casa, como Pablo." Su cara junto a la ventanilla estaba pensativa cuando llegaron a la casa.

Pino salió a recibirles, iluminada por la luz del comedor.

—¿Venís juntos?

Parecía haber recibido un golpe extraño con esta novedad de que Marta viniera en el coche con José.

—Nos encontramos por casualidad...

Pino no contestó. Entró en el comedor, donde la mesa ya aparecía preparada para la cena. José, que desde que Chano se había ido a la guerra encerraba él mismo el automóvil en el garaje, entró más tarde frotándose las manos.

—Bueno..., ¿qué hay?

José quería la cara de su mujer risueña. La vio enfurruñada, pálida.

—¡No te acerques!

José miró a Marta. Ella estaba sentada, indiferente a todo. Volvió hacia su mujer. Se enfadó.

—¿Se puede saber qué pasa? ¿Se puede saber por qué un hombre que vuelve de su trabajo encuentra caras desagradables aquí?

Pino se volvió, furiosa también, temblando.

—Sí, puede saberse. Puede saberse... Estoy harta, harta, para que te enteres. Harta de vivir, harta de que no me hagas caso, harta de que tú recibas a tus parientes y a mí casi no me dejes ir a ver a mi madre... ¡Que yo esté encerrada con una loca y tú te pasees en mi coche con tu hermanita...!

Marta miró, sorprendida. Nada más. Estaba acostumbrada a no intervenir. Pino se fue hacia ella.

—¡Te odio, estúpida; te odio! ¡No te puedo soportar todo el día mirando y riéndote...! ¡Si te ríes más...!

Enloquecida, Pino cogió el jarrón con las flores, como para lanzarlo a la cabeza de la niña. José, entonces, sujetó aquella mano y gritó también. Las criadas asomaron sus caras por la puerta de servicio y volvieron a esconderse.

—¡Me estás pegando! ¡Socorro! ¡Ay, socorro!

—No te estoy pegando, estúpida. Siéntate.

Pino se echó entonces a llorar frotándose la muñeca dolorida.

—Es por el jarro ese maldito con sus flores..., porque no se puede romper ese jarro... ¡Mañana lo estampo contra el suelo!

De pronto le dio el ahogo. Las lágrimas la envolvían, la hacían temblar. Vino, como siempre, la pataleta y el frío nervioso. Como siempre, Marta, con el estómago encogido, la acompañó escaleras arriba hasta su cuarto, casi arrastrándola junto con José. Allí estuvo con ella, mientras su hermano preparaba una inyección en el cuarto de baño.

—No me dejes sola...; háblame.

Marta habló. No sabía por qué siempre encontraba palabras indiferentes que iba diciendo por encima de sus pensamientos. Hablaba de la pequeña vida del Instituto, del profesor de matemáticas, de una niña que había saltado por la ventana a la hora de la clase...

Pino la miraba ensimismada. De pronto rechazó el edredón que la cubría.

—¡Idiota...! No sabes hablar de otras cosas... Eres una idiota... Es horrible tenerte siempre delante, ¡horrible!

José apareció con la aguja y la jeringa. Hizo una seña a Marta de que se apartara.

Mientras frotaba el lugar de la inyección habló él:

—Marta desde mañana va a ir todo el día a Las Palmas. No tendrás que tenerla aquí... Ya hablaré yo con Daniel. Le darán la comida a mediodía sus tíos...; es lo menos que pueden hacer. Además, si tanto te molesta, no hay necesidad de que vaya en el coche conmigo. Puede hacerlo en el coche de hora... Y volverá siempre en él... ¿Estás contenta?

Pino apoyaba la cara en la almohada. Sus pestañas estaban llenas de lágrimas. Hizo un ligero signo de asentimiento.

Más tarde Pino, un poco desmelenada, probando apenas la comida, Marta silenciosa sintiendo cómo latía su sangre acompasada y vivamente, y José inesperadamente charlatán, estaban sentados a la mesa. José habló de Daniel y de sus comportamientos en la oficina. Sonrió apenas.

—Parece una cucaracha.

En el curso de aquella conversación, que Pino casi no escuchaba, Marta se enteró también de que Pablo estaba en Tenerife. Se lo habían dicho los parientes a José.

—¿Pero volverá?

—No sé —dijo José—. ¿Qué importa? Ese hombre es de los que me parece a mí que no se encuentran bien en ninguna parte; algo marica lo encuentro yo al hombre... Sí, es un tipo raro. Me apuesto a que su mujer le zurraba.

Marta enrojeció. No dijo nada.

Recordó el cuarto vacío, y la noche entrando en su limpio abandono. Aquella gabardina le decía que él iba a volver. Pablo era un hombre libre que iba o venía según se le antojase.

—No sé por qué tengo atravesado a ese tipo.

—Es distinto a ti.

Esto lo dijo Marta, pero su voz se perdió en las campanadas del reloj que daba la hora.

La majorera bajó las escaleras, silenciosa, impávida, y dio la vuelta al comedor sin mirarlos. Venía, sin duda, del cuarto de Teresa. José dijo:

—Marta, ¿has visto a tu madre hoy?

—Esta mañana.

—Me parece que te ocupas muy poco de ella, ¿eh? En cuanto termines esos estúpidos estudios tendrás que ayudar a Pino en eso. Es tu obligación.

Hubo un silencio.

—Sí... Ya lo sé.

Tragó saliva y sintió que una vida gris, pesada como el plomo, seca como la arena, se le venía encima.

Mas tarde, en su cuarto, sacó una pequeña agenda que Matilde le había regalado como regalo de Reyes. Había tomado la costumbre de escribir en ella cada día dos o tres líneas. Coloreaba los días según sus impresiones buenas o malas de ellos. Al empezar a escribir, de nuevo llameó aquel crepúsculo solitario en el mar delante de sus ojos... La vida palpitó vivamente dentro de ella: "Día rojo, ardiente", escribió. Y cuando lo recordaba, aquel día le parecía, en efecto, rojo, ardiente, cálido, como su alma.

VIII

PABLO vio aparecer a Marta varias veces cuando él salía de su casa. Veía su figurilla graciosa viniendo hacia él, recortándose en la acera que bordeaba el mar, al brazo su chaqueta y su carterón de estudiante. No sabía él qué era lo que la niña tenía que hacer por allí a media mañana; ella siempre le decía que iba hacia el puerto a ver los barcos. Siempre volvía con él andando hacia el casco de la ciudad, olvidada de su primer propósito. A veces atravesaba la Ciudad Jardín y subían al paseo que desde lo alto es una pasarela de la calle León y Castillo: el paseo de Chile, solitario y bello, nuevo, recién trazado, con sus palmeras reales creciendo en los bordes.

A Pablo le gustó hablar con la niña en estas ocasiones. Nunca había encontrado un oyente más atento. A veces se sentaban juntos en un banco y Pablo fumaba un cigarrillo.

—Bueno, ¿tú no tienes nada que hacer? —le preguntaba al verla abstraída y con aire de poder estarse allí siempre, sentada entre el aire lleno de sol y calma.

—Tendría que estudiar... No diga nada a mi familia... Ya estudio por las noches. Pero para mí es algo tan estupendo andar sola por las calles, verlo todo... No sé, me parece que es la primera vez en mi vida que no estoy encerrada. Estuve en un convento, ¿sabe?, casi dos años.

—Tú debías salir de la isla. No estás hecha para

estar metida entre cuatro paredes. Tú tienes algo de vagabunda.

Marta le miraba muy complacida cuando él decía estas cosas. A Pablo le hacía gracia ver la luz que le subía a los ojos verdosos. Luego esta luz se apagaba.

—Nunca lo lograré.

—Todo se alcanza cuando se desea... Lo importante es desear sólo una cosa. ¿No crees?

—No sé.

Ella no sabía nada. Todo lo que Pablo le decía se le grababa en la imaginación, sin embargo. Pensaba en ello... No sabía exactamente lo que deseaba. Salir de la isla, desde luego, pero también siempre y sobre todo ver a Pablo. Si él quedaba en la isla para siempre, ella no quería salir. Pero esto, claro está, no podía decirlo.

—He hecho un dibujo de tu cara. Te pareces mucho a esas campesnias del interior, con tu boca ancha y tus ojos claros.

Cuando Pablo le enseñó el dibujo, Marta sufrió una decepción.

—No parece que sea yo, sino Honesta... Honesta más joven.

Pablo reflexionó, risueño.

—Os parecéis mucho.

—¡No!

Pablo se echó a reír.

—No. En cierto modo, no. Honesta no tiene tu frente y tus bonitas cejas rectas... No, señora; Honesta no tiene ningún rasgo de tu inteligencia en su fisonomía y tú sí... Pero yo no he buscado eso.

Algunos días Pablo no era simpático, sino abrumador. Daba negros consejos sobre lo que las mujeres deben hacer para que los hombres puedan vivir a gusto. Las mujeres deben estar metidas en casa, sonreírles a ellos en todo, no estorbar para nada, no manchar jamás su pureza, no producir inquietudes.

—Yo no quiero manchar mi pureza, pero no me gusta estar en casa siempre.

—Tú crees que te digo estas cosas de broma.

Entonces Marta se inquietaba.

—No lo sé...

Él era un hombre hablador, de los que necesitan explicar en voz alta sus propios problemas; de modo que Marta recibió de su boca muchas teorías sobre la vida y el arte. El arte, según Pablo, era el único camino de salvación personal. El único consuelo de la vida.

Marta no entendía bien aún. No sabía por qué es necesario salvarse ni de qué, como no fuese del infierno en la otra vida.

—Eso —decía Pablo en un tono que podía ser de broma—, la salvación del infierno... El arte salva del infierno de esta vida. Todos los demonios que están dentro de uno se vuelven ángeles por el arte.

—No todo el mundo tiene demonios dentro. Usted no los tiene. No he conocido a nadie como usted.

De pronto el pintor veía aquella cara anhelante, tan infantil aún, aquellos ojos estrechos que se esforzaban por comprender. Se avergonzaba un poco. Se frotaba ligeramente la nariz, perplejo, y decía modestamente:

—Procuro ser bueno... a mi manera; pero no es gran cosa lo que consigo, no creas.

Un día le dijo:

—A ti te gustaría mucho hablar con mi mujer... Ella se reiría contigo, le harías gracia. Ella también es algo vagabunda.

A Marta empezó a latirle el corazón. Siempre había deseado preguntarle a Pablo cosas de su mujer, de aquella señora que ella imaginaba enorme y feroz fumando un puro. Nunca se había atrevido, sin embargo. Miró la cara de Pablo. Estaban los dos al borde de la carretera de Chile, sentados a la sombra de un árbol. Bajo ellos, la Ciudad Jardín y el mar. Se veía el puerto extendido como en un mapa; se veían las peladas montañas de la isleta. Y todo aquello tenía un ritmo dorado, cálido, un ritmo que Marta sentía intensamente.

—¿Cómo es su mujer?

—¿María?

La cara de Pablo tomó una curiosa expresión. No miraba a nada ni a nadie. Marta vio en sus ojos una animación, una extraña y apasionada luz.

—Es magnífica... Es muy inteligente y además seductora. Tiene una fuerza grande en ella... Es extraordinaria.

—¡Oh...! ¡Y dice Honesta que usted no se reunirá con ella nunca más porque ella hace labor a favor de los rojos!

El pintor se puso encarnado. No era lo mismo que cuando enrojecía José. No era aquella ola descarada de sangre. Pablo era moreno como un beduino. Lo rojo casi no afloraba a su cara, pero Marta notó su vergüenza y ella enrojeció también mucho más violentamente.

—Honesta —dijo el pintor reposadamente— no se distingue por su inteligencia, que digamos. No es por ahí por donde la va a coger el demonio, ¿no crees?

Marta sonrió nerviosa y encantada de conspirar contra Honesta con Pablo.

En aquel mes de enero encontró cuatro mañanas al pintor. Cuatro paseos largos con él que le parecieron a la chiquilla increíblemente cortos, desesperadamente fugaces. Nunca se habló en estos paseos de las leyendas de Alcorah. Pablo hablaba durante ellos de aquellas abstracciones del bien y del mal, de la santidad del arte, del horror de la guerra... Marta no supo nunca si él estaba de parte de los rojos o de los nacionales. No sentía aquella pasión a favor de las ideas políticas que en todo el mundo se encontraba en aquellos tiempos y que era una lucha a vida o muerte en cada ser humano. Un efervescer de odios y de nerviosismo. Las cosas que él decía a la niña le sonaban como una música extraña, como si hablara en clave, porque casi nunca eran concretas, casi nunca se podían agarrar ni discutir. Ella no reflexionaba que si otra persona le hubiera hablado así quizá se habría aburrido. No sabía sino que aquellas conversaciones parecían abrirle puertas, mundos.

—El peor defecto es ser débil con uno mismo.

Esto sí lo entendía Marta.

—Yo soy débil... Una vez casi me emborraché porque estaba angustiada.

—¿Tú...? ¡No lo creo! Tú eres demasiado joven para hacer esas tonterías.

Después de la conversación en que se habló de su mujer, Marta estuvo varios días sin ver al pintor. No logró encontrarle en aquellos paseos que ella daba a determinada hora hasta cerca de la puerta de su casa; pero de todas maneras esperar este encuentro era ya una alegría que iluminaba enteramente su vida. Una mañana, la mañana del veintiséis de enero, se despertó sabiendo que lo encontraría. Se sorprendió a sí misma cantando al vestirse. Por aquellos días sentía la felicidad y la sangre oprimirla siempre. Salió al jardín a correr cuesta arriba por la avenida de eucaliptos para descargarse algo de esta dicha casi insufrible que la empapaba. Un gato electrizado por aquella vitalidad suya la siguió a grandes saltos. Marta se detuvo al fin con una silenciosa risa y vio a su alrededor el dorado mundo, las azules montañas que oprimían el mar. Hubiera querido seguir carretera arriba hasta la cumbre de Bandama en aquel momento; cruzó los brazos detrás de su cabeza y sintió lo que deben sentir los árboles en primavera, sólo una fuerza divina, una dicha sin pensamiento de florecer.

Un rato más tarde estaba esperando en la carretera de Las Palmas al coche de línea. Aquel lugar bordeado de eucaliptos centenarios se llamaba en la imaginación de Marta "donde cantan los pájaros". En la cuneta de la carretera corría una vieja acequia de agua clara. Como otras veces, Marta metió las manos en aquel agua para sentirla correr entre los dedos, hasta que le dolieran de frío. Marta, como todos los isleños, sentía pasión por el agua, ese elemento de vida que en la isla se recoge avaramente hasta la última gota. Marta no había visto nunca un río. Se asomaba a los estanques fascinada. Las acequias le parecían arroyos vivos. Cuando llovía se sentía feliz, y en los años de abundancia, cuando durante un día o dos corre el Guiniguada, el barranco de Las Palmas, que llega seco al mar, Marta había contemplado asomada al puente de piedra, con otros curiosos, aquella maravilla de agua turbia, del agua que llegaba a sobrar, y corría señorialmente como oro líquido que se dejase escapar a hundirse en las olas...

Quizá por eso aquel sitio del mundo, el trozo de carretera alquitranada que ella llamaba "donde cantan los pájaros", tenía un encanto tan grande, por aquel ruido de agua acompañando a las manchas del sol que temblaban al filtrarse entre las ramas de los eucaliptos cayendo en la carretera azul.

Desde un muro blanco se veía el valle de viñedos, tembloroso de luz, alguna palmera, colinas, su propia casa lejana, y mucho más lejos aún, un trozo de mar. Como siempre, el silencio aquel, lleno de pájaros, llegó a mortificarla. Le trajo como todos los días una idea tan fuerte de lo que es la paz del mundo, que había que acordarse por contraste de la guerra y la muerte pendiente sobre las cabezas de todos. No podía librarse de un oscuro remordimiento por aquella plenitud física, aquella dicha incontenible que sentía. Parecía que ella sola en España estuviese protegida contra el fantasma desolado de la guerra civil y de las pasiones y los heroísmos y las tragedias que provoca. Hasta Pablo sufría por su mujer, lejana. Marta ahora sabía que Pablo estaba sufriendo. Él no era como otros hombres que, según comentaban Honesta y Pino, están encantados de la vida lejos de su mujer. Él la amaba. Este hecho a Marta le producía turbación y casi dicha porque le parecía aumentar para ella el grado de finura y sensibilidad que notaba en su amigo. Sus tíos estaban desplazados también por la guerra. Daniel, siempre nervioso, casi enfermo. Temían por otros familiares, por amigos, por aquella ciudad, Madrid, que sabían hambrienta y destrozada. Aquella ciudad, Madrid, que los ojos de

Marta querían ver algún día... Hasta Chano el jardinero se había ido al frente antes de que lo llamaran a filas, y eso que su padre, un comunista, estaba en un campo de concentración... Todo el mundo había dicho que Chano era muy valiente. Él se había ido como para un paseo glorioso con su cara de niño grandullón. Todo el mundo metido en la guerra. Hasta José, que hablaba de catástrofes y ruinas en los negocios. Pero ella estaba libre, sana y feliz. Se sintió aquella mañana tan angustiada por su despegado egoísmo que tuvo un miedo supersticioso y salvaje de que algo, alguien, fuera a estropearle de pronto la dicha nueva y mágica de aquellos días suyos.

Allí, entre los troncos claros de los eucaliptos, Marta tenía el aire de un duende. Muy pequeña parecía con sus sandalias y su chaqueta roja. Su cabeza rubia se inclinaba para escuchar. Desde lejos se oía ya una larga bocina. Luego una trepidación que asustó a la mañana. Apareció al fin un monstruoso coche amarillo cargado de campesinas madrugadoras que iban al mercado con cestas de huevos, gallinas y los quesos tiernos llamados de flor, y con el ruido de las cacharras de la leche que tintineaban al entrechocar sobre el techo del vehículo. El coche se detuvo y Marta trepó a él en un momento.

Al llegar a Las Palmas, aquel ligero desasosiego que tuvo, aquel miedo indefinible se le disipó. Abajo, el sol ya era templado y suave. Al acercarse a la ciudad olían ásperamente las plataneras. De entre su masa de verdor salían palmeras altas, y las torres de la catedral navegaban en aquel cálido verde. Detrás de ellas se veía la línea azul del mar mañanero. Luego el coche se metía entre un montón de calles soñolientas. Marta tenía todo el día por suyo.

Se fue como solía hacia el barrio del mercado, que ya estaba despierto. En el viejo puente de Palo sobre el Guiniguada las vendedoras de flores empezaban a instalar sus puestos. Marta vio el oleaje marino lleno de luz verde, que allí, bajo aquel puente, intentaba tragar el río, inmóvil de piedras, con sus polvorientas tuneras, tabaias y llorones.

La vida de la plaza había empezado. Campesinas acababan de llegar en los coches de hora, sirvientas madrugadoras se movían ya por allí. Ella las miraba. A veces pensaba: "Soy yo, yo, Marta Camino, quien estoy libre en este día." Y era como si hubiera comenzado a vivir gracias a aquel permiso debido a los celos de Pino, de marcharse muy temprano y sola por las mañanas. "A veces he sido mezquina, a veces he estado angustiada —pensaba con asombro—; una vez sentí envidia..." Le parecía que todos los malos sentimientos sólo pueden criarse en la oscuridad, en la opresión; un ser libre en el maravilloso mundo de Dios es bueno siempre. No se decía esto exactamente, pero lo sentía. Pasaba delante de casas conocidas. Muchas de sus amigas no se habrían levantado aún.

Marta se sentía envuelta en tufaradas de olor a fruta, a pescado, a café. Eran espesos olores que la mañana exacerbaba y que repentinamente barría una ráfaga salina del mar.

Sonrió. Pensó en lo que sus amigas le decían, un poco asustadas, por las tardes. "Te van a tomar por loca; la gente empieza a verte vagando por las mañanas como un alma en pena. ¿Qué haces?" Marta no hacía nada. Se dejaba vivir. Más tarde, a raíz de una desgracia ocurrida en su casa, la gente murmuró sangrientamente. Se dijo que ella vivía abandonada, que se la veía rondando por las calles, con cara de susto y de hambre. Se dijeron muchas cosas, pero a Marta no la afectaron por la sencilla razón de que jamás llegó a enterarse de estas murmuraciones.

En la puerta de un cafetucho oscuro, cerca del mercado, Marta se detuvo porque oía allá dentro un rasgueo de guitarras. Vio una sala grande, y al fondo un mostrador, junto a él una puerta con una cortina sucia corrida. Detrás de aquella cortina, dos o tres borrachos, después de una noche de juerga, seguían cantando incansablemente, monótonos:

Esta noche no alumbra... La farola del mar...

Marta sonrió, tímida, encantada. Puesto que los supuestos borrachos eran invisibles, ella podía entrar en la primera habitación oscura y sucia donde desayunaban algunos trabajadores del mercado. No sabía por qué tenía para ella aquel ambiente un encanto tan fascinador. Quizá fuese únicamente porque era nuevo, distinto de todo lo que la niña había tenido siempre por costumbre. Metida en un rincón sombrío, pidió café y churros. El café, hirviente, era claro y malo, pero los churros le gustaron.

Cerca de ella, unos hombres bigotudos, que sujetaban sus pantalones con una faja negra, y unas mujeres con moños recogidos en la nuca, y las espaldas abrigadas con pañoletas de punto de lana negra, la miraron un momento; luego la dejaron en olvido, como ella quería. Su presencia de colegiala parecía extraña allí, pero al mismo tiempo era insignificante.

Olía a vino, a fritos, a mugre, a moscas, a vida.

Por reacción a toda la limpieza, al orden exagerado, a la pesadilla de la palabra "microbios" que había oído hasta la saciedad, a la chiquilla le producía todo aquello una sensación de encanto casi perverso. Le divertía oír el fondo de los derrotados juerguistas siguiendo su canción de la farola...

Esta noche no alumbra... porque no tiene gas,
porque no tiene gas..., porque no tiene gas

Seguramente serían soldados, soldados de los que vienen con permiso después del duro trabajo de la guerra, y están exaltados siempre, y les gusta emborracharse.

Esta noche no alumbra...; mañana alumbrará.

Era como una promesa; pero, pensó Marta sonriente, ya es mañana. Se levantó y pagó, para salir a la luz de la calle. Aquel día tenía la impresión vivísima de que se presentaba afortunado como ninguno. Pensó en su agenda: "un día de oro", escribiría allí. En la acera tiró una moneda a cara o cruz. Si salía cara, aquel día vería a Pablo. Salió cruz. Pero de todas maneras sabía que había de ver al pintor. Era como si alguien le hubiese soplado esa seguridad en el alma. Aturdida, oyó una fuerte palabrota. Unos hombres a su lado descargaban sacos.

—...¡Que la aplasto, cristiana! ¡Menéese! ¡Oh!

¡Ah, sí, todo el mundo trabajaba, se movía, vivía! Los moros vendían sus abalorios. Los canarios, despaciosamente hacían sus trabajos. Iban andando como ella, las gentes de la mañana, pero todas con algún fin.

Se fue a ver el mar, rodeando el gran edificio de piedra que es el Teatro Pérez Galdós. Por la parte trasera del teatro llegó hasta el mar y vio su agua, rompiendo contra unas calles oscuras, húmedas, gorgoteando sus olas al retroceder entre las piedras, como protestando de que la ciudad volviera a la luz y le dejara frente a aquellas calles tristes. Pero Marta amaba aquellas espaldas de la ciudad.

Estaba subiendo la marea. Unos chiquillos, desgreñados, morenos, enteramente desnudos, jugaban entre las rocas como diosecillos paganos y descarados. Se tiraban en el fragor de la marea a nadar. Vieron a Marta y le dijeron algo que el ruido de las olas impedía entender. Ella sabía bien que no sería ningún cumplido lo que le dijeron.

Desde donde estaba asomada vio una larga calle oscura con un muro de contención para el mar, donde muy pronto las olas chocarían formando surtidores de espuma.

Al final de la calle el Parque de San Telmo, con sus

palmeras, avanzaba briosamente sobre el agua; allí llegaban ya a romper aquellas grandes olas del Atlántico en la avanzada de su marea.

Marta volvió a sentir aquella sensación aguda de lo hermoso que era poder estar así viviendo suelta en aquel mundo sin hacer nada. Era más hermoso aún porque tenía la seguridad de que poder hacerlo era casi un milagro que sólo llenaría una parte muy corta de su vida. Tenía ganas de encontrar a Pablo y de contarle aquellas cosas, ya que a él le gustaba hablar de cosas así. Aquel día de enero, un veintiséis de enero, lleno de nubes blancas y de sol cálido, aquel día lo iba a ver.

Lo vio. Pero no en los alrededores de su casa, como había imaginado, y a donde llegó mediada la mañana, como atraída por un imán. Estuvo descaradamente esperándolo, cerca de media hora, por sus alrededores. Como casi todos los días anteriores fue inútil. Era aquello una espera enervante al sol; a veces se ponía a mirar el agua y veía su florida espuma hirviendo. "Cuando pasen diez olas miraré." Cuando pasaban diez olas miraba hacia la casa de Pablo... Nadie. Entonces le daba miedo de que él hubiera salido y hubiese pasado a sus espaldas sin verla.

Imaginaba luego a Pablo en su habitación. Ahora se arreglará la corbata, ahora se pondrá la chaqueta, ahora sale por el pasillo oscuro... Le parecía sentir su bastón golpeando, y sentía luego que sólo era los latidos de su corazón. Pablo no salió. Cansada ya, con las piernas doloridas y la boca seca de aquella espera, se metió en el viejo parque de la Ciudad Jardín. Recorrió sus senderos amarillos llenos del olor pesado y magnífico de grandes flores blancas, llenos del bordoneo de los moscardones que celebraban una fiesta de primavera eterna. Había un drago enorme con un banco alrededor de su tronco, y se sentó allí. Estaba mucho más deprimida que en la mañana; casi con ganas de llorar. Veía contra el cielo una fiesta de palmeras con troncos cargados de geranios trepadores. Un conjunto de plantas siempre verdes. Siempre, hasta el cansancio, floridas.

Se preguntó, asustada, cuánto tiempo duraría para aquel pintor el encanto de esta dulzura siempre igual; cuánto le duraría a él, que venía de los países donde cambian las estaciones. Ni siquiera sabía ella por qué causa había llegado Pablo allí. Decía Honesta que porque las islas eran el lugar más tranquilo y más alejado de la guerra que había en España, y quizá porque quería un nuevo paisaje para pintar. Pero la guerra terminaría pronto, y lo mismo que los parientes peninsulares él se marcharía.

El pensamiento este la trastornó. Hacía ya días que, con el nuevo atrevimiento que ahora había adquirido desde que hablaba con Pablo, Marta dijo claramente a su hermano José que ella quería irse a Madrid con los parientes, a estudiar, cuando la guerra acabara. José se había negado redonda y terminantemente a dejarle concebir la más pequeña ilusión. A Marta no se le había perdido nada fuera de la isla, nada... Cuando ella le contó esto a Pablo, fue cuando el pintor le explicó aquella teoría de que todo lo que se desea de veras se alcanza.

Marta tenía la cabeza apoyada en el tronco del drago. Es un árbol de siglos, casi humano. Un árbol cuyo tronco retorcido finge cuerpos apasionadamente enlazados; su copa de hojas duras, agudas como pequeñas pitas, araña la suavidad, la sed del cielo, y una savia roja corre bajo su corteza. No es bueno pensar en quién se quiere con la cabeza apoyada en este árbol de tierras cálidas. Su silencioso misterio no se envuelve en brumas, se recorta duramente en la luz deslumbrante y sin frío. Está pidiendo realidad. No quiere sombras; si el cuchillo le hiere, no disfraza sus zumos de frescura y de agua; suelta sangre como la carne de los hombres al herirse. Siglos y siglos está quieto bajo el sol y las tibias noches de estrellas bajas, esperando.

Marta sentía detrás de su cabeza la palpitación de aquella sangrienta sabiduría del drago. "Realidad, realidad, besos en la noche, besos... Realidad, Marta Camino, ¿qué esperas de este hombre, de este amigo? No te va a dar nada. No lo amas. Nunca te abrazará, nunca te dará hijos. Te hace soñar en otros países, te hace soñar con la pureza de la vida y del arte. Pero, ¿qué es eso? La vida para una mujer es amor y realidad. Amor, realidad, palpitación de la sangre. Tu boca ancha es triste y respira voluptuosidad aunque tus ojos sean puros. Tienes dentro de ti semillas de muchos hijos que han de nacer; eres como una tierra nueva y salvaje y debes esperar como la tierra, quieta, el momento de dar plantas.

"No se puede perder la vida, los minutos hermosos de la vida, en esperar a una persona que no viene, en sobresaltarse creyendo oír el ruido de un bastón en la acera. No se puede. Yo tengo mil años de vida en tierras cálidas, y te digo: «No sabes nada, no busques nada. Eres una loca»."

Marta estaba sentada. No sabía cuánto tiempo estuvo así con los ojos entrecerrados de cansancio, apoyada en el tranco del drago.

No sabía que a aquellas horas había gente que hablaba de sus paseos con el pintor como de algo pecaminoso y sin precedentes en una criatura de su educación. No entendía tampoco aquel sopor, aquella angustia de su vida apoyada contra el tronco del árbol.

De pronto se sobresaltó. Era como si la hubieran llamado en medio de un sueño profundo, y se le ennegrecieron delante de los ojos todos los contornos de las plantas en el día despiadadamente luminoso.

Se puso en pie. El deseo de ver al pintor se le hizo fuerte y desesperado.

Se echó a correr por los senderos del viejo parque Doramas, donde las plantas de países cálidos y templados ponían su sombra confundida en los senderos amarillos. Según iba corriendo, se calmaba.

Una vez en la calle, atravesada por las guaguas, en la calle cruzada de automóviles particulares, bañada de luz de mar, se detuvo... Sin pretexto alguno, ¿cómo iba ella a meterse otra vez en la casa de este hombre? Ninguna mujer hace estas cosas. Cuando se detenía a pensar así era como si todas sus amigas, delicadas, buenas y recatadas, le tiraran de las faldas.

Los oídos se le llenaron con unos cañonazos y un lejano repique de campanas, como si alguna fiesta se preparara. El mar estaba alto. Pleamar. Mediodía en la isla. Las nubes se apresuraban en un fondo celeste...

Se asustó. Todo lo que había en ella de niña burguesa se inquietó enormemente, y tuvo un gesto tranquilo y resignado al renunciar. Subió a una guagua para que la llevara corriendo, apretada entre otras gentes, con los rubios y cortos cabellos lacios, despeinados por la brisa marina, hasta el corazón de Las Palmas, junto al Guiniguada, cerca del barrio antiguo de Vegueta, donde vivían sus tíos.

Iba tan aturdida pensando que llegaba tarde para comer, que no notó siquiera que los balcones de las casas estaban engalonados con banderas. Cuando se metió en el hondo y fresco zaguán y empujó la verja de madera desde la que se veía el patio lleno de macetones con palmeras y begonias, aún no sabía la noticia. Una galería con ventanas rodeaba el patio. A una de las ventanas se asomó Honesta al oír la campanilla de la cancela.

—Sube, sube, Martita... ¡Estamos tan contentos...! ¡Daniel se ha puesto malo!

Marta quedó con la boca abierta. Aparte de que a Daniel le gustaba mucho que lo cuidaran, y que se hablase de sus trastornos intestinales, no veía la relación entre la alegría y la enfermedad de Daniel.

Una risita idiota, incontenible, la empezó a coger cuando subía las amplias escaleras. ¿Sería posible? Quizá para Daniel, que no tenía más que manías, resultaba una verdadera fiesta estar por una vez enfermo... Claro que no lo creía, pero estaba con las rodillas temblorosas de risa cuando alcanzó la galería de arriba. Honesta la estrechó en sus brazos, y luego, también Matilde, tan seca de costumbre.

—Esto es el fin de la guerra... ¡La victoria!

—¿Se acabó la guerra?

—No, aún no... Pero prácticamente... ¡Ha caído Barcelona en poder de los nacionales!

IX

Cuando caía ya la noche, cuando estaba, sin darse cuenta, rendida de haber gritado y cantado, de haber bebido y voceado, de haber vagado de un lado para otro en los cafés llenos de gente, en las calles embriagadas, Marta encontró a Pablo.

Había salido con sus tíos a la calle. Se había separado de ellos para ir con un grupo de jóvenes entre los que estaba Sixto, el oficialito que bailó con ella un domingo en su casa, y varias amigas del Instituto. Había ido a bailar a un local en la playa de las Canteras. Luego Marta se escapó.

No es que no se hubiese divertido. Se hubiera divertido mucho más, sin embargo, si no hubiese tenido aquella manía de encontrar al pintor que la hacía mirar azoradamente a todos los sitios cada vez que entraban en un local nuevo.

A Marta le gustaba bailar. Detrás de los ventanales de la sala de baile había un hermoso crepúsculo. El sol entró en el horizonte de tal manera, con tal apoteosis de color y con tal aparato de nubes que el agua reflejaba, que parecía participar de esta locura de los hombres, de su fiesta.

Sixto era amable y bailaba bien. Estaba un poco mareado, y contó muchas cosas de la guerra. Dijo que tenía una cicatriz de bayoneta que le atravesaba el pecho. Si las chicas no se hubiesen opuesto, se habría quitado la guerrera para enseñarla.

Marta sabía que a Sixto le gustaba ella. Se habría sentido encantada si no hubiera llevado aquella inquietud, aquella extraña fuerza que la empujaba a irse de allí porque quería ver a alguien.

Sin despedirse se fue en la primera ocasión. Echó a andar, como siempre, sola y anhelante, tropezando con las gentes, haciendo un trayecto muy corto en una guagua, y uno muy largo a pie, entre soldados, falangistas, paisanos y mujeres apretados y revueltos como en un carnaval, que cantaban, gritaban la victoria y el fin de la horrible pesadilla de la guerra. Estas gentes la empujaban, le decían cosas al oído y algunos hombres querían bailar con ella en plena calle. En todas las caras en las que gesticulaba la risa y el grito Marta buscaba algo, alguien, otra cara. Luego se abría paso dando codazos. Seguía andando. Sobre ella el cielo estaba ya oscuro; bajo el cielo se encendían farolas, casas. Todo estaba cruzado por cohetes y gritos.

Se asomó por las ventanas de los cafés desbordados de gente, luces y humo. Terminó entrando en todos para ver mejor. Pasó junto a una mesa donde estaban Matilde y Daniel con unos amigos, sin verlos, hasta que le tiraron del vestido.

—¿Venías a despedirte? ¿Te vas al campo...? Has dejado tu abrigo en casa. ¿Te has divertido?

Marta les miraba aturdida. El cansancio la tenía pálida.

Una señora gruesa le gritó a Daniel, queriendo hacerse oír, aunque casi estaba a su lado.

—Es la niña de su hermana, ¿verdad?

—De mi hermano, sí...

—Me refería a la señora rubia que estaba aquí antes. ¡Se parece tanto!

Matilde se reía.

—Cree que es hija de Honesta.

Marta, atontada, sentada por un momento entre sus tíos, miró con disgusto a aquella señora. Parecerse a Hones no le era grato, ni siquiera en un momento de fatiga tan grande.

Daniel estaba nervioso, enrojecido.

—Mi hermana es soltera.

Marta, con la cabeza apoyada en el repaldo del asiento, vio de pronto, frente a ella, a Pablo y a Hones. Sintió un martilleo doloroso, vivísimo en el pecho. Pablo fumaba y bebía. Hones fumaba y bebía; estaban juntos, separados por un gran espacio de local, por la humareda de un centenar de cigarrillos, por el oleaje de las conversaciones. Marta recordó una frase: "Su mamá vino esta mañana..." Lo había dicho la criada de la pensión de Pablo. Entonces no había entendido. Hones y Pablo. Ella se parecía a aquella mujer rubia y vieja, de cara achatada, llena de remilgos... Hones visitaba a Pablo.

Oyó decir a Daniel, como en sueños, que iban a telefonear a su casa para decir que aquella noche Marta se quedaba con ellos en Las Palmas, porque tenía muy mala cara. ¿Quería?

Pablo la vio entonces. La vio, y con una alegre risa la saludó con la mano desde lejos. No estaban solos Pablo y Hones; había un grupo grande en una larga mesa. Nada en la actitud de ellos indicaba más intimidad que la que pudiera haber en la actitud de la misma Marta con Daniel y con Matilde. Claro que todos parecían algo achispados, o al menos Marta los veía como si una capa de agua ampliase sus gestos y sus risas de manera temblona y desconcertante. Tal vez era ella quien tenía mareo. Pero Pablo no se inclinaba hacia Hones. Ni siquiera la apreciaba; un día de los pocos, escasísimos de su vida, que ella había hablado con Pablo, se rozó de pasada a Hones en tono de broma: "Sí; no es por la inteligencia deslumbradora por lo que brilla tu tía." Eran palabras de Pablo y las recordó con encantada crueldad. Luego le dio vergüenza. Una vergüenza tan grande que hubiera querido desaparecer delante de su propia conciencia. Esto era ser tan baja como la gente que ella despreciaba. Pensar una cosa así la volvía indigna de la amistad de Pablo. Estaba borracha, esto era lo que pasaba. Ella no era así estando serena.

Matilde, asustada, vio que la chica tenía los ojos llorosos, un puchero infantil en la boca.

—¡Dios mío! ¡Tú has bebido!

—Sí, y el humo... Me voy; me voy a casa, a la de ustedes... Telefoneen. Voy a despedirme de...

Sin cansancio alguno cruzó el local hacia ellos. Hacia Pablo, en verdad. Debía estar completamente mareada porque sentía que andaba sin control alguno, como si tiraran de ella desde muchos sitios a la vez.

Cuando llegaba cerca, después de ir sorteando a la gente que le impedía el paso, presenció una escena que la dejó petrificada, y que la serenó completamente. Un hombre borracho como una cuba, que había estado mirando mucho hacia aquella mesa y dando grandes risotadas entre varios amigos en la barra del bar, se acercó tambaleándose hasta llegar frente a Pablo; se apoyó en el mármol del velador, sin que nadie tratara de impedírselo, porque a todos les tomó por sorpresa, y le lanzó a la cara unas palabras como jugo de ortigas, brutales, sucias, inesperadas.

—¡Cabrón! ¡Cornudo! ¡Emboscado!

El hombre quería bronca. Marta, horrorizada, miró a Pablo, que resultaba un hombrecito insignificante y pálido que se movía.

Hubo como un revuelo. Alguien empujó al borracho, que se debatía.

—Te conozco, amigo. Celebrando la victoria, el rojo consorte... ¡Emboscado! A ti te digo, ¡emboscado...! Tu mujer acostándose con un rojo, se sabe hasta en Pekín, y tú celebrando la...

Se lo llevaron.

Pablo tenía pegada al cuerpo la camisa, mojada por un repentino sudor, que le chorreaba también por la frente. Los que se llevaron al que le había insultado así, le pedían disculpas, muy tartajosos.

—Perdónelo, cristiano —oyó—. Está alumbradito, el hombre.

Todos los hombres de la mesa se habían puesto en pie, menos el pintor. A Marta le dio la sensación angustiosa de que Pablo no se enteraba de nada, ni veía. Eso fue un momento. Luego le vio sonreír con trabajo.

—No conozco a ese tipo.

Estas palabras no las oyó Marta, pero vio cómo se movían los labios de él, murmurándolas. Luego Pablo se sacó un pañuelo y se secó la cara. Se despedía... Hones le miraba inquieta. Se iba del café... Marta fue detrás de él, como si le perteneciese.

Al llegar a la calle lo perdió entre la gente. Era muy difícil abrirse paso entre tanto alboroto. Marta tenía mucha angustia, se libraba difícilmente de las voces, de los empujones, de los piropos aburridos y sucios de los hombres.

Al fin vio a Pablo otra vez. Le llevaba mucha ventaja, pero al menos ya sabía ella la dirección que tomaba. Cuando llegó a encontrarlo, se detuvo un momento llena de desconcierto y casi de repulsión. Pablo había llegado hasta los muros del Guiniguada; junto al puente de Palo, devolvía en una esquina. También él estaba borracho. Se incorporó angustiado y se limpió la cara con el pañuelo. Luego echó a andar de nuevo. Entonces Marta corrió hacia él y le cogió del brazo.

Al cabo de unos minutos, cuando iban ya saliendo del gentío, Pablo miró a la niña... Estaba allí, a su lado, pero no se había fijado hasta entonces al parecer, aunque iban camino del barrio antiguo, donde vivían los tíos de ella.

—Bueno, hija... tú dirás adónde vamos...

Aunque su aspecto era normal, la voz resultaba velada y un poco hiposa. Si se hubiera tratado de otra persona, que hablara de aquel modo, Marta se habría reído quizá. Pero estaba ahogada de pena, porque era

Pablo el que parecía tan pobre hombre, y tan desdichado. Marta se echó a llorar furiosamente, como un niño chico, soltándose del brazo de él, para taparse la cara y contener aquella catarata de lágrimas.

—Niña... Está bueno... Tú estás borracha.

Marta negó con la cabeza. Él, con el bastón colgado al brazo, trató de quitarle aquellas manos de la cara. Entonces le miró toda sollozante.

—Le insultaron... A usted. ¡Yo habría matado a ése!

—¿Esperabas que le hubiera matado yo...? ¿O que fingiera que iba a matarle...? ¡Qué niña eres!

—Usted es un santo... Y ahora se reirán.

—Vaya por Dios... Vamos, niña, a tu casa... ¡Qué importa que se rían!

No, no parecía borracho ahora. Su cara bondadosa y fea, estaba triste, nada más. Andaba un poco despacio. Su bastón sonaba pesadamente, porque ahora entraban por calles solitarias, con viejos balcones de madera en las calladas casas antiguas. Con un hermoso cielo arriba, cuyo resplandor no vencían los tímidos faroles eléctricos, que después de un cerco de luz hacían más misteriosos y encantados las esquinas y los rincones.

Lejanos cohetes que se oían estallar, daban allí, en aquel barrio, una sensación de reposo aún más grande. Hasta se oía el mar, el fresco y pesado aliento del mar, que se arrastraba siseando entre las calles, entre los gruesos muros coloniales. Parecía un sueño.

—Pablo —dijo Marta muy bajito— yo... si supiera... si supiera qué amiga suya soy. Nadie en el mundo, nadie, es tan amiga suya como yo...

Se habían detenido en una placita, un pequeño rincón entre calles, para dejar pasar a un grupo de jóvenes que cantaban.

Después, se vio que, según aquellos pasos, aquellas voces se iban perdiendo, el farol de la esquina daba con más seguridad su luz amarillenta, como si sólo luciera para ellos. Las sombras se hicieron más negras. Una iglesia sencilla inspiraba ideas de perennidad, pureza, ensueño. Una iglesia de cal, y oscura piedra... Una ventana, encendida en una callejuela lateral, apagó su luz; entonces brilló sobre la azotea de aquella casa un cielo estrellado.

Pablo se había apoyado en una pared. Con sus manos, no muy seguras, trataba de encender un cigarrillo. Tenía una boca ancha, con las comisuras bajas. No parecía la boca de un hombre cobarde, pero no había querido pelear con un matón aunque había insultado a su mujer ausente. Marta pensó que sólo ella en el mundo era capaz de no encontrar ridícula su actitud.

No se sabía, cuando pasaba el aire, de dónde llegaba un olor a flores, tan caliente y primaveral. Las azoteas, todas, suelen estar llenas de macetas... Luego, la brisa del mar lo barría todo, y olía solamente a invierno.

—Le gustan como a mí estas calles, ¿verdad, Pablo? Mire la placa: en esta iglesia fue en donde oró Colón... ¿Le gusta?

—¿Qué dices...? Eres una niña muy buena. Sí, me gusta estar contigo, aquí, un momento... ¿sabes cómo te llamo yo? La niña de la isla... No salgas nunca de aquí, quédate quieta entre tus calles y tus campos... ¿Para qué quieres irte...? En Tenerife conocí a unos ingleses que fueron para unas vacaciones a la isla, hace treinta años y todavía están.

—Y ¿usted?

—Yo me iré cualquier día. Cuando pueda... Cuando sepa lo que quiero hacer. Puedes reírte, Marta Camino, de un hombre que ni siquiera sabe ser hombre. Cuando ese pobre tipo dijo aquello, ¿tú crees que me indignó...? Yo sé que es verdad... No, no sé si es verdad, pero todos los días me lo pregunto. Todos los días desde hace dos años... Si ella hubiera querido, estaría hoy conmigo.

—No. No...

Marta estaba espantada.

—Sí, sí... Verdad. ¿Para qué está María allí... para qué?

Pablo se exaltaba, sin moverse mucho, sin embargo. Marta le oía, fascinada.

—Claro que para mí... ¡mucho me importa que no esté! Cruz y raya. Todo lo que ha hecho, perdonado... olvidado. No deseo verla más, sólo que pienso que quizá haya muerto. Entonces me siento destrozado, niña... porque yo sé que es mejor para mí no verla más, que volveré a pintar de aquella manera, con alma y vida, que a ella le gustaba... Pero es que necesito recuperar mi prestigio para ella. Al lado suyo, no, pero para que ella sepa que soy capaz... Junto a ella, yo dejé de ser un hombre, un monigote he sido, un loco... llorando... ¿O es que te crees que los hombres no lloran? Llorando de celos y sin atreverme a dejarla, porque es tan desvalida... Es así, me necesita siempre. Nada mejor en el mundo que verla llorar a ella. Pero con quien se quiere así no se puede vivir, no hagas nunca tal locura. No se puede... Yo tenía otras cosas que valen más que ese cuerpo de una mujer que uno quiere para besarlo y para maltratarlo y que envenena los minutos, uno a uno... Ahora no me volverá a coger más... No, ni aunque me pida de rodillas que vuelva. Jamás lo haría... ¿Tú qué crees? No, aunque me escriba, no iré. Desde que estoy aquí, ni una línea. Los amigos, sí, escriben: María está bien... Cuando quiera, ella me escribirá para que vuelva... No puede estar sola, me necesita en cuanto le falle lo que ahora tiene... Pero mi alma inmortal también necesita ser salvada, ¿no te parece? Hay muchos cuerpos hermosos que no aprisionan... Y un arte único, una pasión que no se debe prostituir ni olvidar. He sido desgraciado, desgraciado hasta la muerte por no poder pintar. Ahora puedo...

No se podía dudar de que Pablo estuviera borracho ahora. Intentó dar una chupada al cigarrillo y de nuevo le acometieron bascas. Corrió a la esquina de la iglesia a devolver otra vez apoyándose en la pared. Ella recogió el bastón que se había ido caído en el empedrado. Marta no sentía ahora repugnancia alguna. Pablo no le causaba repugnancia, sino ternura. Estaba delante de ella, desamparado, en la mayor miseria y, sin embargo, le parecía a la niña admirable. Aquella confesión tan cortada, tan verdadera en su semiinconsciencia la recibía ella como el más hondo secreto que se le había entregado. Y ver a aquel hombre enfermo no le hacía daño, sino que la llenaba de una especie de orgullo por ser ella y no otra persona quien en aquel momento estuviese a su lado. Todas sus sensaciones estaban también cambiadas y como sublimadas por su propio mareo. Aquel día se parecía mucho a un extraño sueño.

Las campanas del reloj de la Catedral dieron una hora. Pablo se despegó de la pared, con esfuerzo, volviéndose hacia Marta: el cabello de la muchacha clareaba en la oscuridad.

—Guíame tú, niña... porque, si no recuerdo mal, si no recuerdo mal, era necesario llevarte a casa de tus tíos... ¡Vamos!

—Pues sí —continuó, volviéndose hacia la niña—. Te estaba hablando de arte... Una cosa que no admite competiciones... El arte es un demonio que empuja... Pero el amor, cuando se convierte en un pecado como el mío, lo aplasta todo, chupa la sangre y la vida... El arte se va... Y no importa entonces... No importa nada. Pero yo ahora sé que sí que importa. Aunque ella quiera no vuelvo, fíjate que te lo digo... Podía yo haberme pasado a los rojos. A mí todo me da igual. Pero yo quería que ella volviera a mí, no yo a ella... Quiero mandar ¿sabes...? Liberarme y pintar... No quiero dejarme llevar por los celos ni miserias... ¡No lo quiero!

Después de estas vagas palabras, el pintor quedó silencioso. Tan callado como la niña. Sólo se oían los pasos de los dos, y el tictac cada vez más seguro del bastón en la acera.

La casa de los tíos tenía iluminadas las ventanas de

la parte baja. Se filtraba luz por entre las maderas entornadas. Quizá habían vuelto ellos, y estaban allí, en el antiguo despacho del abuelo.

Marta no quería separarse de Pablo. Le cogió la mano entre las de ella, frente al hondo zaguán. No quería que se fuera. Después de tenerlo tan cerca, tan suyo, no se resignaba a verlo desaparecer. Que hablara, que dijese algo, que estuviera allí...

—Venga... Entre conmigo.

El hombre volvió a sacar su pañuelo, con aquel gesto nervioso de limpiarse la cara, que sólo aquella noche le había visto Marta. Hacía bastante fresco en aquellas calles barridas por la brisa; ahora lo notaba ella, pero Pablo parecía tener calor.

—Niña... perdona a este idiota, que te ha dado la lata... Hace mucho que no bebo, no me gusta, y la verdad, me siento algo mareado. Creo que estuve impertinente y grosero. Ya me imagino que no vas a querer más cuentas con tu amigo el pintor. También está él bien agarrado por un demonio... Un demonio que no te deseo que te coja nunca...

—Nunca... nunca le he querido tanto como esta noche. Nunca, ni cuando me enamore, querré a nadie tanto como a usted. Jamás le diré a nadie lo que he oído, ni lo que he visto.

Pablo la cogió la barbilla, y miró apenado la carita joven, empalidecida por la luz del farol, las estrechas rayas de los ojos brillantes.

—Te deseo que no te enamores nunca, hija. Tener quince años y ser como tú...

—Dieciséis...

—Dieciséis... es horrible. Te quedan cosas muy malas por vivir... Adiós, Marta Camino, duerme bien... No pienses en las cosas feas que te he dicho... Cada día que pasa, encuentro que soy un hombre más ridículo.

La dejó sola en la puerta de la casa y se fue.

Ella se sentó en el umbral derrengada y lloró mucho.

Apoyaba los codos en las rodillas, se tapaba la cara con las manos, y lloraba. Sus hombros se estremecían convulsivamente. No podía acabar aquel llanto. Sentía en él un salvaje consuelo; también dulzura, felicidad, orgullo. No pensó en nada durante mucho, mucho rato, más que en llorar... Cuando la marejada del llanto iba cediendo, una nueva explosión, como una ola, la sacudía... Todos sus huesos estaban doloridos. Su alma terminó lavada, removida, tronchada y llena de riqueza a un tiempo. Ella no sabía por qué no se sentía débil, ni avergonzada de llorar. Le pareció, por primera vez en su vida, que hay algo muy hermoso en el llanto.

Desde el radiante amanecer de aquel día había crecido mucho. Pero ni siquiera lo pensó.

X

La luna entró en febrero subiendo un cuarto creciente. Primero una delgada raya curva, como el recorte de una uña. A medida que los días avanzaban, más panzuda y luminosa sobre los campos de Alcorah. Más atrevida sobre los barrancos, sobre los bancales de plataneras, sobre los tres riscos últimos guardianes de la isla, sobre los viñedos del monte Lentiscal y de las faldas negras de Bandama en cuyo inmenso, hondísimo cráter redondo, la luna se puede derramar tímida y asustada como en un profundo estanque.

Marta vio crecer la luna cada noche, cuando atravesaba los campos para ir a la finca. A veces, el viento sonaba entre los achaparrados taharales y los hacía resaltar oscuros, con una vida que no tenían durante el día. Cuando la luna fue tomando fuerza, se distinguió a su claridad, el color de las bugambillas. Marta escribió un poema de viejos demonios danzando a aquella luz, saltando con su aspecto de machos cabríos entre los esqueletos de las vides invernales.

No hubiera creído, aunque se lo jurasen, que una pena grande le acechaba antes de que aquel astro frío y brillante que iba hacia su plenitud empezara a decaer. Marta tenía el alma llena de confianza aquellos días. Iba con la cabeza alta, sentía una dulce y caliente sangre corriendo por sus venas. En el aire vivo del campo, en febero, sus piernas desnudas lanzaban un reto al frío. Vivía y sorbía vida en todo. Cualquier incidente le hacía reír hasta saltársele las lágrimas. A veces se ruborizaba de orgullo, al recordar que era la mejor amiga y la confidente de un hombre extraordinario, que había llegado a la isla quizá sólo para llegar a fortalecer e ilusionar su vida. Pero de esto no hablaba nunca.

Después de la noche de la toma de Barcelona, Marta escribió al pintor una carta muy larga. Con ciertas dudas, después de pensarlo mucho, la confió al correo. Aguardó tres días llena de emoción. Recibió por correo también una respuesta dirigida a casa de sus tíos. Unas líneas breves, muy cariñosas, en las que Pablo le prometía hablar con ella cuanto quisiera, de todo lo divino y lo humano, a la vuelta de una excursión que se proponía hacer. Se iba al pinar de Tamadaba con una tienda de campaña y dos o tres amigos. "¿Quién iba a pensar —terminaba la carta— que en tu isla hubiera bosques grandes?"

Nadie lo habría pensado, en verdad, viendo tantos secos riscos y en cada hoyo templado, cultivos de la mano del hombre: flores y platanares, tomatales y plantaciones de tuneras en cuyas anchas hojas, que se limpian de púas, se cría la cochinilla, y que parecen campos de fantasmas cubiertos por sábanas blancas.

Marta sabía que entre aquel caos de montañas que se ven desde el puerto de Tejeda, custodiados por los roques del sur: Nublo y Bentaiga, hay kilómetros de pinares ardientes y secos, en tierras de lava, los pinares de Pajonales. Ella no los había visto nunca.

Tamadaba es un pinar alto, al final de la carretera del Norte. Para llegar a él, en aquella época, había que seguir varios kilómetros a caballo o a pie entre los campos. Luego se recibía un premio de soledad y belleza. El pinar se corta en un tajo alucinante de ochocientos metros a plomo sobre el mar. Marta se informó mucho sobre aquel rincón desconocido para ella y amado desde que albergaba a Pablo. Sabía que la luna creciente estaría iluminando nieblas frías en el bosque. Que en los atardeceres, Pablo vería recortarse sobre la superficie del mar la isla de Tenerife, y ponerse el sol detrás de la silueta del Teide... Si Marta hubiese sido un muchacho, quizá Pablo no hubiese tenido inconveniente en invitarla a compartir con él aquellos días espléndidos. Hubieran encendido juntos la hoguera que el frío de las alturas haría imprescindible y juntos hubieran oído el gemir de los árboles. Parecía imposible que una isla tan pequeña guardara tan diferentes paisajes en su redondo interior, climas diferentes entre sí, como las almas de los hombres son diferentes unas de otras.

Marta canturreaba por los caminos, hacia su casa:

Esta noche no alumbra, la farola del mar...

¿Dónde había oído aquella canción? Cuando la luna se llenase del todo, y su luz fingiese un frío día, lleno de sombras alucinantes, la farola del mar alumbraría de nuevo. Pablo estaría en su cuarto viendo las luces del puerto.

Marta vivía tan despistada aquellos días, que al llegar a la luz del comedor de su casa de campo, con las mejillas enrojecidas por el aire del invierno, se sorprendía siempre al encontrarse con José y Pino, tan reales, llenos de pequeños problemas y discusiones domésticas, se sorprendía de ella misma hablando de sus clases y de que quería ir a estudiar a Madrid cuando la guerra llegase al fin. Porque la guerra, a pasos agigantados, estaba acabándose ya. Pino se reía de manera desagradable.

—¡Tú crees que vas a hacer todo lo que se te antoje, en el mundo...! ¿Por qué no pides la luna a tu hermanito?

—¡No sé por qué no puedo! Hay miles de mujeres que estudian.

Cada vez le parecía todo más fácil, y lo explicaba con mayor tranquilidad. No sabía por qué había adquirido esta tranquilidad, esta confianza al pensar en el futuro. Quizá porque ahora vivía también en el presente. Estaba como afianzada en algo. Pino se lo notaba... Se ponía endemoniada contra ella. Llegaba a insultarla.

—¿Pero qué te importa a ti que yo vaya o no? —decía Marta rabiosa.

Pino no sabía por qué le importaba. No habría sabido explicarlo al menos... No contestaba a esto nunca. Sólo insultaba. Veía que aquellos insultos no daban en blanco, que Marta los oía con paciencia, y perdía la cabeza entonces.

José, una noche, se molestó. Cerró el periódico detrás del que se acostumbraba a aislar de aquellas dos mujeres.

—A ver si me dejan en paz con esas historias... ¡Ni que tú lo sueñes, vas a salir de la isla en tu vida! ¿Entiendes? Cuando termines esos malditos estudios, estarás aquí, en casa, encerrada, que bastante suelta andas ya... Tienes que ayudar a Pino a cuidar a tu madre. Y mientras ella viva, ¿me oyes?, mientras ella viva, ninguno de los tres salimos de aquí.

La última parte del discurso iba dirigida también a Pino, que le contestaba con una mirada de desdeñoso desafío. Últimamente se estaba descuidando mucho en su manera de vestir. Casi todo el día iba en bata, arrastrando sus zapatillas. Muchas tardes se metía en la cama hasta que José llegaba. Pero José parecía no advertir eso.

A Marta, estas negativas de su hermano no le parecían ya una cosa irrevocable. Sentía que la vida toda se estaba poniendo de su parte. Sin pensarlo se notaba como navegando en una rápida y profunda corriente que la llevaba a su destino. Le parecía imposible que este destino fuese pasar un montón de años pacíficos metida en una casa. Es verdad que desde niña el fin de su vida pareció ser éste: vivir resguardada entre gentes de una familia y crear otra a su debido tiempo, igualmente resguardada, sometida y pacífica. Pero si ahora no podía ni pensar esto, debía ser que algo muy grande la empujaba hacia otro futuro... No es que concretamente lo pensase, pero las palabras de su hermano y de Pino, el trajín de las criadas, el ladrido de los perros de la noche, todo lo que sentía a su alrededor, ¿por qué le parecían ya recuerdos de un tiempo lejano, como si no estuviera sucediendo a cada hora?

Una noche la luna llegó a su redonda plenitud. Desde su altura abarcaba toda la isla. Andando por un camino de esta isla, la chiquilla la miró ansiosa. Sus pensamientos iban al compás del ligero crujido de sus sandalias sobre el picón. Pensamientos iguales y monótonos, como las cuentas de un rosario. Ni siquiera pensamientos... deseos, imágenes. Si Marta se detiene, estas imágenes un poco ridículas, estos deseos saltan a su alrededor como los demonios que había imaginado. Bailan.

Aquella noche, Marta encontró en la casa un pequeño alboroto: Teresa se había puesto mala. Había cogido una gripe, y se temía que la majorera le hubiese dado algún brebaje de los suyos, queriendo curarla. Había tenido vómitos, sudores, un ligero síncope. La majorera decía que Pino se equivocó con una medicina... Pino, en vista de eso, tuvo un ataque, y don Juan, el médico, estaba allí. También otro personaje, al que José no veía con gusto en la casa: el ama de llaves de don Juan, la madre de Pino.

Todos estaban de mal humor. Sólo don Juan calmado como siempre, con sus manos que olían a alcohol alcanforado y sus ojos pensativos.

De nuevo Marta pensó que tenía la tremenda sensación de que todo aquello había pasado ya, hacía mucho tiempo. Aquel revuelo, aquellas caras, aquellas discusiones... Se refugió en su cuarto, y allí lo olvidó todo hasta que la vinieron a buscar. Era Vicenta la que llamó a su puerta. Entró y cerró detrás de ella. Pilló a Marta a oscuras, en la ventana con la luna.

—Eso trae desgracia.

—¿Qué?

—Mirar así la luna.

—Bueno, ¿qué quieres?

—Que tengas cuidado.

—¿De la luna?

—¡Buena luna! De las personas... Esa está como un gato acorralado. Quiere echarme. Pero yo no me voy de ninguna manera del lado de tu madre. Tú tienes que abrir los ojos.

La majorera estaba iluminada por la claridad de la ventana. Marta a contraluz, con el cabello brillante y la cara en sombra.

—Déjate de boberías, Vicenta. ¿Qué es lo que quieres?

—Yo no quiero nada, sino avisarte... Tú deberías estar en tu puesto, que ya eres grande. Echarle el ojo a todo, pedir cuentas de todo lo tuyo... Echarlos a ellos, desde que puedas.

Marta se enfadó. No le gustaba verse envuelta en cosas que le parecían mezquinas y estúpidas.

—¡Déjame en paz con tus historias de brujas...! Tengo que estudiar. ¡Vete! ¿Me oyes? ¡Vete!

Vicenta se quedó quieta medio minuto. Luego sacó un pañuelo de su faltriquera, y se sonó con furia, como si escupiera. Se fue. Antes de medio minuto, Marta se olvidó de ella.

El mundo de la casa. Todas aquellas gentes estaban lejísimos para Marta. Oía sus carreras, sus conversaciones y le producían hasta fatiga. Se impuso el deber de ir a ver a su madre. Estaba en la cama con la majorera al lado. No se podía decir si Teresa dormía o no, respiraba leve y desigualmente. Tenía los ojos cerrados y daba pena verla con aquel pelo lleno de trasquilones y aquella palidez. Marta estuvo mirándola sin inclinarse a besarla. No estaba conmovida ni apenada. Tampoco le importaba nada aquel ser. Luchó con estas ideas, parpadeando unos minutos. La majorera la miraba. Ella se encogió de hombros sin darse cuenta. Y salió del cuarto.

Al día siguiente supo la muchacha que Pablo estaba

en Las Palmas. Fue don Juan, el médico, que había pasado la noche en la finca, quien comentó durante el desayuno una reunión en casa de los Camino peninsulares, dos noches antes.

—Y si tú me permites un consejo, hijo —le decía a José—, deberías llevar a Pino algunas veces a casa de tus tíos... Daniel dice que siempre te está proponiendo lo mismo. Allí son animados. A Pino le hace falta distraerse... Te lo dice un viejo médico.

—Mire, don Juan, con mi mujer yo sé lo que hago, ¿me oye?

—No te sulfures, hombre.

Don Juan quedó redondo y triste frente a su café con leche.

—Padrino —dijo Marta—, ¿había mucha gente?

—No... ese muchacho pintor, que es cojo y dicen que vale tanto, y...

Marta ni siquiera se detuvo a pensar que Pablo no la había avisado, como le prometió en su carta, a su regreso de Tamadaba. Quizá les habría dejado un recado a sus tíos, y ellos se olvidaron de dárselo. Don Juan hablaba y hasta actuaba con una mano. Y la mano cogía una cucharilla y la agitaba un segundo en el aire. Luego don Juan se reía. Pero era lo mismo que si hablase a un sordo. Aquella muchachita inclinada atentamente hacia él, con una cara resplandeciente y limpia, no oyó ni una palabra más de lo que él dijo.

Trémula y paciente, esperó varias horas de la mañana frente a la casa del pintor. Cuando lo vio salir casi no quería creerlo. Parecía empequeñecido, un hombrecito feo, algo diferente al que ella veía en su imaginación a cada momento. Se detuvo, con el bastón colgado al brazo, para encender su pitillo, entre los secos arriates del jardín de su hotel. Marta lo tenía allí, casi a su alcance. Pero él no la veía. Marta sentía el martilleo de su corazón: plaf, plaf, plaf. Si seguía así, pensó que no podría ni hablar.

En la puerta del jardín, junto a la acera, tropezó

Pablo con Marta, que se le acercó de improviso, incapaz de pronunciar una palabra. Pablo, para no caer, la cogió por los hombros. Luego le asomó a la cara una sorpresa tardía, que se iba acentuando. No parecía contento. Nada de eso. La soltó en seguida. Y mientras ella se reponía sonriente de aquella emoción, la voz de Pablo resultaba tan molesta y tan seca que no parecía suya.

—¡Vaya...! Esto es como un atraco, ¿no...? Veo que no tienes mucho que estudiar.

—Sí... Pero hoy vine a verle.

Pablo miró su reloj. Miró, como si esperase un milagroso chaparrón, el cielo sereno y perezoso con sus inofensivas nubecillas blancas.

—Pues yo no tengo tiempo... Dispénsame. Yo sí que tengo que trabajar.

Marta aún sonreía. No le parecía cierto que Pablo hablara en aquel tono. Pero detrás de su sonrisa se iba quedando dolorosamente seria.

Pablo frunció el ceño. Se iba a ir, sin más, pero aún parecía clavado en la acera; daba ligeros golpecitos con el bastón en el suelo.

Marta miró aquella cara en la que el aire había acentuado el color moreno. Aquellos ojos inteligentes, que parecían distintos ahora, porque la rehuían.

—¿Le he molestado...?

Pablo levantó sus ojos otra vez. Allá muy adentro lucía algo. Una chispita cariñosa. Pero muy lejana.

—No debes venir por aquí a buscarme.

—Entonces... ¿dónde podemos vernos?

—No veo la necesidad... Ya nos encontraremos en casa de tus tíos.

—Y... ¿todo aquello de nuestra amistad...?

Pablo pareció exasperarse.

—Hija, compréndelo... Yo no tengo tu edad... No me hagas más imbécil aún de lo que soy... Tú, a tus cosas... A tus amistades... Siento decirte esto así, pero no es posible que continuamente te encuentres delante de mí... ¡Vaya, adiós!

Los ojos de Pablo tuvieron una chispa divertida, hubo un relámpago de alivio en ellos cuando vio que la muchacha se volvía muy rígida. Los labios de Marta se fruncieron con orgullo.

—Siento haberle molestado... No volverá a suceder.

Pablo, durante medio segundo, estuvo a punto de decir algo. Luego, tontamente, tiró el cigarrillo que llevaba encendido, lo aplastó con el zapato. Hizo un ligero saludo con la cabeza y se fue.

Acababa de cruzar la acera, cuando sintió a la muchacha corriendo detrás.

—Pablo... Espere. Un minuto.

El hombre esperó. Suspiró con cierto cansancio.

—¿Usted cree que no tengo nada que decirle?

Pablo volvió a mirar el reloj. Estaba un poco ridículo, como todos los hombres cuando hacen algo estudiado. Esperó luego.

—¿Y si tuviera que contarle algo muy grave... si se tratara —inventó Marta— de mi vida? ¿De algo horrible que me va a suceder? Si usted viera que ayer mismo vinieron a prevenirme... Y yo... yo pensé sólo en contárselo...

De pronto ella sintió vergüenza de lo que estaba diciendo. Se calló inmediatamente, desesperada.

—Marta, yo no soy ningún estúpido ni ningún chiquillo. Si te digo que me dejes en paz es tanto por tu bien como por mi tranquilidad. ¿Entiendes...? En fin, no pensaba decírtelo, pero he prometido a una persona que no se me iba a ver más hablando contigo por las calles, porque eso, entre las gentes de tu ciudad, te perjudica.

Marta estaba desesperada.

—Pero... ¿a quién le importa? ¿Qué mal hay...? Y usted dice eso... Usted, que se ríe de todas las tonterías...

De pronto parecía mucho mayor.

—¿Hones se lo ha dicho?

Pablo se sonrió.

—No. ¡Qué tontería!

—¿De verdad?

—¿Por qué iba a mentirte? No es Hones, pero tampoco te diré quién me ha hecho prometer esto. Es una persona muy razonable, que tiene interés por ti... De modo que dame la mano y adiós, ¿eh?

Marta no dio la mano que se le pedía. Pablo se encogió de hombros y se fue nuevamente. Esta vez la muchacha no le siguió.

Se quedó quieta junto a la valla florida de un jardín, mirando obstinadamente al suelo. La acera, llena de sombras de plantas, parecía bailar bajo sus pies. Aquella conversación había sido tan rápida que no acababa de entender aún su significado. Ni tampoco entendía el temblor que cogía sus manos y que le hizo morderse los dedos para contenerlo.

Cuando levantó la cabeza vio que Pablo subía a una guagua. Él no volvió su oscura cabeza para mirarla. No le había costado el menor esfuerzo dejarla plantada en la acera. Si es verdad que un día la había considerado como mujer fuerte, como amiga, hoy era sólo una niña molesta y mentirosa la que dejaba atrás. ¡Ojalá hubiera sido cierto que su vida estuviese amenazada! ¡Ojalá la matara alguien y Pablo recibiera horrorizado y pálido la noticia!

Corrió hacia la acera del mar, y llegó hasta la barandilla de la playa. Vio desde allí una agua mansa, apenas rizada en la superficie por el aire vivo, protegida de los grandes oleajes por el lejano espigón del muelle... La playita estaba desierta. En un rincón, unas barcas se secaban al sol... Solamente los extranjeros suelen bañarse en la playa en el mes de febrero.

Imaginó que se tiraba al mar. Pero —el pensamiento le hizo sonreírse, mientras dos gruesas lágrimas le corrían al fin por las mejillas—, pero ella nadaría inmediatamente. Le gustaba con pasión nadar, sumergirse, deslizarse.

Pensativa, secó aquellas lágrimas. Huyó el pensamiento del suicidio, sustituido por el más placentero de imaginarse a sí misma nadando en lucha contra los elementos. Este pensamiento la distrajo unos segundos, como si en realidad estuviera con sus fuerzas concentradas en esa lucha. Puesto que ya no se trataba de morir, no era posible satisfacer inmediatamente aquel deseo de meterse en el mar; para eso es necesario, en una playa civilizada, llevar ropas a propósito.

Sin embargo, como el mar parecía llamarla, como sentía su sal y su hirviente murmullo tirando de ella, bajó las escalerillas de la playa, se descalzó y fue a tumbarse en la arena junto a las barcas. Allí su cuerpo se distendió, y el sol cosquilleó sus piernas, y al aspirar hondamente, la arenilla seca subió hasta sus labios.

No estaba tan sola como había pensado. Un corro de chiquillos astrosos, medio desnudos, con la piel de un sano color dorado, jugaban con un clavo en la arena. Constituían una media docena de ejemplares llenos de vida y color, cuyas voces, con el acento muy arrastrado, agujereaban el viento del mar. Marta los veía, distraída. Ellos juntaron las cabezas de pronto y cuchichearon mirándola. Uno se acercó a ella. Parecía un diablejo, con unos pelos tiesos, con las puntas rubias por el aire y el sol del mar, y una boca de oreja a oreja.

—Oiga, miss... *guay peny.*

Esto es lo que habían decidido en sus cuchicheos aquellos arrapiezos.

—¡Vete a la porra!

Marta se lo dijo con tal ira, que el chico escapó a correr, y esto a ella le provocó una risa algo nerviosa, que le hizo brotar, al fin, unas lágrimas, mientras el crío, espantado, le presentaba su culito entre el pantalón hecho jirones, que le golpeaban al correr.

La habían tomado por una inglesa excéntrica al verla tendida en la playa. "¡Ahora aprenderán a chapurrear alemán esos demonios!", pensó, porque a toda costa quería distraerse de aquella angustia, de aquel vacío que desde un rato antes le hacía vacilar la cabeza. "José dice que Hitler lleva a los alemanes por el camino de hacerse dueños del mundo, y que pronto tendremos más turistas alemanes que ingleses." Miró fijamente un montoncito de arena, bajo su cara, y concluyó con un desconsolado: "Pero a mí todo eso me importa bien poco..." Se encogió de hombros y sobre la arena volvieron a caer lágrimas. Por unos momentos se le apagaron el ruido del mar, el brillo del sol y las sombras de las nubes, ocupada en llorar.

Los críos desarrapados, seguían jugando ruidosamente: se pegaban, discutían, saltaban a la pínola unos sobre otros. Era algo estupendo que no se les hubiese ocurrido acercarse, con las manos en las narices, para mirarla de cerca. Marta terminó mirándolos a ellos embobada y distraída. Aquella era una edad buena. ¿Cómo había llegado a pensar que la infancia fuese aburrida? Trató de recordar lo que hacía ella en la playa en los veranos de su infancia y por qué se divertía de manera extraordinaria. La mandaba su abuela a Las Canteras, todas las mañanas, con una criada. Aquélla era una playa mucho mayor que ésta, al otro lado del istmo. Una playa de varios kilómetros, en forma de concha, llena de casetas y de gente en verano. Ella jugaba con varios niños, hijos de amigas de su madre. Hacían castillos y barcas de arena que la marea deshacía. Cuando llegaba el abuelo a buscarla al mediodía, le parecía siempre demasiado pronto. Entonces no tenía preocupaciones. No creía necesario para ser feliz salir de la isla y conocer gentes distintas, parecidas a los complicados héroes de las novelas. Todo esto había venido más tarde, y se convirtió en una especie de enfermedad desde que supo que los parientes peninsulares llegaban a la isla. Luego todos los héroes la habían rechazado uno a uno... En verdad, los parientes no resultaron como los había imaginado, pero Pablo sí.

Muy reflexiva, se sentó ahora en la arena, frente al mar. No sabía por qué Pablo le era tan necesario. Por qué tenía ganas de arrodillarse delante de él, suplicarle que le prestara un poco de atención. Decirle: "A usted yo puedo enseñarle mi alma".

"Acostumbrate a la idea de que no tienes que perseguir a quien te rechaza... De ninguna manera."

Se hizo esta reflexión, despacio, firmemente. Era como si hubiese dos Martas en la playa, una dispuesta a llorar a gritos, a patalear como una niña, a correr detrás del pintor para pedirle explicaciones de aquel brusco rechazo de su amistad, y otra muy implacable, hasta burlona, que le decía que no fuese pesada, que obrase por su cuenta, que no se dedicase a ser una histérica obsesa como Pino. Otros pensamientos, cualquier otro pensamiento sería mejor.

"Mañana traigo mi bañador."

Sobre las penas lo mejor es poner ideas concretas. Uno puede entregarse a la alegría, desbordarse en ella; la alegría no molesta a nadie, no hiere... Puede irse uno a su deriva. Pero la angustia debe ser para uno solo. No hay que dar el espectáculo, porque a nadie le importa. Pablo —pensaba la niña— también guardaba su angustia, porque él valía, él era un ser entero... Sólo ante Marta, un momento, en circunstancias muy extrañas, se descubrió. Quizá por eso le había sido tan fácil escuchar las habladurías de las gentes y rechazar la amistad de ella. A lo mejor a Pablo le daba vergüenza hablar ahora con ella. Nadie más que Marta sabía su pena. Todos los demás —sus tíos, por ejemplo— tenían la idea de que Pablo estaba encantado de la vida lejos de su mujer.

"Si alguien supiera todo lo que yo quiero a Pablo, todos mis sueños de marcharme, y además de hacer algo, de escribir algo, de... no sé, de que algo hecho por mí quede para siempre... Si alguien supiera todos mis secretos, yo, a ese alguien, le aborrecería... Excepto si fuese Pablo mismo."

Y no cabía imaginar que el pintor a ella la quisiera y la necesitara tanto como ella a él. Es verdad que en aquellos últimos días sí que había llegado a pensar ...

Se mordió las uñas, sintiéndose triste, estúpida. Levantó otra vez los ojos al mar, como si de aquella inmensidad pudiera venirle algún consuelo. El mar era maravilloso; un suave oleaje se rompía en la playa y lamía el muro de un pequeño muellecito cercano. Sobre aquel muelle se veía la silueta de un pescador de caña. Un montón de pájaros marinos se precipitaron en su vuelo ligero, lleno de gracia, se disolvieron a la luz.

Marta sintió una flojedad, un alivio, casi como una necesidad de sueño mirando al mar. Tuvo la sensación de su insignificancia. También la isla era pequeña comparada con el mar. Y el archipiélago, una colección de puntos perdidos en el mapa de los océanos. Su propio corazón, su latido, nada frente al insistente romper rítmico de las olas.

Las olas del mar escupieron a la playa un bañista. Una bella figura de hombre joven se recortó, chorreante, sobre el cielo y el agua. Marta admiró el cuerpo esbelto, su duro contorno que la luz recortaba, y volvió a apoderarse de ella la necesidad ansiosa de nadar sin descanso.

El hombre se acercaba. Cada vez se distinguía mejor. Detrás tenía nubes, un mar manchado de sol. Marta tuvo la extraña sensación de que reconocía aquella figura joven y luminosa. Así se había imaginado ella siempre a Alcorah. Lo miró como hipnotizada, sugestionada por aquella gracia y aquella fuerza joven.

Al cabo de un momento los labios le temblaban de risa. El muchacho estaba ya muy cerca y la saludaba. Era su amigo Sixto. Ahora se distinguía hasta la célebre cicatriz del pecho, de la que tanto le había hablado, como una raya rosada. Nunca hubiera supuesto que Sixto pudiera parecerle tan guapo.

La voz de él sonaba ya, jovial. Enseñaba unos dientes blancos.

—Pero, ¡qué raro encontrarte aquí...! ¿Me habías visto?

—No, ¡qué va!

Sixto parecía muy contento. Fue a buscar entre sus ropas, que había guardado en una barca, un paquete de cigarrillos. Aunque le pareciera extraño a ella misma, tampoco a Marta le molestaba la súbita aparición de su amigo. Conforme al plan que se había trazado, de aguantarse la pena, nada podía haber que la distrajese más que una presencia así, tan inofensiva y tan ajena a sus pensamientos. Era muy consolador también saber que ella, a Sixto, le gustaba un poco.

El muchacho hablaba mucho de cosas sencillas. Marta no escuchaba todo lo que decía, pero le contestaba de cuando en cuando amablemente.

—Yo me escapé hoy, ¿sabes...? Mi madre no quiere que yo nade todavía. Ella sabe que yo estoy ya bueno completamente; lo que pasa es que tiene miedo de que digan que soy un emboscado a pesar de los galones de herido... Claro, ella no quiere que yo vuelva al frente ahora que la guerra está acabando. Natural... ¿no?

—Natural.

El muchacho se tendió boca abajo, apoyándose en los codos, junto al lugar donde Marta estaba sentada. Ella veía caer el agua en gotitas de sus cortos cabellos. Sentía el olor de salitre que traía en la carne.

—Pero también es natural que yo me fugue para bañarme, después de haber pensado tanto allá lejos en este mar.

—Sí.

Sixto levantó los ojos como si mirara lejos un momento. Quizá pensaba en aquellos días, aquellas horas, cuando en el frente recordaba el mar. Pero sus ojos no se ensombrecían. Marta tenía ganas de estirarse como él. La pena le había molido los huesos como una enfermedad; casi le dolían las articulaciones al moverse... Sixto la miró con una risueña simpatía.

—¿Tú no te bañas?

Negó con la cabeza sin gran esfuerzo.

—Hoy no vine a eso.

Era raro; pero esta conversación cortada por la pereza, por la grata proximidad del cuerpo bien hecho del muchacho, por el rumor del mar rompiendo sus olas en la orilla, a Marta tuvo la virtud de tonificarla, de dejarla fuerte y decidida.

Durante todo el día, cuando pensaba en el pintor, en vez de dejarse ir, como de costumbre, detrás de aquella obsesión, opuso como muro la imagen limpia y sonriente de Sixto, con sus largas y derechas piernas y la musculatura de sus hombros. Le había hecho pensar en Alcorah y esto le hacía sonreír.

Al día siguiente y al otro día volvió a la playa. Toda aquella primavera tomó la costumbre de ir a nadar diariamente. Casi siempre encontró a Sixto.

XI

TODA aquella primavera: febrero, marzo, abril, Marta bañaba de primavera estos nombres de los meses. No tuvo nunca, allí en la isla, una noción clara de las estaciones.

El agua del mar estaba algunos días suave y templada; otros, fría bajo unas nubes que corrían rápidas y revueltas. Todas las mañanas Marta nadaba con Sixto hasta un pequeño muelle viejo y abandonado. Allí se sentaban los dos, mojados, risueños, juntos. El cuerpo siente una alegría, una serenidad especial después del ejercicio. Esta alegría flota alrededor de la carne joven, limpia y dorada, esta alegría hace compartir sonrientes a dos muchachos el horizonte luminoso y la costa extendida junto al mar y las salpicaduras de las olas. Fácilmente la vida se serena, los pensamientos son buenos, concretos, sin inquietud.

Cuando venían días cálidos, sobre todo a partir de marzo, se llenó el mar de barquitas; la arena, de toldos y sombrillas. La soledad se esfumó. Pero en el muellecito, con las piernas colgando sobre el agua oscurecida por la sombra de la pared, parecían los dos muy alejados de los demás.

Marta miraba los barcos del puerto, la vela de algún balandro inclinada sobre el mar azul, la ciudad extendida con sus jardines, y las ventanas de una casa fea, sin ningún atractivo particular, que se levantaba cerca de aquella playa. A veces la casa se destacaba de tal manera que podría verla igualmente cerrando los ojos. Pero a lo mejor dejaba de mirarla porque tenía ganas de llorar cuando lo hacía mucho rato seguido.

Un día, Sixto le propuso ir a Las Canteras con una panda de amigos y comer allí en un restaurante. Marta se sobresaltó y dijo que no quería ir. Se había acostumbrado al agua de aquella playa, a mirar desde el muelle lejano, junto a Sixto, las ventanas de aquella casa. Una vez le pareció distinguir una figura...

Aquella misma figura, Pablo, en carne y hueso, se le presentaba de pronto, alguna rara vez, en casa de sus tíos para tomar el café con ellos. Entonces Marta miraba asombrada los rasgos de una cara, la forma de unas manos, escuchaba palabras indiferentes, pero que tenían el poder de emocionarla y de hacerle pensar infinitas cosas, revueltas todas, como si las trajera una música. Pablo procuraba no hablar con ella en aquellas ocasiones. Quizá le diera remordimiento ver su cara seria, distante. Sus manos, que ella nunca le tendía ya.

A veces encontraba al pintor en la calle. Entonces Marta cruzaba la calle ostensiblemente, pero sentía una tristeza tan grande que le parecía no poder vivir.

Sin embargo, se sentía orgullosa de ella misma. Capaz de todo lo que desease, si podía dejar así, tranquilamente, como si no tuviera importancia, el encuentro con aquella persona.

A veces se admiraba de haber sentido tantas cosas en el intervalo de tan pocos meses. Había crecido. Se había hecho una mujer entera. Algún día Pablo lo entendería, y quizá buscase su amistad... ¡Qué indigna disculpa había buscado en las habladurías de la gente! No la creyó bastante fuerte para decirle sin rodeos: no me interesa tu amistad; me aburres, eres muy niña aún.

Mientras tanto, los días pasaban sobre sus espaldas, de tal manera que ella se sorprendía de tenerlas tan derechas. El sufrimiento ni le había dado fiebre, ni había alterado su organismo en lo más mínimo, y esto también la sorprendía. Sixto le dijo admirativamente que parecía de hierro. Nadando no se cansaba nunca... Y quizá si ella no hubiera dado suelta así a tantas fuerzas que sentía oprimiéndola, aquellas fuerzas la hubieran consumido. Pero ella les daba expansión en el mar; el agua levantaba su cuerpo pequeño, un punto insignificante en su gran inmensidad, lo levantaba y lo moldeaba, lo abrazaba, lo tendía meciéndole sobre su luminosa canción. Marta sentía su cuerpo saludable, resistente, capaz de cargar con todas las inquietudes, con todas las revueltas contradictorias de su ánimo. Aquel ejercicio, en concreto, le sentaba muy bien. Los Camino peninsulares veían con silenciosa admiración cómo Marta, después de la mañana consagrada al estudio, devoraba con apetito su comida en el comedor un poco oscuro de la casa de Las Palmas, contemplada por los viejos bodegones que conocía de su infancia.

El primero de abril acabó la guerra. Por la mañana, Sixto alquiló una barca para Marta y para él, y a grandes golpes remó mar adentro, hasta que las gentes de la playa se confundieron y se hicieron pequeñas y oscuras. Marta miraba el acompasado juego de los músculos del joven y la bella risa con que entreabría sus labios al mirarla. Le gustaba tanto ver a Sixto, como nadar o correr por los campos en algunas excursiones.

Cuando la barca estuvo muy lejos, Sixto dejó los remos en el fondo y se acercó a Marta. Ella se había vuelto de espaldas apoyándose en un extremo del bote, para tostarse y mirar al mar. El día estaba tan claro, el agua tan limpia, que podían verse a varios metros arenas y rocas. Se veía temblar la sombra de la barca y la de su propia cabeza. Luego vio la sombra del muchacho en el agua hermosa, verde y brillante como una joya, que parecía devolver el calor del sol. Sixto a su lado le pasó el brazo por los hombros; ella levantó la cabeza, y sin saberlo, y sin pensarlo, le ofreció sus labios. Se besaron mucho, muchísimas veces, con una limpia e inocente voluptuosidad. Cuando la barca, abandonada a la corriente, les fue acercando a la playa los dos tuvieron un sobresalto. Sixto remó de nuevo mar adentro. Sixto estaba más confuso que Marta pensando que pudieran haberlos visto desde la arena.

Al día siguiente, un domingo dos de abril, Marta tuvo un gran compromiso con "las niñas". Subían todas al campo para celebrar juntas con una merienda el fin de la guerra. No iban a la finca de Marta, pero sí muy cerca, a la casa que los padres de Anita tenían para pasar el verano.

El sol regaba los caminos, sacaba su color a las flores. Daba una impresión de intimidad y alegría, como si la isla fuera un gran jardín cerrado y cálido. Marta sentía esta intimidad, este calor. Le parecía que algo había florecido en ella, algo que después de mucho tiempo de tristeza le diera ganas de canturrear sin pensamientos. Llevaba un paquete con su merienda envuelto en una servilleta y se lo echaba descuidadamente al hombro. Este gesto, sin saber por qué, parecía colmarla de libertad, naturalidad y ligereza.

La casa de Anita era un gran edificio antiguo pintado de rojo y estaba cerca de la carretera principal. Era tan grande que aun en verano la mitad de aquella casa quedaba deshabitada, porque la familia no necesitaba tanto espacio. "Las niñas" habían cogido para ellas una de aquellas salas deshabitadas y en el verano anterior habían instalado allí varios muebles sobrantes y una alfombra para tenderse en el suelo. Allí habían pasado muchos ratos de reunión. La habitación aquella tenía un nombre puesto por Marta. Se llamaba el cuarto bohemio.

La verja del jardín estaba entreabierta. Un viejo regaba una gran pradera de margaritas y le informó a Marta que las niñas habían llegado ya. Marta sonrió asintiendo. Oía sus voces desde la casa. La ventana del cuarto bohemio en la planta baja estaba abierta. Marta se acercó despacio, quería aparecer súbitamente en la ventana.

Muchas cosas de la vida de Marta estaban unidas a aquella pradera florida, a aquel cuarto bajo, acogedor, hacia donde iba. Aquel día se sentía envuelta de una inconsciente dulzura, cogía aquellos matices tiernos, suaves, de las cosas. Se daba cuenta de que a ella le había sido concedido este regalo de la vida que es la amistad. Hay seres que van solos siempre en todas ocasiones. Ella había tenido aquel cuarto bohemio, aquellas muchachas con las que leía libros, comía fruta y soñaba esos sueños tranquilos que se pueden tejer en alta voz. Oía sus voces distintas. Veía sus trajes de colores. Estaban agrupadas sosteniendo una discusión. Se acercó sonriente. Entonces oyó su nombre y se detuvo. No se ocultaba; estaba en el jardín a plena luz, cerca de la ventana, detrás de la que aparecían ellas, mirándolas. Si hubieran vuelto la cabeza, las niñas también habrían visto a Marta. Ella no se movía; oía sus charlas, pero lo hacía sin ningún misterio.

—Lo sabe todo el mundo. Son novios. Nosotras hemos sido las últimas en enterarnos. Eso es una falta de amistad...

—Pero lo de los besos no lo creo.

—Lo vio mi hermana.

—Pero tenemos que decirle algo... Esa calamidad no se da cuenta nunca de que todo el mundo la critica.

—Y lo peor es que después se creen que todas las de la pandilla somos iguales... Se lo tenemos que decir.

Hubo una pausa. Marta suspiró en el jardín. Oyó la voz de Anita, que siempre era justa:

—Todas nos hemos besado con nuestros novios...

Y Flora, que no tenía novio:

—¡No digas eso...! ¡Tú...! ¡Que lo digas tú...! De ti nadie pudo decir nada nunca.

—Porque lo hice a escondidas, en el jardín...

Todas protestaron.

—¡Es distinto!

—Además lo tuyo es una cosa formal. Es distinto. Se lo tenemos que decir. Mi madre, fíjate tú, está empeñada en ir a hablar con su familia... Como ella se ha criado sin madre...

Anita dijo:

—Yo se lo diré luego. ¡Es tan raro que ella nunca se dé cuenta de nada! Como siempre va distraída y no se fija en nadie, se cree que nadie se fija en ella.

Hubo otra pausa.

—Voy a poner un disco.

Tenían una gramola en el cuarto bohemio. Marta aprovechó aquel cambio de cosas para acercarse a la ventana. Estuvo allí de codos un minuto sin que la vieran, ocupadas todas en la tarea de mirar el álbum de discos. Aún dijo Flora:

—Niñas: ¿ustedes creen que estará enamorada?

Anita contestó, segura:

—Una mujer no besa a un hombre nunca sin estar enamorada. No va a perder así su dignidad. ¡Qué tontería! Claro que está enamorada. Ella conoce a Sixto de toda la vida.

Marta, allí, quieta, estaba un poco turbada cuando volvieron la cabeza hacia ella. Y las otras se sobresaltaron también. Marta pensaba que esta dulzura, este olvido que tenía desde el día anterior quizás era estar enamorada. Pero lo pensaba por primera vez. Se sentía también un poco heroína de novela. Ella había ayudado siempre a otros seres en sus noviazgos y había permanecido un poco al margen de aquello, con curiosidad y con ternura a un tiempo. También había leído muchas novelas, y algunas terribles y crudísimas, en compañía de estas mismas muchachas. Cuando la madre de Anita el verano anterior se acercaba por allí algunas tardes, a todas les fastidiaba un poco. Era una señora joven y frágil. Se asomaba un momento, con su cigarrillo en la mano, y les sonreía.

—Niñas, ¿no tienen un libro para mí?

—Ésta no es la clase de libros que te conviene, mamá. No son lecturas para ti. Vaya... Vete... Esto no lo puedes entender tú —decía Anita.

Las mujeres que aparecían en estos libros tenían complicaciones que en nada se parecían a esta novela suya con Sixto, en la que por primera vez, pensó débilmente, se veía envuelta. Todas las muchachas entendían las crudas complicaciones de los libros; mientras las cosas sucedieran en papel impreso les parecían naturales, pero es distinto de la vida. En la vida se comprende menos... Callada, apoyada en la ventana, con un aspecto joven, desamparado y risueño, Marta recogía la visión de aquellas caras tiernas, de aquellos ojos puros. Fue una fracción de segundo y se le quedaron grabadas todas, así como estaban, dentro de ella. Se le quedaron quietas, como en una fotografía, en aquel instante en que pensó que en verdad lo extraordinario y lo irreal eran ellas, sus amigas, su dulce buena fe, su adaptación sin esfuerzo a la felicidad bien regida entre normas inatacables. Esta idea a Marta casi la mareó. Luego se olvidó de ella. Tomó un impulso, y, como había hecho infinidad de veces, subió a la ventana. Y así, provocando risas, ella misma cayó dentro del círculo mágico.

El lunes se volvió a ver con Sixto. Ella sabía que era su santo. Había comprado un paquete de cigarrillos para él. Nadaron juntos y sintieron que con la nueva intimidad que ahora tenían el mar era más cálido, y nadar era un goce menos fuerte que subirse otra vez en una barca y remar mar adentro hacia el puerto. No hablaron de noviazgos ni de nada de eso. Sixto le contó a Marta que él en la península se había bañado en un río en pleno invierno, helado.

—Los canarios no sabíamos vivir sin remojarnos. Todos los otros, que estaban acostumbrados al frío, se ponían a tiritar de vernos. Pero nosotros después del baño y de saltar como machangos, teníamos más calor que ellos y menos piojos... Claro que los piojos volvían en seguida otra vez. Esto era lo peor... Pero si quieres que te diga, aparte de eso a mí me gustaba estar en la guerra... Lo malo es que también se tenía miedo...

Un rato más tarde Sixto hizo una observación.

—Yo me fijaba en los labradores de por allá. ¡Son gentes más raras! Se pasan el día mirando al cielo con un río al lado. El agua del río se va sin servir para nada, y ellos siguen mirando al cielo. Si aquí tuviéramos esos ríos, mucho iba a importar que lloviera o no lloviera... ¿No crees tú?

—Y en verano, ¿te bañaste en algún río?

—También. No es como el mar, pero en verano está bien.

Marta tuvo la visión de un río con muchos árboles a las orillas, y Sixto nadando en aquel agua sobre la que las ramas entrelazaban sus sombras. Pero la visión era confusa. Si cerraba los ojos sólo lo veía saliendo del mar, con todo aquel horizonte de fondo y su cuerpo mojado.

Llegó temprano a la casa de sus tíos y encontró sólo a Daniel al piano. Atraída por la música se paró en la puerta del salón. Daniel la sintió, y en vez de seguir tocando como hacía siempre, se volvió hacia ella. La miró con interés. La llamó; Marta le vio sonreír con una extraña complicidad.

—Ven..., ven.

Sobre una mesita había una botella y unos vasos.

—Vamos a a brindar, nenita... por un secreto.

—¿Tú también bebes?

—Un dedito.

Los ojos de Daniel se encendieron de pronto y la acarició la cara.

—¡Quién diría que tú haces esas cosas...!

Marta se apartó, extrañada.

—¿Qué cosas?

Daniel se puso un dedo sobre la boca minúscula. Miró a todos lados.

—Hay que andar con precauciones... El servicio puede oír. Todo se puede hacer si se guarda el decoro, nenita. Pero el decoro, ¿eh...? ¿No te gusta que te dé un pellizquito...? Tu pobre tío Daniel es un viejo ya. Sí, sí, hay que guardar el decoro... Te advierto que aquí están un poco enfadadas contigo tus tías. Matilde es algo puritana... Y Hones nunca rompió las formas... Las formas son algo importante, nenita; éste es el consejo de un viejo tío tuyo... Dame la manita... ¡Oh, tienes un poco descuidadas las manos...! Una damita como tú... ¿No sabes que estás muy guapita ahora?

Marta tuvo la sensación de que Daniel estaba borracho. Esto era muy raro. Nunca bebía, a causa de su estómago.

—¿Eh? ¿Qué dices? ¿No dices nada...? ¿Por qué te vas...? Yo estoy de tu parte...

—No me voy. —Marta estaba un poco nerviosa—. Es que no sé de lo que estás hablando...

—Oh, sí; sí lo sabes. Me parece bien este pudor; pero sí sabes, sí sabes. Puedes abrirme tu pecho como a un confesor. Yo también he pecado mucho.

La última frase fue como una confidencia susurrante.

Marta sintió una vergüenza horrible. De pronto, viendo a Daniel y viendo su expresión, sus ojitos iluminados, sus manos un poco temblonas, tuvo la idea loca de echar a correr escaleras abajo, huyendo. Le detuvo un nombre que Daniel pronunció.

—Pablo estaba disgustado con las señoras... ¡Je, je...! Sí, picarita, sí. Le tenías indignado.

Todo aquel calor que había invadido el cuello y la cara de la chiquilla con una ola roja fue retrocediendo lentamente hacia el corazón, que golpeó, pesado. Quedó muy pálida. Preguntó:

—¿Qué decía?

—Ah, bobadas... Que te cuidaban mal, ¡qué sé yo! Se sentía un hombre muy puro... Pero siéntate a mi lado, aquí, un poquito, ¿eh? Sí, hay que ser precavidos.

Yo podría contarte muchas cosas con mi experiencia...

Marta estaba sentada justo en el extremo de un incómodo sofá, lo más lejos posible de Daniel, en la habitación cuya penumbra atravesaba un rayo de sol. Su corazón golpeaba como una puerta a la que alguien llama. Aquellos golpes los oía claramente. Se confundieron haciéndose agudos, con la campanilla de la verja del patio. Comprendió que llegaban sus tías de la calle. Entonces miró a Daniel y vio que el viejo la estaba contemplando con la cabeza inclinada hacia un lado. La cara de Marta quedó iluminada por aquel rayo de sol que atravesaba la estancia y era una cara tan carente de picardía, con tal atontamiento en la expresión que Daniel perdió su entusiasmo.

Sus tías no le dijeron nada de lo que Daniel había insinuado. Venían un poco excitadas porque habían estado tratando de averiguar en qué día podrían volverse a la península. Habían estado hablando con José. También con Pablo.

—Pablo estaba medio convencido de venirse con nosotros. Primero dijo que era demasiado pronto, porque quiere tomar unos apuntes en el sur de la isla. Luego, cuando le contamos que quizá tengamos que aguardar un mes para tener pasaje, dijo que era demasiado tarde. ¡Cualquiera lo entiende!

Marta no comió aquel día casi nada. De cuando en cuando la sangre refluía a su corazón, como cuando hablaba con Daniel y producía aquellos extraños sonidos, golpeaba con aquellos fuertes aldabonazos que le impedían, ensordecida, hacer otra cosa cualquiera que sentirlos.

Dentro de este ruido, cuando salía con su cartera al brazo hacia el Instituto, aun oyó a Daniel, malicioso, amical, susurrando a su oído:

—... No lo olvides. Todo es la forma... La forma...

Aquella tarde recibió, asombrada, algunas bromas de sus amigas sobre el mismo asunto de su noviazgo, y quizá para este asombro no había ningún motivo. Pero algo de lo que dijo Daniel hizo que la mañana en la playa quedara tan atrás en su vida como si todas las cosas sucedidas en ella, aquellas inocentes conversaciones, aquel sol, el agradable contacto de unas manos y unos labios quedaran en un año lejanísimo, casi irrecordable. Otras cosas la mortificaban. Otras la complacían.

"Pablo estaba indignado."

Este pensamiento era capaz de hacerla llorar de gratitud, de alegría y de vergüenza a la vez. Él se interesaba. Era cierto entonces que no había querido seguir su amistad porque nadie pudiera hablar de ella. Porque nadie la ofendiera a ella.

"Yo le explicaré."

Cuando pensaba esto, sus ojos se iluminaban. Casi le parecía que nunca fue cierto que ella hubiese tenido el principio de un amorío... Algo durante algún tiempo había suavizado aquel obsesionante y doloroso sentimiento de pensar en Pablo, pero de pronto se descorría, desaparecía aquello como un telón y quedaba otra vez su alma desnuda. Sola su alma, limpia de todo. Sin más imagen en ella que la imagen de Pablo. Al cabo de un momento estos descubrimientos le causaban pesar en vez de alegría, o un dolor horrible, si recordaba las palabras de Honesta: "Le dijimos que aún tardaríamos un mes en conseguir los pasajes y dijo que entonces era demasiado tarde".

Fueron unas horas muy malas. Es muy difícil sentir el alma revuelta de esta manera, tener ganas de llorar o de reír tontamente y estar mientras tanto exteriormente tranquila, sentada durante toda una tarde en el Instituto escuchando a diferentes profesores explicar distintas asignaturas, y para colmo estar expuesta a que le pregunten algo que de ninguna manera puede recordarse en momentos así.

Por la noche, al llegar a la finca, José preguntó por su hermana. Pino había bajado a Las Palmas aquella tarde y venía con él.

Había acudido Lolilla, la criadita flaca, que le informó:

—Llegó hace un momento. Subió a estudiar.

—¡Llámela!

Marta, que con un espíritu muy alejado se esforzaba en tener delante un trozo latino, como si estuviera en condiciones de descifrarlo, acudió a aquella llamada y bajó las escaleras contemplando angustiada y aburrida el gran comedor y la mesa puesta para la cena. Después de cenar podría estar sola por completo. Apagaría la luz y no entraría nadie a molestarla.

José estaba junto a un ventanal. Pino, en traje de calle, sentada en una silla, se estaba quitando allí mismo en el comedor los zapatos de tacones altísimos, que le hacían daño. La miró de reojo y vio que Pino la miraba también desafiante. Pino siempre parecía desafiante, como si estuviera en lucha perpetua y sus enemigos encarnasen sucesivamente en Marta, en las criadas, en José, en cualquiera... Todo aquello preparaba una escena decisiva en la vida de Marta. Algo que quizás años después ella recordaría vivamente. Pero no lo presintió.

Se acercó, como siempre, hacia su sitio en la mesa. No se sentó, pero se apoyó rígidamente en el respaldo de la silla. Frente a ella estaba el locero tan bonito, tan conocido. Lo miraba como tantas y tantas veces lo había mirado, cuando en aquel silencio su hermano la llamó, en voz muy alta, brusco. Sólo entonces comprendió que sucedía algo extraño. José demostraba un enfado tan verdadero, que Marta tuvo ganas de retroceder.

—Te he llamado para que me expliques delante de Pino todas tus trapisondas, tus engaños y tus tonterías...

Marta sintió miedo. Por un momento fue un miedo tan grande que le hizo temblar las rodillas con violencia. Se apoyó en un extremo de la mesa. Luego apretó los dientes, como en los últimos tiempos se había acostumbrado a hacer. Pensó: "Este rato pasará en seguida. Luego no tendrá importancia".

Hubo un silencio. Marta miró ahora a su hermano con la cabeza alta, muy fija, insolente.

—¡Estoy esperando! —dijo José.

Marta descubrió que no podía hablar. No podía despegar aquellos dientes apretados, ni bajar la cabeza. Le parecía que nunca había visto a José tan colérico, y le había visto muchas veces. Nunca estuvo tan desarmada delante de él, porque allá en su fondo ella veía una razón de su enfado. Por eso, aterrada, seguía fija en su actitud insolente.

Pino se levantó de pronto, descalza como estaba, con el collar de Teresa en el cuello, adornada con anillos y pendientes de Teresa.

—¿Pero no ves que es una...? ¡No eres hombre si no la matas!

Marta perdió su rigidez, furiosa, al oír el insulto de aquella voz.

—¡Tú no te metas!

Pino dio una especie de chillido en el momento en que José cogió a su hermana por el cuello de la blusa y la tiró materialmente contra la pared. Luego se plantó ante ella con los ojos saltones, con una actitud tan terrible que ya tocaba en lo cómico.

Entonces Marta, que se había golpeado la cabeza, que veía a Pino dislocada, que notaba un extraño baile en las paredes, hizo una mueca a la que se había acostumbrado en los últimos tiempos. Sonrió.

José perdió la cabeza y empezó a cruzarle la cara a bofetones.

Marta sentía aquel dolor quemante, y sonreía. Este gesto era inconsciente. De allá adentro, de una parte de su ser que no razonaba sino presentía, le venía quizás esta sonrisa. Ahora era la única serena, la única fuerte.

Su hermano la insultó con la misma palabra que le había lanzado Pino. Luego se detuvo jadeante.

—No te atreves a contestar, ¿verdad? Nos has estado engañando a todos con la porquería de los estudios... A la playa todos los días con ese idiota... Después de enterarme de lo que corre de boca en boca por todas partes he hablado con el padre de Sixto esta tarde... ¡El buen hombre no tiene inconveniente en la boda...! Pero ¿qué te has creído...? ¿Quién te crees que soy yo para reírte de mí? ¿Qué boda ni qué porquerías a mis espaldas?

—Yo no quiero casarme.

Marta dijo esto muy fuerte, muy segura.

José se desconcertó un instante. Luego volvió a la carga.

—Ni quieres ni puedes. Desde hoy se acabaron los estudios, las salidas; todas aquí dentro, ¿entiendes? Aquí, con Pino y con tu madre.

Marta a esto opuso una voz ahogada, una vacilante necesidad.

—Tengo que examinarme...

—Te quedas sin exámenes. Y ahora, a tu cuarto, sin cenar. A reírte a tu cuarto.

Marta se fue escaleras arriba sin volverse una sola vez. Su cuarto le parecía muy vacío y muy grande. Había jazmineros mezclados a las enredaderas de aquella parte de la casa y olían mucho. Se echó en la cama. No para orar, sino para tranquilizarse, para que aquel golpear del corazón se hiciera menos fuerte. Había sido castigada. No le importaba aquel dolor en la mejilla, era mejor así. Ella sabía desde siempre que todo abandono, que todo pecado tiene su castigo. Pero José no la castigó por eso.

Oyó unos pasos en el corredor, pasos suaves, como gatunos. Luego un pequeño arañar en la puerta; al fin sintió que entraba la majorera. Marta se sintió furiosa con su intromisión. Se incorporó.

—¿Qué pasa, Vicenta? ¿Qué quieres otra vez?

—Estaba arreglando a tu madre, y oí que peleaban abajo. Creí que era contigo.

—A ti no te importa.

—Está bien. Algún día te ha de pesar.

—¡Vete!

Marta apagó la luz. Se tumbó vestida sobre la cama: escuchó los ruidos de la casa. El ruido del aire en el jardín.

Le habían pegado por Sixto. No por besarse con él sin motivo, aquello que ella allá en el fondo encontraba mal, sino porque creían lo que hubiera sido tan natural, tan simple, que iba a casarse con él. Era incomprensible... Ah, pero se alegraba. Se alegraba también de que fuera por eso, que José le hubiese pegado con crueldad, con injusticia absoluta...

Lo repetía en alta voz: "Me alegro; ahora puedo luchar contra José..." Luchar contra José, pero no para casarse con Sixto, porque —y a momentos le daban ganas de reír de tal manera que tenía que apoyar la boca contra las sábanas para contenerse—, porque desde aquella tarde sabía que Sixto no le importaba nada, absolutamente nada.

Después de contener aquella risa nerviosa levantaba la cabeza para escuchar. Oía muy lejano un rumor de vida en la planta baja. El corredor estaba silencioso. Más tarde oyó los pasos de Lolilla y de Carmela. Un cuchicheo... Se iban. ¿Qué harían esas dos por el pasillo? Ninguna llamó a su cuarto. Marta se levantó y fue a cerrar con pestillo la puerta. Así estaba más tranquila.

Avisaría a sus tíos... O a Pablo. A todos les parecería bien el noviazgo. A pesar de lo que había dicho Daniel, ellos no eran monstruos como José. ¿A quién le va a parecer mal el noviazgo de dos jóvenes que se conocen desde niños? ¡Qué disparate! Se llevó las manos a las sienes, que le latían. Nunca le había dolido la cabeza hasta entonces. Quizá debería llorar, para que se le quitase aquel mareo..., porque resultaba que

Marta y Sixto no eran novios. Y Marta tampoco quería que lo fuesen jamás. Seguramente Sixto tampoco querría, aunque su padre dijese tonterías. No tenían nada común ellos dos. Nada común. Él quería quedarse en la isla. Había vuelto a la isla después de su guerra y de su herida, y Marta quería salir de allí. De ninguna manera podría vivir allí cuando las ventanas de aquella casa junto al mar dejasen de tener un significado.

Quería con toda el alma marcharse con ellos. Los cuatro: Hones, Daniel, Matilde y Pablo... Lo habían dicho. Dentro de un mes. Ella encontraría un pasaje para dentro de un mes. Una vez fuera, ¿cómo se iba a atrever José a dar el espectáculo de mandarla buscar? Es verdad que era menor de edad, una chiquilla de la que todo el mundo tenía derecho a disponer. Pero Daniel era un pariente suyo tan cercano como José. Podía acogerse a él. Si ella combinaba bien las cosas, los tíos se enternecerían. Con verdadera ironía vio la cara vieja y pecosa de Daniel diciendo aquello de guardar las formas. Bueno, pues las iba a guardar, iba a disimular las verdaderas intenciones. A ella le habían salido mal las cosas siempre por ir con el alma abierta, confiándose demasiado.

Sus pensamientos iban tan desquiciados que tuvo miedo de estar enloqueciendo.

Necesitaba sobre todo ver a Pablo. También el pintor se había escapado una vez de su casa, y, en un momento de gravedad tan grande, él no se negaría a ayudarla. O por lo menos no la delataría, de eso estaba segura, si ella le pedía silencio. Porque concretamente lo que había decidido era fugarse para siempre de la isla.

Quería atreverse a bajar a la cocina, donde estaba el teléfono. José lo había relegado allí porque lo odiaba. Lo tenían en casa sólo en atención a la enfermedad de Teresa. Marta pensaba que Pablo tendría teléfono en el hotel. Sus tíos también lo tenían en la casa de Las Palmas. Necesitaba que alguien la ayudara a salir de la casa. Necesitaba que sus tíos la ayudasen a escapar... Al menos a escapar por aquellos días del castigo impuesto por José de permanecer encerrada en la casa. Eso dificultaba todos los planes.

Empezó a pasear por la habitación. Las sandalias crujían en el entarimado y se descalzó. Notó que estaba temblando. Era tremendo aquello que se le había ocurrido, de pensar en fugarse. Pero lo haría, ya lo creo. Lo extraño era no haberlo pensado antes, siempre.

Aquella bofetada en su mejilla había despertado en ella algo hondo, un instinto de defensa y de lucha. Supo que nadie la vencería a la fuerza bruta, jamás, jamás. Estaba excitada y temblando.

El temblor llegó a ser tan grande que no la dejaba pensar. Se asomó a la ventana para apoyar los codos allí hasta que le dolieran. Se mordió como una fiera; se hizo hasta sangre en su afán de serenarse. Al fin el dolor físico la calmó como quería y fue ya una persona reposada, escuchando, inmóvil, los últimos ruidos de la casa. Mirando las estrellas, como si estuviese encargada de contarlas. Esperando.

José y Pino subieron a acostarse; oyó sus pasos. Marta no se había ocupado nunca en pensar en José y Pino; y, sin embargo, a su manera eran bien singulares. Quizá todas las personas llevan algo extraño dentro, hasta las que más grises le parecen a uno. ¿Cómo había dicho Pablo en una ocasión? Llevan sus demonios... José esta noche tuvo en los ojos una frialdad, un odio. No podía pensar en aquello sin revolverse, sin aborrecerlo también. Pero a ella no se le alcanzaba el por qué la noticia de un noviazgo suyo podía despertar en aquellos ojos tal aversión.

"No quiero pensar en José. Tengo que pensar en mi fuga. Me queda poco tiempo y el pasaje hay que sacarlo muy pronto."

Poco a poco se sintió llena de serenidad. Cuando hay una tarea que hacer, las dudas desaparecen. Una vez le sucedió algo parecido, hacía mucho tiempo, le parecía que hacía años ya..., cuando Pino una noche tuvo un ataque de histerismo y ella la cuidó. Fue la noche antes de la llegada de los tíos. Hasta entonces ella había sido una verdadera criatura. Luego le habían sucedido cosas.

"Nada de recuerdos. Piensa en lo que te importa."

Marta, de cuando en cuando, se interrumpía en aquella disparada facilidad de sus pensamientos... Hacía algún tiempo que había dos Martas dentro de ella. Una que ordenaba a la otra, que se dejaba ir...

"Ahora, ahora mismo, bajarás a la cocina a telefonear. Al menos en esto de que te tienen encerrada avisarás a tus tíos... Esto les va a ayudar a entender, más tarde, que te hayas escapado", pensó por milésima vez.

Ahora se descubría un gran entusiasmo. ¡Qué suerte enorme que José hubiese perdido de tal manera los estribos! Sin eso quizás ella no se habría decidido a escapar para siempre. Su aborrecimiento por José se esfumaba, tomaba un sentido distinto. Le daba miedo y horror, pero esto la ayudaba y la espoleaba.

Parada en medio del cuarto sonrió a las sombras. Una curiosa sensación de triunfo le quemó el cuerpo como una llama. La vida estaba de su parte. Era joven, fuerte, decidida. Ahora todos sus deseos se habían fundido en uno: escapar.

Al abrir la puerta de su cuarto después de haber sentido retumbarle en el cerebro el ruidito que hizo el pestillo al descorrerse, volvió a sentir miedo y desfallecimiento. Se deslizó, a pesar de eso, hacia las escaleras. Allá abajo relucía el comedor, con el esplendor nocturno de sus ventanas; sonaba el reloj de pie, acompasado.

Atravesó aquella gran habitación, alargada, grandísima. Empujó la puerta de muelles que conducía al servicio y respiró aliviada. Descansó un momento en el pequeño antecomedor. Frente a ella brillaba la nevera y, a los lados, las puertas de la despensa y la cocina.

La cocina era enorme. Una especie de salón con

baldosas encarnadas. Tenía una ventana y una puerta abiertas al porche, y se veía por ellas el huerto con las pitas que lo cercaban. Sobre la colina, una luna naciente empezaba a poner su raya de luz y hacía palidecer el brillo de las estrellas. Casi tuvo ganas de pararse para escuchar el rumor del aire allá fuera, entre las púas agudas de las pitas.

La cocina estaba limpia y tibia, se metía en ella la noche bienoliente. Allí en la penumbra Marta sintió una absoluta seguridad, como el animal que llega a su establo... ; le pareció innecesario encender la luz y cruzó la habitación para acercarse al teléfono. Al llegar quedó sorprendida por aquel artefacto antiguo. No se había acordado de que allí en el campo el teléfono no era automático. Aunque fuera extraño, no había utilizado nunca aquel teléfono de su casa. Se encontró desconcertada un momento, y luego llamó furiosamente a la central. Espero... ¿Habría servicio allí a aquellas horas? Tenía que haberlo.

No se dio cuenta de que la habían seguido desde el piso alto. Ahora que estaba apurada con aquel aparato entre las manos no pensaba nada más que en obtener su comunicación. Así que sintió un deslumbramiento y un espanto muy grande cuando bruscamente se encendió la luz. Marta dejó caer el auricular y miró parpadeando, aterrada, hacia la puerta.

Era José. Estaba en pijama y con zapatillas. Largo y tieso como un palo. No tenía el aspecto de rabia salvaje con que Marta le recordaba, pero estaba enfadado.

—¿Se puede saber a quién llamas? ¿Es que te has vuelto loca o qué? Ya me temía yo algo de eso.

El auricular, pendiente de su hilo, golpeaba la pared. Marta estaba asustada, aunque ahora, pasada la primera sorpresa, no sentía aquel miedo horrible de un rato antes en el comedor. Luego pestañeó con un profundo alivio al oír la puerta del cuarto de las criadas, que se abría. Estaba allí pared por medio y abría bajo el mismo porche de la cocina. José escuchó también y se detuvo en su camino hacia ella mientras aquella puerta rechinaba. Se oyeron unos pasos descalzos sobre la piedra de debajo del porche y apareció Vicenta en la ventana. Llevaba un extraño atuendo interior. Una trenza canosa, enroscada, le caía sobre el hombro... Los ojos eran vivos como siempre.

—¿Está mala, señorita Teresa?

—¡Váyase al demonio! —dijo José—. No, no está mala.

Vacilaba en su enfado. A pesar del mal humor, Marta cogió fuerzas.

—Iba a telefonear a los tíos. Es justo que les avise de mi encierro...

José colgó el teléfono y cogió a Marta por la nuca, con unos dedos duros. A la muchacha le hizo el efecto de que iba a ahogarla. Sólo la empujaba hacia fuera de la cocina; pero la empujaba rabiosamente.

—A tu cuarto... Ya te enseñaré... ¿con que avisar? ¿Crees que tengo que darle cuentas a ellos, precisamente a ellos, a esa manada de...?

Mascullaba las palabras. Casi no se le entendía.

La hizo subir las escaleras a empellones, la metió en la alcoba y sacó la llave de la cerradura.

Marta se había golpeado los dedos de un pie. Le dolían agudamente y al mismo tiempo le hormigueaba aún en la nuca la presión de la mano de José. Un portazo. Ella oyó cómo su hermano daba la vuelta a la llave encerrándola por fuera.

XII

MARTA estuvo varios días encerrada en casa. Era un encierro soportable. Podía salir al jardín y vagar por la finca, y sólo le estaba prohibido transponer la verja de hierro —por otra parte siempre abierta— del portón de entrada.

Marta sentía su impaciencia como el rumor de un mar que avanza en la marea, y su imaginación corría rápidamente. Al pronto esperó que sus tíos preguntaran por ella, pero los días fueron pasando y tuvo que desengañarse. Seguramente tenían ellos suficiente tarea con preparar su viaje de vuelta para ocuparse de la niña. Ella no intentó más llamadas por teléfono, convencida al fin de que no servirían para nada.

Marta comía silenciosamente entre sus hermanos y silenciosamente obedecía a Pino cuando le encargaba alguna tarea de la casa. Esperaba que le levantaran el castigo en vista de su buen comportamiento. Pero su paciencia se iba agotando. Lo más irresistible era la obligación de sentarse a coser, por las tardes, frente a Pino. A su cuñada le gustaba mortificarla, y en efecto, Marta sufría. Pero no por las palabras de la otra mujer, sino por no poder estar sola, por tener que contestar alguna vez, aunque fuese con monosílabos, para no irritarla demasiado. Llevaba quince días de encierro cuando supo que no podía aguantar más.

—Vaya un novio que tienes, ni te manda un recado, ni intenta verte...

Pino le decía estas cosas. Estaban las dos sentadas junto a una ventana, con un cestón de ropa por repasar. Marta cosía inhábilmente, fastidiada como nunca. Se encogió de hombros.

—Yo no tengo novio, pero si lo tuviese, ¿sería un crimen?

—Díselo a tu hermano.

—Ya te digo que no lo tengo. No sé por qué estoy aquí encerrada.

—¿No lo estoy yo también y me aguanto? Si tu hermano lo manda te fastidias tú también.

—Yo no estoy casada con mi hermano.

Estaban en el comedor, bajo los ventanales. El viento agitaba el jardín en la tarde y el reloj hacía sonar su tictac.

—No —dijo Marta—. No me aguanto.

Se puso en pie y tiró la costura al cesto.

—¡Ven aquí inmediatamente!

—No tengo por qué obedecerte.

Pino empezó a gritar furiosa. Marta se escabulló escaleras arriba a su cuarto, se encerró con llave y se echó sobre la cama a llorar. Aquellos quince días de encierro la habían vuelto nerviosa y desequilibrada. Sabía por la majorera que Sixto había llamado por teléfono varias veces. Pero eso poco consuelo le proporcionaba; no quería nada con Sixto.

Al oscurecer oyó el automóvil de José en el jardín, y al poco rato sintió que su hermano llamaba a la puerta de su cuarto. Marta le abrió.

—¿Se puede saber qué le has hecho a Pino? Dice que le has pegado.

—¿Y tú lo crees?

José se desconcertó.

—Tienes que obedecerla, ¿entiendes?

—No sé por qué.

—Te pesará si no lo haces.

—¡Como no piensen ustedes envenenarme! Más de lo que hacen, no me pueden hacer.

—Te has portado como una sinvergüenza teniendo un novio a mis espaldas.

—Te digo que no quiero novio... Te lo he dicho mil veces, pero si me tienen encerrada así, sin dejarme estudiar ni vivir, entonces sí me escaparé con él y para que te enteres, me casaré depositada. Sé muy bien mis derechos.

Marta se detuvo asustada de ella misma. Estaba tan harta, desesperada y triste de tantos días inactivos y monótonos, que se había vuelto feroz y descarada. Estaba segura de la furia de José por esta contestación. Se sorprendió cuando vio que él cruzaba la alcoba para asomarse a la ventana dándole la espalda. Siempre que algo le hacía reflexionar tomaba esta actitud.

Los hombres se asustan siempre cuando se invoca al derecho, a la ley, pero Marta no lo sabía y miraba con asombro la larga figura de José, en un silencio tan tolerante, dándole la espalda a ella. Habló al fin sin mirarla.

—Nadie quiere secuestrarte... ¿Entiendes? Pero cuando llegue el momento de casarte, seré yo quien te busque un novio que te convenga. Ése viene por el interés. Es un imbécil.

A Marta se le ocurrieron muchas cosas. Echarse a reír o contestar una grosería, por ejemplo, pero quedó callada, esperando. Como se prolongaba el silencio, preguntó al fin:

—¿Cuándo puedo volver al Instituto?

—Mañana, si quieres —fue la sorprendente respuesta—. Pero tienes que prometerme que no vuelves a ver a ese idiota.

José investigaba su cara; Marta sintió que una alegría muy grande la llenaba, de tal manera que no acertaba a decir nada. Al fin le prometió lo que él quería, asintiendo apresurada con la cabeza para dar más fuerza a sus palabras.

—Ya te dije que él no me importa.

—Mejor... Pero mucho cuidado con lo que haces.

La cena fue desagradable, con Pino, nerviosa y ofendida, delante de ella. Marta, desde su nueva seguridad, empezó a comprender que Pino fuera tan mal pensada y tan mezquina. El aburrimiento de su vida era enorme, y no hay nada peor que ese aburrimiento mediocre, triste, sin lucha, para el espíritu. Envejecer en esta casa, sin interés de ninguna clase por ella, éste era el porvenir de Pino. Y Pino por eso la miraba a ella con una grisácea envidia de la que ni siquiera se daba cuenta. Pino estaba enferma de envidia por todos y de todo. Aquella enfermedad le volvía los ojos brillantes y las manos temblonas como una fiebre.

Había discutido con José. Pino hubiera querido que José arrastrara a Marta por los cabellos y le pegara una paliza tremenda. Marta la había oído gritar estas cosas sin inmutarse. Le parecía que sólo le importaba aquel hecho de haber perdido quince días de su vida metida allí obediente y callada... No perdería ni uno más. Estremecida de horror, pensó que su vida, el año próximo, cuando ya no tuviese el pretexto de los estudios, sería la vida que había llevado estos días en la casa, si ella no lo remediaba y dejaba escapar la única oportunidad de la marcha de sus parientes para irse con ellos.

Durante aquella cena no tuvo hambre. Comía sólo para disimular sus pensamientos, porque le parecía que su hermano y su cuñada podrían leérselos en la cara. Y, así, bajaba la cabeza y tragaba lentamente los alimentos. Preguntó, cuando pudo:

—¿Se sabe ya cuándo se van los tíos?

—Sí, ya tienen los pasajes para el doce de mayo... ¿Por qué?

—Ya sabes que yo quería irme con ellos.

Pino se echó atrás en su silla, excitada. Esperaba una buena contestación de su marido para Marta. Cualquier pequeña cosa tomaba para ella proporciones tremendas. Su ojo izquierdo, estrábico, le daba un aire maligno. José no se inmutó.

—Tú tienes muchos pájaros en la cabeza, Marta. Bastante es que no te vuelva a meter interna.

—Interna... —en la voz de Pino vibraba un rencor apasionado—; interna en un buen colegio... En un correccional es donde tendría que estar...

Marta suspiró hondamente mientras Pino comenzaba su habitual ataque de nervios. Como siempre, mezclaba las acusaciones a Marta con inculpaciones a su marido y denuestos a Teresa. Como siempre, José preguntaba, perdidos los estribos:

—¿Qué tiene eso que ver?

Marta pensaba escabullirse sin ruido.

—¿Qué tiene que ver, criminal...? ¡Criminal! Que me tienes aquí encerrada mientras otras se ríen... ¡Mira cómo se ríe ésta, mírala, que la mato!

Pino se puso en pie y arrojó un cuchillo a la cabeza de Marta. La chica se agachó rápidamente y el cuchillo pasó por encima de ella. José, asustado ya, fue a calmar a su mujer, que sollozaba ahora en su fase depresiva.

"Doce de mayo... —pensó Marta rápidamente—. Me quedan dos semanas poco más o menos. Si sale todo bien, me veré libre de esto muy pronto. Nunca más veré estos ataques de nervios. Nunca más oiré el tictac de este reloj. Nunca más..." Estas palabras, "nunca más", le regaban el espíritu, se lo vigorizaban, lo hacían hervir al pensarlas. Y estaba allí junto a la mesa, un poco pálida, muy seria, con los ojos brillantes.

Al día siguiente, después de tantos días de pensarlo, súbitamente adelgazada por el nerviosismo, iba intranquila por las calles de Las Palmas.

Se fijaba, por primera vez, en las tiendas de la ciudad. Siempre había sentido timidez de entrar en ellas y nunca había sabido comprar nada. Admiraba a sus amigas cuando disfrutaban palpando telas, combinándolas en su imaginación para futuros trajes, deseando pequeñas cosas fáciles de obtener y sintiéndose luego felices de sus adquisiciones. Ella nunca había deseado nada concreto en la vida, al menos nada de lo que se obtiene a cambio de unas monedas. Le pareció siempre que tenía trajes de sobra para cubrirse, demasiada comida en la mesa, demasiadas chucherías en sus cajones. Nunca había mirado los escaparates de los comercios. Y ahora ella misma tenía algo que vender, y se le hacía muy difícil. Para algunas cosas de la vida se sentía incapaz, absurda, débil. Necesitaba convertir en dinero las únicas cosas de valor que poseía en el mundo, pero las apreciaba tan poco, que hasta tenía miedo de que se riesen de ella al enseñarlas.

Pero las gentes compran. Veía señoras con paquetes. Muchachas airosas con tacones altos, y muchas con blancas y graciosas mantillas canarias. Marta no había tenido nunca gracia para usar la mantilla canaria de lana fina. No sabía sacar partido de sus manos, pintando cuidadosamente las uñas, ni sabía perfilar bien sus labios, ni arreglar sus ojos, ni alhajarse. Para todo esto se necesita tiempo, deseo de agradar, paciencia... Todas aquellas mujeres que encontraba, y que se iban llevando las miradas de los hombres, parecían poseer esas cualidades... Sus amigas también. Por eso florecían y se sentían felices en la intimidad de sus casas, en la suave paz de la ciudad, entre los campos cerrados por el mar. Tenían lo que querían, y no deseaban fugarse.

Las tiendas olían a encajes, a telas nuevas. Los bazares de los indios presentaban mantones de Manila y elefantes de marfil, y expandían a la calle un olor de seda y maderas caras. Todo aquello podía ser una tentación fuerte como la que las sirenas de los barcos, saliendo en la noche, le ponían a ella en el alma...

Encontró a dos amigas del Instituto que la besaron en las mejillas y trataron de que se detuviese con ellas en una tienda de radios y gramófonos, para oír las últimas novedades en discos. Entonces sintió aquella impaciencia brutal, desesperada, que la agobiaba, y se deshizo de ellas casi a la fuerza.

Oyó el cañonazo de las doce y comprendió que se le acababa la mañana. Había necesitado habilidad y calma para salir temprano de la casa. Por la noche, cuando Pino ya estaba acostada, había pedido a José dinero para venir a Las Palmas por la mañana en el coche de hora.

—Porque no creo que a Pino le guste que vaya contigo.

—Con ir al Instituto por la tarde tienes de sobra.

—Tengo que preparar mis clases. He perdido mucho tiempo en estos días. Iré a casa de Anita...

—Acuérdate de lo que me has prometido —dijo al fin José.

—No me verás más con Sixto.

Después de esta conversación, la libertad... Y ahora perdía tanto tiempo sin atreverse a entrar en una tienda, expuesta a que José pasase con su coche y la cogiese vagabundeando por la calle.

Era necesario entrar en un comercio que había ya escogido, y por cuya puerta había pasado varias veces. Era una tienda pequeña, donde infinidad de relojes marchaban acompasados. Un hombre, provisto de una gran lupa, trabajaba detrás del mostrador. A través del escaparate de cristal Marta había contemplado mucho rato a este hombre. Le atraía a la muchacha la soledad y el silencio de la pequeña tienda. El sol hacía brillar la bisutería, y cuando un reloj daba una hora, los otros, acompasadamente, persiguiéndose en intervalos de segundos, la daban también. El hombre había echado alguna ojeada indiferente a aquella cabeza rubia que tan insistentemente estaba aquella mañana pegada a sus cristales. Por fortuna no la miró demasiado. Marta pudo vencer su timidez y meterse en aquel cuartito limpio que olía a metales y que era la tienda. El silencio se hacía muy grande.

Cuando el hombre se quitó la lupa para mirarla interrogativamente, Marta sacó de su carterón de cuero una cajita de plata repujada y la abrió. Con unas manos algo temblorosas fue extendiendo sobre el mostrador de cristal lo que ella llamaba sus baratijas, y que jamás se ponía: dos pares de pendientes de oro, muy infantiles; unas pulseras de plata, gruesas; una cadena de oro, también bastante pesada; un anillito de sello, del mismo metal, con sus iniciales; otro con un pequeño rubí; un medallón gordo, que había recibido como herencia directa de su abuela y que a ella le parecía muy feo, pero que estaba adornado con brillantes, y una medallita de platino con brillantitos pequeños y su cadena. Esto era un regalo de su primera comunión.

Asustada, oyó el frío ruidito de aquellas joyas al extenderlas sobre el mostrador de cristal. Se sentía casi incapaz de hablar. Cada vez le parecían más miserables. ¿Era posible que valiesen algo?

—Quisiera saber cuánto vale esto.

El hombre, al ponerse en pie, resultaba alto, con un largo guardapolvo. Marta tuvo la impresión de que la miraba severamente con aquel ojo que hacía un momento tenía la lupa puesta, y que, aun sin ella, parecía más grande que el otro. Luego examinó cuidadosamente los objetos, volvió a colocarse la lupa, rascó los metales... Al fin pronunció una sentencia algo vacilante:

—Por esto se le podrían dar trescientas pesetas. Incluida la caja.

Marta dijo apresurada, sintiendo que enrojecía:

—Se lo doy sólo por cincuenta duros.

El hombre se enfadó.

—Le estoy ofreciendo trescientas pesetas. Ya se lo he dicho.

—¡Ah! Sí... Pues, muy bien. Quédeselo.

Marta estaba casi desfallecida de alegría. Era muy fácil vender. Había temido interrogatorios molestos y hasta amenazas de denunciarla a la familia. Pero por fortuna al comerciante no le interesaba su familia ni se dejaba seducir por una rebaja de precio. Se notaba —pensó Marta— que era un hombre honrado; su cara aburrida e indiferente le pareció bañada de una crónica bondad cuando le tendió el dinero.

Trescientas pesetas eran una cantidad fabulosa para ella. Tenía miedo de que se le perdieran, porque jamás había poseído tanto dinero.

Salió como borracha a la calle, que le pareció más hermosa que nunca, más llena de vida, aunque a aquella hora de mediodía se iba quedando desierta. Tenía conciencia de haber dado el primer paso importante para seguir sus planes.

A la hora de comer empezó a atormentarla la duda de que si aquel dinero alcanzaría para un pasaje. No podía tragar. Comía a la fuerza, bebiendo mucha agua para que le pasasen los bocados por la garganta oprimida. Le era imposible hablar o atender a lo que decían sus tíos, que parecían muy contentos de volverla a ver después de su "enfermedad". ¿Era posible que hubiesen creído de veras que ella estuvo enferma quince días? Sólo escuchó cuando comentaron que Pablo se iba aquella misma tarde al Sur.

—Es un loco ese Pablo... No sé qué puede ver para pintar en los barrancos de lava. José le advirtió el otro día que no iba a encontrar alojamiento.

Marta supo que uno de los días que estuvo ella castigada habían hecho todos una excursión a la playa de Maspalomas, en la punta sur de la isla. Habían ido en el coche de José. Marta estaba enterada, naturalmente, de esta excursión, a la que no la habían llevado siguiendo el programa de castigo establecido para ella. Había visto salir a Pino muy veraniega, con zapatos de lona, con gafas negras, y había visto preparar la cesta de la merienda. Ni se le había ocurrido pedir que la llevaran, y cuando Pino volvió con la nariz despellejada, quejándose del calor sufrido, de los pinchos que le habían desgarrado el traje, de la arena que había penetrado en la comida, Marta estuvo riéndose silenciosamente. Pino aborrecía las excursiones campestres.

Pero ahora se enteraba Marta de que también Pablo

había ido a la excursión aquella y que estaba entusiasmado.

—Comprendo que quisiera pintar Maspalomas, porque esa playa, con su bosque de palmeras y su laguna de agua dulce, es ideal. Parece una cosa de ensueño... Pero los barrancos de lava, con esos bosques de cactos tremendos, son horribles. Nunca había visto yo cactos más que aquí, tan enormes... Parecen de esos candelabros antiguos, esas lámparas enormes de velas, que se ponían en los salones... ¿Cómo se llaman esos cactos, Marta?

—Son los cardones.

Marta recordaba que a ella los enormes cardones y las enormes rocas de aquellos barrancos le habían dado miedo cuando, de niña, la había llevado el abuelo por aquellos parajes, después de visitar un almacén cercano de empaquetado de tomates. Habían ido a comer a una casita solitaria precisamente en uno de aquellos barrancos... Allí, cerca de la carretera; era una tienda...

—El loco de Pablo dice que se piensa alojar en casa de ese hombre gordo de la tienda donde paramos a comprar gaseosas, y si no puede ser, en unas casuchas de pescadores que hay por allí cerca... Bueno, todos los artistas están chiflados.

—Un día de estos iremos nosotros a verlo entre sus cardones, como dice Marta. Hay que despedirse bien de la isla. Faltan pocos días... Estamos ya a finales de abril.

Marta, haciendo un esfuerzo, se acordó del nombre del aquel hombre gordo de la tienda donde había comido con su abuelo. Debía ser allí donde Pablo quería alojarse. El hombre se llamaba Antoñito. Si sus tíos iban a ver a Pablo, ella deseaba que la llevaran. ¡Cuánto necesitaba ver al pintor! Necesitaba mucho hablarle de sus planes de fuga. Tenía que decírselo a alguien porque, si no, pensaba que se iba a ahogar.

Daniel dijo que Marta tenía muy mala cara. Hones se la llevó aparte, después de comer.

—Quizá hicimos mal en decirle a tu hermano lo

del noviazgo... Parece que no le hizo gracia. ¿Te ha dicho algo?

—Sí... no quiere. Pero no tiene importancia.

Había pensado mucho en hacer escenas con los parientes acerca de ello. Pero bien sabía que todo era inútil. A aquellas gentes no les importaba ella lo más mínimo. "¿Me ayudarán cuando me descubran en alta mar con ellos, no me devolverán a mi casa otra vez?" Pablo se iba también el doce de mayo, con ellos. Esto era la única verdadera y grande esperanza. Él se pondría de su parte. Convencería al gordinflón Daniel, a Hones, a todos. Él tenía que saber los proyectos de la chiquilla de antemano...

Pero Pablo también se le había ido. Siempre se estaba marchando a algún sitio.

Por la tarde, antes de ir al Instituto, corrió al puerto, a la Compañía de navegación, para enterarse de si había pasajes de tercera en el barco del día doce de mayo.

—Sí, únicamente de tercera.

—¿Cuánto cuesta un pasaje hasta Cádiz?

—Se lo dijeron. Era menos de la mitad de aquella cantidad que poseía.

—Quisiera uno.

La miraban con sorpresa. Cuchichearon dos empleados. Un tercero se asomó a verla.

—¿Para usted? ¿Trae salvoconducto?

—¿Es necesario para comprar el billete?

—Sí, por estas circunstancias especiales del final de la guerra... No podemos dar pasajes sin salvoconducto.

Marta se sintió angustiada un minuto, como si la hubieran parado de pronto en medio de una carrera loca. Al fin pudo hablar:

—Tardaré unos días... ¿Habrá billete?

—De tercera es fácil que haya pasaje, sí.

Cuando salió a la calle, parpadeando después de la penumbra de las grandes y limpias oficinas, Marta se sintió horrorizada de pensar que algunos de aquellos hombres, que trabajaban tan cerca de la casa comercial de José, conociesen a su hermano y le fueran con el cuento. Había salido de allí a un tiempo oprimida y espoleada por las dificultades. Necesitaba a Pablo para que la ayudase; él sabía cómo había que conseguir el salvoconducto, él le podía facilitar tantas cosas... Pero si él no estaba, lo arreglaría sola. Una persona que se fuga debe saber resolver sus propios asuntos y tiene que arriesgarse...

Metida en las clases, como en una jaula, ansiosa, enfebrecida, daba vueltas a sus ideas dentro de la cabeza, que le ardía, durante toda la tarde.

No se había atrevido a faltar al Instituto; también esto hubiera sido muy fácil de averiguar para José y pensaría tonterías. Sus amigas la molestaban; la charla de ellas se le hacía insoportable, y también las explicaciones de los profesores. Se sentó en los últimos bancos y, cuando pudo, cerca de una ventana desde donde veía el mar, y aquel lejano estruendo, aquella brisa libre, la confortaban.

—¡Qué poco tiempo tengo! Aún no he hecho nada...

Habló a media voz, sin saberlo, en un momento determinado. Una compañera, a su lado, le contestó que tampoco ella sabía nada y que faltaba muy poco para los exámenes. Marta la miró con aire salvaje, dándose cuenta de que debía estar muy loca para haber hablado así.

—Pero tú eres lista, Marta. Tú siempre sales bien. Espero que me soples en Literatura.

Marta, admirada, se fue calmando. Era muy normal que aquella chica dijera estas cosas. Era una criatura vestida de negro, encorsetada y triste, que jamás había pensado en fugarse y a la que los estudios le parecían una de esas cosas horribles que tiene la vida y que caen sobre uno como cae la lluvia o el calor... ¡Qué extraño le parecía todo a Marta ahora! Ella no estaría allí para los exámenes si todo le salía bien. Pero le pareció de buena suerte lo que le había dicho la amiga y le oprimió la mano. La otra muchacha manifestó un ligero asombro por tal cordialidad, y más tarde quiso empezar a hacerle confidencias sobre un ahijado de guerra del que se había hecho novia y que ahora quería dejarla.

Empezaron a pasar los días, mientras Marta se iba enterando de los trámites que tenía que hacer para sacar su salvoconducto, y llegó el uno de mayo. Se dio cuenta con desesperación de que aún no tenía nada arreglado... ¡Y al día siguiente era fiesta! Eso significaba otra pérdida de tiempo. Le habían dicho que necesitaba certificados de vacuna para el salvoconducto, y perdió la mañana en el Instituto de Higiene. También se hizo unas fotos de carnet, al minuto, que reflejaron una imagen suya, casi irreconocible, de gesto feroz.

A mediodía llegó a casa de sus tíos rendida y con cara de fantasma. Afortunadamente no estaban, porque les habían invitado a comer unos conocidos, como despedida. Era un descanso aquella casa silenciosa y fresca, donde no tenía que esforzarse en hablar.

—Mañana, desde tempranito, también se marchan sus tíos al campo para todo el día. Me dijeron que mañana no viene usted tampoco, porque es fiesta. Yo me voy a mi casa, y me quedo allí a dormir.

La criada trataba de darle conversación, porque quizá le daba pena verla tan sola en el comedor oscuro, con aquella cara febril que ahora tenía la niña. Esta criada era una mujer gorda, con un ojo torcido, que daba gritos de pena al ver que Marta dejaba intactos los platos.

—¡Jesús! Eso son las cosas de la línea. ¿Usted sabe, mi niña, que se está poniendo muy flaca? La señorita Hones también quiere adelgazar, pero ella no deja de comer por nada del mundo.

Marta no atendía. Estaba cansada, pero no podía quedarse quieta un minuto. Recorrió la casa vacía, los silenciosos patios, las alcobas. Por allí, durante muchos años, había corrido, despreocupada. ¿Recordaría ella alguna vez estas grandes habitaciones, estos muebles oscuros, cuando estuviera lejos?... En el convento varias veces se había despertado llorando, porque no estaba ya en la casa del abuelo. Allí había sido feliz, sin duda.

Junto a la cocina, en la galería del patio trasero, había una pila de agua. Una piedra hueca, sobre un soporte, la destilaba gota a gota dentro de una panzuda taya roja. La piedra estaba cubierta de las frescas plantas del culantrillo, con su intenso color verde. En el campo, en el porche de la cocina, había otra pila igual.

Estuvo a punto de emocionarse. Estos pequeños detalles de la casa cobraban una vida profunda, un quieto encanto, una significación hogareña y tierna... Pero era —pensó— porque iba a dejarlos. Sí, los recordaría... Sin embargo, si se quedase sujeta a ellos, sentía que podría aborrecerlos.

La muchacha bizca vio con asombro cómo aquella niña tan rara se quedaba mucho rato junto a la pila de agua, viendo formarse aquellas gotas cristalinas que se filtraban por la piedra y que caían lentamente.

Por la noche pensó Marta en Teresa, y entró en su habitación de puntillas. Hacía rato que la habían acostado.

Sobre la cómoda ardía siempre una lamparilla de aceite y aquella luz iluminaba apenas la cara de la mujer dormida entre las almohadas. En las mejillas se le proyectaba la sombra de las pestañas. La hija se inclinó, algo demudada, sobre aquel rostro.

"Es como si estuviera muerta. Nunca estuviste con ella. Nunca te necesitó... Ni la necesitaste desde que dejó de estar en tu vida. ¿Te habría entendido alguna vez?... Ella era una mujer feliz en su casa. Le gustaban sus pequeñas joyas, sus cositas, como dice la majorera. No leía, no soñaba con otros mundos y no era histérica ni desgraciada como Pino. Sin embargo... ¿Te hubiera detenido de poder hacerlo...? Desde que creciste pensaste, más que en ella, en tu padre, que te dejó un cajón lleno de libros en el desván. La vas a dejar para siempre. Mírala."

Marta se sintió horrorizada. Si Teresa abriera los ojos y dijera: "No te vayas, tienes que estar conmigo, te he llevado dentro de mí, eres mía"... Bien sabía que mucha gente comentaba desfavorablemente su conducta para con su madre enferma, sobre todo al compararla con la de José, que era su hijastro nada más.

Pero Teresa no podía decir eso. No podía detenerla. Marta no era de nadie, no se sentía atada a nadie, y eso le daba fuerzas. Teresa la había abandonado hacía años, más que si estuviera muerta. Si Teresa le hubiera impedido marchar, también de ella hubiese huido, sin piedad, sin volver la cabeza. La cara de Marta tomó una expresión muy dura.

Empezó a recordar mil hogares amigos que conocía, casas llenas de ternura, hasta el punto de que la marcha de un hijo a la Península para estudiar parecía una tragedia, y a las que la guerra había hecho temblar en sus cimientos. En estos hogares ni se hubiera soñado que una hija pensara desgajarse de ellos, como no fuera por el matrimonio.

Con la punta de los dedos tocó una mano de su madre, blanca y abandonada sobre la colcha. Los ojos de Teresa se abrieron espantados, enormes, verdes con las pupilas negras. Luego los cerró fuertemente y volvió la cabeza, hundiéndola en la almohada.

Marta durmió profundamente, agotada. Se despertó muy temprano, pero tuvo la impresión de que antes de dormir había alcanzado a ver el alba; que sólo había cerrado los ojos unos minutos.

Era un hermoso amanecer, y la vida temblaba allá fuera, en los campos. Pensó que en el puerto se reflejaría en el agua la sombra de los barcos.

Delante de la habitación de Pablo nacía el sol, enrojeciendo el agua... El cuarto estaba vacío, como cuando lo vio ella. Muy pronto, ya no sería ni siquiera el cuarto de Pablo... Ella necesitaba verle. Mientras él y su vida extraña, y su capacidad para comprender las cosas hondas, las que en realidad tienen importancia, llenasen la isla, era posible vivir allí; pero si él se iba... Si él se iba daba lo mismo vivir en un convento o en aquella casa o morirse. En aquellos momentos, en que sabía que Pablo se había preocupado de ella, aunque fuera para denigrar su conducta, marchar con él le parecía a la niña ya una cuestión de vida o muerte.

Estaba en el Sur. Marta conocía la casa donde él paraba. Había comido allí con su abuelo, por lo menos una vez, poco antes de empezar la guerra. Tenía idea de que era una tienda humilde, cerca de la carretera. Ni siquiera sabía el lugar en la larga carretera del Sur... Pero podría reconocerlo, estaba segura, aunque desde luego era muy lejos... Al dueño de esta casa le llamaban Antoñito, el barquero. Hacía años que Marta no había salido en coche por la carretera del Sur. Quizá, reflexionó, el viaje no fuera tan largo como le había parecido aquella vez, porque los parientes pensaban ir y venir en el día, cuando fueran a ver a Pablo.

Fue en el momento de pensar estas cosas, mientras se estaba vistiendo, cuando Marta tuvo un sobresalto y vio con claridad en su imaginación que era allí, a casa de Pablo, a donde iban a ir los parientes aquel día de fiesta. Cada vez estaba más segura. ¡Qué estúpida había sido en no dejarles un aviso, pidiendo que la llevaran para aquella excursión! Marta calculó que si se daba prisa, aún los alcanzaría en Las Palmas, y la podrían llevar con ellos. Entonces sí que encontraría ocasión de explicar a Pablo todo lo que le pasaba y todo lo que estaba haciendo aquellos días. Hacía tanto tiempo que no veía al pintor que casi desfallecía de pensar en volver a hablarle. Llevaba días convirtiendo todos sus pensamientos en acción, y terminó de vestirse a la carrera, como si verdaderamente su familia la estuviera esperando para llevarla a ver a Pablo.

Las criadas acababan de levantarse, espabiladas por la majorera, y José y Pino dormían aún, cuando Marta escribió unas líneas para Pino en una hoja de cuaderno, porque ahora se había vuelto muy precavida y consciente. No quería irritar a su familia demasiado, ni tampoco exponerse a una posible negativa.

"Salgo temprano porque me olvidé de decir que los tíos me invitaron a ir con ellos de excursión. Si volvemos tarde, me quedaré en Las Palmas esta noche. Dile a José, si desconfía, que puede averiguar dónde está Sixto. Yo no me veo con él."

Rompió dos o tres avisos parecidos y al fin quedó contenta con éste. Buscó a su alrededor un sitio para dejarlo bien visible y luego se le ocurrió otra cosa mejor y llamó a Lolilla. De las tres sirvientas, ésta le parecía la mejor. Era una chiquilla muy bondadosa y sentimental, siempre espantada y risueña a un tiempo. Desde que llegó la noticia de la muerte de Chano, el jardinero, no hacía más que llorar por los rincones, sorbiéndose los mocos, siempre en medio de aquella sonrisa suya que desarmaba. Vicenta le decía, a modo de consuelo, que bien podía dar gracias a Dios de no ser ella la que hubiese muerto.

—Oye, Lola. Le das este papel a la señorita, pero después que mi hermano se vaya a Las Palmas... ¡No te olvides! Después de que se vaya él. Pero no dejes de dárselo. Si lo haces bien, te hago un regalo...

¡Otra vez aquella sensación de vida, aquella prisa, aquella llama!

Cuando llegó a casa de sus tíos, encontró solamente a la criada, que la miró esta vez sin simpatía, como si pensase que la iba a dejar sin vacaciones. Se apresuró a explicarle con bastantes malos modos que estaba recogiendo la casa para marcharse, porque tenía todo el día libre. A los señoritos les vinieron a buscar en dos coches cuando todavía era oscuro. No le podía decir más. Además, ya se lo había dicho el día antes.

—¿Dónde se fueron?

—Si le digo la engaño, mi niña... A mí no me dijeron nada... ¡Oh! Yo, ¿qué quiere que sepa?

Marta tuvo la certeza absoluta de que habían ido a ver al pintor. Su deseo era tan fuerte, que se engañaba a sí misma; llegó hasta a imaginar que había oído de boca de Hones que era este día precisamente, el dos de mayo, cuando pensaban ellos dar una sorpresa a Pablo presentándose allí, en aquel paraje medio desierto donde se había refugiado con sus pinceles.

De pronto le pareció que si no iba ella también a ver a Pablo quedaba chasqueada y fallida. Si no lo hacía, no tendría fuerzas para seguir su plan y salir de la isla. Necesitaba un amigo que la ayudase. Únicamente él, en el mundo, podía tenderle una mano... Decidió marchar a verle por sus propios medios, porque nada es difícil cuando se desea de veras, nada es imposible, y eso el mismo Pablo se lo había dicho... Salió de casa de sus tíos dispuesta a ir a los barrancos a toda costa, aunque fuese a pie y tardase días.

Era muy temprano. Por las calles tranquilas se oían campanillas. Unas beatas, con sus mantillas negras, iban hacia la iglesia cercana. Pasaban unas cabras. Se detuvieron arracimadas frente a un portal. El cabrero llamó a la puerta cerrada, hasta que una criada soñolienta apareció llevando en la mano una vasija que tendió al hombre. Luego se apoyó en el quicio para ver ordeñar la leche.

Detrás de las casas el mar olía, azul, espléndido.

XIII

Con las piernas colgando en el asiento altísimo y saltarín, Marta se notaba ensordecida por el ruido del motor del coche de línea.

Estaba cayendo la tarde. La carretera que va al sur por la costa este de la isla se había ido desenrollando en largas horas, con infinitas paradas. Marta, que, con la emoción de aquel viaje, había olvidado comer, se sentía mareada y liviana. Tenía media cara quemada por el sol y polvo en la nariz y en la garganta.

El viaje había comenzado a primera hora de la tarde. Sólo un coche de hora llegaba hasta el fin de aquella carretera en todo el día. Éste era el que Marta había cogido por fuerza. Empleó toda la mañana de inactividad en casa de una amiga y tuvo que hacer un esfuerzo para no contarle sus proyectos, tan metida estaba en ellos. Le había costado mucho prestar atención a lo que la otra muchacha le decía. Y eso que también se trató en la conversación de cosas suyas, de su noviazgo con Sixto y de si su familia la dejaba o no la dejaba "hablar" con él.

—¡Qué más da! —había dicho Marta al fin, aburrida.

—¡Eres más rara...! Otra persona estaría desesperada.

—Otra persona sí.

Porque, ¿acaso no era otra persona a la que su amiga se refería? Ella no tenía nada que ver ya con aquellas historias. Luego las dos se estuvieron riendo sin entenderse y sin saber por qué.

Durante casi todo el viaje, cerca o lejos, el mar puso su frescura y su oleaje contra las piedras secas en el horizonte. Atravesó el coche de hora la ciudad más antigua de Gran Canaria: Telde, entre vegas verdes de platanares. Marta sintió el mareo de los bancales de plataneras, de las palmeras, las piedras secas, los llanos... Pueblos llenos de pereza cáliza, moscas y chiquillos.

Marta se hizo amiga del conductor. Se había colocado en un asiento individual junto a él. Era un hombre ya mayor, serio, con aspecto de ser de pocas palabras; pero el aspecto engañaba, y pronto sostuvieron una conversación animada. Aquel hombre cuadrado, bigotudo y simpático conocía la tienda de Antoñito porque solía dejar recados en ella, y desde luego dijo que dejaría allí a la niña sana y salva.

A cambio de esta promesa, quiso él saber quién era Marta, la edad que tenía y por qué iba a aquella tienda. Se asombró mucho de todo lo que decía ella. Había conocido, según dijo, a su abuelo Rafael, y hasta era medio pariente suyo porque los dos venían del mismo pueblo, y una hermana de la abuela de don Rafael había sido precisamente la abuela de aquel hombre con quien hablaba Marta.

Cada vez el chófer se volvía más cordial y charlatán, a pesar de que a veces el estruendo del motor era tan horrible que impedía oír las palabras. Criticó a los parientes de Marta por dejarla ir por ahí sola, como si fuera una cualquiera, y dijo que a una hija suya no le consentiría él una cosa así. Frunció las cejas amenazadoramente para decir eso, y Marta se alegró de no ser hija suya. Pero en seguida Marta sonrió y se dejó proteger por aquel hombre.

Sus relaciones se enfriaron cuando el chófer insistió varias veces en convidarla a un café con leche o un vasito de vino y Marta se negó tozudamente. Otro día cualquiera ella habría aceptado con la mayor naturalidad, pero precisamente entonces estaba hambrienta, no tenía dinero y deseaba enormemente lo que se le ofrecía. por esta misma razón a Marta de pronto le pareció un abuso el que este hombre, que tenía un familión que mantener, gastase su dinero en alimentarla a ella, que todos los días comía más de lo que necesitaba.

El chófer acabó ofendiéndose. Marta no lo supo, sino que notó como un alivio en el silencio que se extendió entre ellos, y se dedicó a mirar el paisaje.

La Cumbre quedaba a la derecha. Una Cumbre extraña desde aquel ángulo, alejada por llanuras. Y el cielo también era extraño, cálido y calmado, con una hermosa tristeza en sus colores lisos.

Llegaron las alucinantes plantaciones de tomates con sus encañados que daban un aspecto blanquecino al campo en oleadas de kilómetros. La carretera seguía... Llegaron a las puertas del desierto. Las casas blancas, de aspecto colonial, con palmeras en sus patios externos rodeados de muros, hacían recordar relatos árabes. Marta se sintió emocionada porque aquel paisaje le gustaba a Pablo y le iba acercando a él.

Ahora estaba bajando algo el calor del día, cuando entraron en las tierras negras de lava. Extensos barrancos venían desde las lejanas cumbres. Un oleaje de piedras retorcidas sembraba el campo, al que la hora daba tonos rojizos. Podía uno imaginar que aquella ancha corriente petrificada era de fuego aún, como en los días en que corría hacia el mar.

Marta, cegada por aquellos reflejos, no veía huella humana alguna. Sin embargo, el enorme coche se detuvo.

—Ésa es la tienda de Antoñito el barquero, mi niña.

Quizá el hombre seguía un poco fastidiado con ella, ya que no se bajó para acompañarla hasta la tienda. Le dio la mano, y como pariente le ofreció su casa, en el risco de San Nicolás, en Las Palmas.

Al cesar el ruido del coche, Marta quedó casi mareada en la carretera, viendo cómo el enorme vehículo seguía su camino entre una nube polvorienta, cruzando un pequeño puente sobre el barranco y desapareciendo al fin.

La tienda era una casita de cemento, de una sola planta, muy pequeña y solitaria, que aparecía cerca de la carretera. Frente a ella, las alucinantes tierras de lava terminaban en el telón de las montañas encendidas en el crepúsculo. Montañas que a Marta le parecían desconocidas, de formas geométricas, achatadas, extrañas, envueltas en vapor rojo y azul como si los valles fueran hogueras que les lanzasen su resplandor y su humo. Detrás de la casita seguía el barranco anchísimo, hasta el mar. Unas formas oscuras, unas chozas agrupadas, podían distinguirse allá lejos, cerca del agua. Por única vegetación aquellos cactos enormes, los cardones, más grandes que las grandes piedras. Parecían hogueras verdes entre la negrura del terreno. El suelo despedía calor. Y la raya del agua, allá lejos, daba una impresión de serenidad, tristeza y ensueño. Por lo menos esta sensación tuvo la niña.

La puerta de la casa estaba abierta. Marta vio encenderse una luz en su interior. Se acercó. Una mujer colgaba en la pared un candil de carburo y la miró como espantada.

Era una tienda pequeña, con un mostrador mugriento. En las estanterías había muchas botellas. Olía a vino y a aceitunas. Se vendían allí escobas, estropajos, pan, alpargatas... Una puerta, al fondo, dejaba ver un pasillo oscuro y luego el cielo de un patio.

La mujer fue muy amable con Marta; inmediatamente le alcanzó una silla y se hizo cruces de que hubiera venido sola. Se interesó mucho al saber su nombre, y dijo que la recordaba perfectamente. Hizo tantas exclamaciones enternecidas, que daba la impresión de que hasta la hubiese mecido en sus brazos de chiquitina. Se limpió una lágrima recordando a Teresa y a su desgracia, aunque, según confesó, nunca la había conocido más que de oídas. De cuando en cuando se iba hacia la puerta del pasillo y daba una voz terrible:

—¡Antoñito!...

A esta voz no contestaba nadie, aunque debía de atravesar todas las pequeñas dependencias de aquella casa frágil.

—¡Ay, mi niña querida del alma!... Aquí no estuvieron esos señores peninsulares que usted dice... ¡La engañaron, mi niña! ¡Tal desgracia!... Aquí sí viene ese caballero cojo. Nosotros le damos la comida porque trajo una recomendación, pero no tenemos sitio para que duerma, y se queda allá en las chozas. Por la noche deja aquí en casa las cosas de pintar, porque allí, ¿usted sabe?, no tienen sitio. Son gentes muy pobres... Pero él, ¿le toca algo a usted? ¡Ave María!... Y ¿él sabe que usted viene?

A cada momento la mujer se santiguaba.

—¡Antoñitooo...!

A Marta le dio risa aquel berrido. Estaba cansada. Sentada en una silla, apoyados los brazos en el mostrador. Un pescado salado colgaba del techo. Su olor le producía náuseas en el vacío estómago.

Al fin apareció Antoñito, que era un viejo gordo y repugnante con la camisa salida de la faja que le rodeaba los pantalones.

—Mujer, tal bulla; ni que pasara algo...

Se asombró de ver a Marta, pero no hizo demostraciones como la mujer. Él le informó que don Pablo se había ido por allí, hacia las casas de los barqueros, a pintar. Estaría al volver, porque ya no había luz. Su mujer se iba a poner ahora mismo con la cena.

Marta no soportaba los olores de la tienda.

—Voy a buscarlo.

—¡Ave María!... Antoñito, va...

—No, no.

Antoñito se frotó la nariz con una manga, luego miró a Marta socarrón y desvió los ojos.

—Como quiera, mi niña... Tenga cuidado y no se pierda. ¿No le da miedo?

El hombre era pesado y rojizo, calvo, pero con una pelambrera canosa en el pecho que le salía por la camisa entreabierta. La mujer, renegrida, era mucho más joven.

A Marta le parecía que ya nada en el mundo podía darle miedo. Salió de la casa y vio que el día acababa y un silencio, que los grillos y el lejano rumor marino volvían más impresionante, lo llenaba todo. Calor. Era una noche de calor. Más que nunca los cardones daban la impresión de fuego verde. Aquello era de una hermosura trágica, seca.

Marta iba por entre las piedras, transportada, en busca de Pablo. Allá abajo el mar tenía un tono rosa y plata, bajo el cielo rojo oscuro, antes de ennegrecer totalmente.

Se encontró perdida, de pronto, en un bosque de monstruosas plantas desérticas y de piedras. Iba por una hondonada del terreno. Se quedó angustiada un momento, pero el pensamiento de que iba a ver a Pablo la reconfortó, y a poco volvía a ver el mar. Vio también unas luces tristísimas allá a la sombra de las viviendas, mientras encontraba una especie de senderillo entre las grandes piedras.

Se le presentó, de pronto, a la vista el bulto de un hombre y el de un niño, y casi se asustó. Luego reconoció a Pablo en la figura del hombre, que llevaba un bastón, y le dio una alegría grandísima. Estaba tan desfallecida, nerviosa y exaltada que temblaba. Vio que Pablo se detenía en seco y se ponía la mano sobre los ojos. Corrió hacia él, conteniendo el deseo de abrazarle.

Marta tenía a sus espaldas la Cumbre con el poniente. Su figura, a contraluz, parecía algo irreal en aquel mundo silencioso. Cuando el pintor llegó a reconocerla, quedó desconcertado; no se explicaba aquella presencia. Todo su afán era encontrar a alguien más detrás de Marta.

—He venido sola. Le explicaré...

Pablo dio una palmada en el hombro al chico que le llevaba el caballete plegable y la caja de las pinturas.

—Corre delante, anda...

Marta se había apoyado en una piedra ardiente de todo el día de sol. La noche caía rápida sobre ellos, sofocante, con estrellas rojizas. Rápidamente el mar se volvía de un negro brillante, y negras las siluetas de los cardones, hieráticas, duras. Pablo le puso las manos en los hombros, la mirada sonriente, esperando algo.

—Esto es una broma, ¿verdad?... ¿Quién ha venido contigo?

Hacía calor. Parecía el calor de una noche de Levante. Punzaban las sombras de los cardones. Marta dijo con voz muy ronca:

—Yo sola.

Pablo movió la cabeza y se empezó a palpar los bolsillos, sin decir nada. Iba a sacar un cigarrillo. Marta conocía aquel gesto. A la luz de la cerilla vio él la cara de la muchacha y le pareció exhausta, con ojeras. Ella también vio, un instante, los ojos del pintor, llenos de inquietud. Luego quedaron envueltos en la noche y el resplandor del mar.

Pablo estaba asustado. Se le notaba en la voz.

—Te debe haber pasado algo muy grave. Esto es una locura. Hay que buscar inmediatamente un coche que te lleve a Las Palmas... Vamos hacia la carretera. Cuéntame, anda.

Marta no se movió. Allí mismo, como si estuviera clavada contra la roca, empezó a hablarle ansiosamente. En unos minutos le explicó, llena de ardor, su decisión de marchar, su necesidad de ayuda, su equivocación al venir aquel día, creyendo que estarían con él los tíos.

—Pero, aunque me cueste un disgusto, no me importa nada. Me parece que nunca he sido tan feliz como ahora.

Pablo la cogió del brazo para hacerla andar de nuevo hacia la carretera. Le dijo, cuando empezaban la marcha:

—Hija mía... Tu cabeza no rige bien, te lo aseguro.

Sin embargo, no había enfado en su voz.

Luego se detuvo como sofocado, y se oyó el cansado cric cric de los grillos. Soltó el brazo de Marta y sacó de su bolsillo una pequeña linterna, porque a cada momento tropezaban. Terminaron el camino en silencio y se encontraron al final de él a Antoñito y la mujer, llenos de sonrisas, de miradas burlonas y codazos.

A la luz de la casita Marta resultaba muy poca cosa. Una criatura rendida, con la cabeza baja.

—¿No hay manera de que alguien lleve a la señorita esta noche a Las Palmas? —preguntó Pablo.

Hubo muchas exclamaciones de pena. ¡Qué va! Ya no pasaba nadie, hasta el coche de hora, por la mañana temprano.

—Si viniera algún coche, o alguna camioneta, lo parábamos... Pero, ¡cualquiera sabe!... Ya les tengo preparada la cena.

Antoñito se rascó la cabeza y dijo que quería hablar con don Pablo, con perdón de la niña, a solas.

Marta volvió a quedarse en la tienda solitaria, alumbrada por un candil de carburo y aromada violentamente por el pescado seco. Oyó discutir a Pablo y al tendero. Antoñito no quería darle a ella hospitalidad aquella noche. Pablo parecía furioso.

—Usted sabe que no tenemos sitio. Y, luego, yo no quiero enemistarme con don José...

—Eso está muy bien. De modo que cree usted hacerle un favor dejándola en la calle, ¿no?

Después, Marta no entendió ya lo que decían. Venía un olor de guisos por el conducto del pequeño pasillo y ella tenía hambre. Le zumbaba la cabeza. No le importaba nada la discusión del tendero; le daba lo mismo pasar allí o en el campo raso aquella noche maravillosa. Sabía que Pablo se ocuparía de ella.

Pablo volvió en seguida. Parecía muy fastidiado y su bastón golpeaba, furioso, en el piso de cemento.

—¿Has oído lo que dice ese buen hombre?

—Sí; ¿qué importa? Ya hablaremos luego.

—¿Cómo "qué importa"?... ¡Bueno! ¡Estamos arreglados!

Pablo, asombrado, vio que Marta no parecía demasiado intranquila, aunque sí parecía muy cansada; pero incluso este abatimiento se esfumó delante de la comida. A la luz del carburo, en un cuartito pequeño, Pablo vio cómo la muchacha devoraba el caldo de papas, el pescado fresco, el queso... De cuando en cuando le sonreía. Estaban separados por una mesa cubierta de hule. Contra la pared se amontonaban cajones. Olía a jabón basto, y a comestibles. Aquello era el comedor y el almacén de la casa a un tiempo. Al pintor empezó a resultarle simpática la chiquilla. Se daba cuenta de que le tenía cierto afecto, a pesar de que por otra parte se sentía tan molesto.

La mujer de Antoñito se disculpó porque el agua que vertía no era muy buena. Aquella mujer entraba a cada momento y se paraba a mirarlos a los dos con asombro, como si el verlos comer fuera un magnífico número de circo y al mismo tiempo charlaba incesantemente.

—El agua es del aljibe, que por falta de lluvia está medio seco. Mañana esperamos agua mineral para don Pablo. Siempre tenemos, pero se nos acabó... La del pozo es salobre. Nosotros, muchas veces, la bebemos porque está fresquita que da gusto. Pero para los animales y las plantas no sirve, y a quien no está acostumbrado no le gusta.

Se oía animación en la tienda. Antoñito estaba atendiendo a un par de hombres que habían venido por unas copas. La mujer escuchó.

—Vienen a oler... Ya saben que usted llegó. Con eso Antoñito les pregunta si tienen alguna cama, aunque sea para la niña, porque aquí don Pablo ya sabe que nosotros no tenemos más que la alcoba y dormimos con los cuatro niños.

—Bien; pueden poner un colchón en el suelo a la señorita, si quieren. Siempre estará mejor que en las chozas. Aquello no es sitio para ella.

Como Pablo estaba realmente rabioso, la mujer se apresuró a escabullirse. A Marta le daba risa. Hubiera reído por cualquier cosa.

Al fin estuvieron solos. Oían en el patio el ruido del pozo; la mujer sacaba agua y al mismo tiempo gritaba algo a sus hijos allá afuera. En la tienda, las voces de los barqueros parecían ladridos... Habían acabado la cena. En aquella habitación hacía calor. Por primera vez Marta se fijó que las cucarachas andaban entre los cajones de comida. Se alegró de no haberlas visto antes de la cena, pero pensaba que quizá habría comido de todas maneras, tanta hambre tenía.

—Marta, tengo que hablar contigo seriamente.

—Dígame... Yo le escucho todo lo que me diga.

Como Marta levantaba hacia Pablo una cara anhelante, él se sintió confuso. La niña tenía abandonada sobre el hule de la mesa una mano morena del sol, delgada y fuerte, que él estuvo mirando en silencio.

El pintor estaba pensando que aquella criatura era una niña loca y mimada sin chispa de seso en la cabeza, dispuesta a fastidiar a quien fuese para conseguir sus caprichos. Cuando la conoció unos meses antes en su casa le había parecido extraordinariamente tímida y sensible; después se le había hecho un poco molesta. Quizá la causa de esto estuviese en que una noche estando algo mareado le había hablado de su mujer y no podía recordar qué atrocidades podría haber dicho en un estado como el que él tenía en aquellos momentos. Ella le escribió una carta absurda en la que le daba a entender que le consideraba poco menos que un santo, y él se sintió contento de romper estas relaciones, un poco pesadas ya, cuando Matilde le llamó la atención diciéndole que podían perjudicar a la chiquilla. A pesar de eso, había seguido teniéndole simpatía porque era tan joven y parecía un poco enamorada de él. Más tarde se sintió defraudado por lo que le contaban de ella. Se había destapado de la manera más vulgar escandalizando a sus amistades con locuras, y por último, viniendo a buscarle y a fastidiarle sin ninguna consideración.

Sin embargo, y sin saber por qué, las manos de ella al atraer su atención le calmaron un poco. No es que fueran unas manos bonitas, pero eran, si esto puede decirse, unas manos llenas de inteligencia, franqueza y desamparo. Unas manos capaces de trabajar, sufrir y sentir. No eran inútiles ni delicadas, ni sensuales. No parecían hechas para acariciar, pero sí para moldear, para recoger en el tacto de sus delgados dedos, un poco ásperos, mil cosas de la vida, del alma de las gentes. Eran espirituales y al mismo tiempo constructivas. Eran capaces de crear algo... A Pablo se le ocurrió que aquellas manos tenían un profundo interés para pintarlas, y una gran dificultad, al mismo tiempo, porque su encanto no residía precisamente en la forma, sino en lo que esta forma sugería. Estos pensamientos disiparon en gran parte su enfado, y sobre todo le hicieron desaparecer la idea de vulgaridad, necedad y sensualidad barata que ahora aplicaba sin querer a la imagen de la sobrinita de Hones.

La hizo salir de la casa, atravesando el patio, por la puerta trasera. La mujer, junto al pozo, lavaba platos en una pileta al aire libre, con el agua negra, donde se reflejaban las estrellas. Pablo le dijo:

—Estaremos aquí mismo... Llámeme si deciden algo para esta noche.

—En último caso, yo me quedo aquí en el patio con una manta o unos sacos —dijo Marta, complaciente. Le parecía agradable la idea de dormir al aire libre.

Los chiquillos en un rincón en sombra la miraban con sus ojos brillantes. Iban muy desarrapados.

El aire caluroso, como una respiración, les envolvió al salir. Salía del mar la luna casi llena con los bordes apenas carcomidos. Extraordinaria luna caliente. Luna sin viento. Las tierras desérticas que alumbraba parecían lunares también, irreales; el mar ardía. Marta se sintió también devastada, quemada como aquella tierra.

Disfrutaron de unos instantes calmados y llenos de belleza, como si al salir al barranco se hubieran encontrado en una enorme, maravillosa iglesia. Después Marta empezó a hablar de prisa, y como el pintor no había entendido bien aquello de sus proyectos de fuga, se los repitió de nuevo. Pero más tarde vio que tampoco esta vez había entendido del todo.

Fueron interrumpidos a la mitad de la explicación de Marta por la cuadrilla de los niños de los tenderos. Ya se había encontrado, dijeron, un lugar apropiado en las chozas para que durmiera la niña. Pablo se volvió a enfadar, y Marta lo vio marcharse a discutir otra vez con el matrimonio. No hubo remedio. En la tienda no querían tenerla a dormir por nada. Al fin, la mujer de Antoñito consintió en alquilar unas sábanas a la pescadora que la iba a albergar. Fuera de ahí, nada. Ni soñarlo.

Con todos estos contratiempos Pablo volvió a coger fuerzas para su propósito de reñir con Marta, y así lo hizo mientras iban hacia las chozas por el sendero lleno de calor, entre las piedras de lava donde los lagartos tomaban su baño de luna y los grandes cardones. Le dijo cuánto le había decepcionado, y qué poco valía a su juicio una criatura como ella que estando dotada de fuerza y de inteligencia se dejaba ir a la deriva de cualquier capricho, como una mujerzuela vulgar, y que ahora quería fugarse con su novio estúpidamente. Pablo no sabía que Marta le escuchaba arrobada, sintiendo ese gran placer que da a veces el que un ser querido se exaspere con nosotros y nos riña. Porque quien castiga así de palabra no tiene indiferencia, al menos, aunque sea algo injusto.

—Yo no me quiero escapar con mi novio. Yo no tengo novio. Quiero irme sola. No quiero quedarme aquí... Usted mismo, Pablo, me dijo muchas veces que debería procurar estudiar, salir de aquí de la isla, ver cosas nuevas...

—¿Yo...? ¡Bueno...! Entonces de ese chico con quien se te ve a todas horas, ¿no hay nada?

—No... ¡Usted, Pablo, es tan distinto de todo el mundo! Es..., ya se lo dije una vez, para mí un ser superior. Me da vergüenza decírselo porque sé que está mal lo que hice, y que usted puede juzgarme... Yo he besado a ese muchacho sin saber lo que hacía...; pero, de verdad, sé ahora que no lo quiero. Lo que quiero es irme de aquí.

Entonces Pablo se dio cuenta de que Marta estaba verdaderamente avergonzada, y que aunque pareciera imposible no había venido hasta él buscando una aventura del tipo de las que —¡pero de ninguna manera con tal desprecio de las conveniencias extrañas!— sin ir más lejos, buscaba su tía Hones a cada momento. Y Pablo se sintió más molesto todavía de lo que antes había estado, y sin saber ya, por unos momentos, qué decirle a aquella criatura.

Cuando vieron la casita que le habían designado, Marta no se atrevió a decir que hubiera preferido mil veces dormir al aire libre. Había causado ya tantas molestias que sólo le quedó sonreír, diciendo que estaría allí perfectamente. El pequeño poblado olía a cerdos y a excrementos, y a pescado podrido, aunque la proximidad del mar barría y purificaba aquello con su aliento de yodo y de sal. Las casitas estaban hechas de piedras, colocadas unas sobre otras sin unir. Marta dormiría en una de aquellas habitaciones, ocupada casi toda por un catre de viento donde habían puesto las sábanas limpias de la tendera. Dos mujeres dormirían en la misma habitación, sobre una manta, en el suelo. El cuarto se ventilaba por la puerta, que era de tablas, y que tenía una cortina de tela de saco. Junto a esta entrada, por la parte de afuera, había dos dependencias que completaban la casa; una cocina al aire libre tan misérrima como no se podía soñar, y el chiquero del cerdo.

Todas aquellas casas eran por el estilo. Marta miró a Pablo admirada. Pensó que era un hombre de espíritu extraordinario que podía vivir en semejante lugar sólo por su inspiración y su arte; de la misma manera que viven los santos en los desiertos.

Antes de acostarse estuvieron sentados en la playa, que era inmensa y desierta y se prolongaba hasta perderse de vista de ella. En aquel rato casi no hablaron, y para Marta fue de una felicidad extraordinaria, casi divina. Pablo le había explicado ya que él no la iba a ayudar en su fuga para nada, pero que si conseguía llegar al barco, él obtendría de aquella vieja cocleante que era Daniel, a juicio del pintor, que se pusiese de parte de la chica.

—No veo que sea muy difícil, no...

—¿No?

—A causa de tus buenas circunstancias económicas, señorita. A tus parientes les encanta el dinero.

—Pero yo no tengo nada.

—Es bastante con que algún día puedas tenerlo.

Marta pensó que más adelante tampoco tendría nada, porque no lo deseaba. Sólo deseaba ser como esta noche una criatura solitaria en el mundo, sin más compañía que la de un amigo elegido por su alma, sin bienes que la ataran ni la entorpecieran. No se atrevió a decirlo.

Más tarde, envueltos en aquel ruido pausado del oleaje, en el caluroso canto de los grillos, Pablo manifestó con cierta pereza sus temores por Marta después de la aventura de esta noche. ¿No tenía miedo de las complicaciones que iba a traerle en su casa? Pero ella dijo que de un tiempo a aquella parte sólo pensaba en las cosas malas cuando las tenía encima. Que le alegraba mucho el que él quisiera acompañarla a Las Palmas a la mañana siguiente. Pero que prefería ahora no pensar en eso porque era demasiado feliz.

Pablo se levantó con brusquedad del montón de arena donde estaba sentado al lado de ella, cuando Marta no lo esperaba. Fue algo muy repentino y casi doloroso. Un minuto antes parecía tan encantado y tranquilo como la muchacha oyendo el silencio y las lejanas voces de los pescadores.

—Tenemos que dormir.

Le sonaba la voz muy seca.

Ella no se atrevió a protestar. Estaba muy apenada. Le parecía que se habían terminado las mejores horas que le había ofrecido la vida.

El poblado estaba aún despierto. Los pescadores hacían su tertulia fuera de las casas. Pablo empujó a Marta hacia la choza donde tenía que dormir y se fue luego a la suya.

Dormía él en el incómodo catre de un pescador, sin ropas de cama, desde hacía días. Había encontrado en esta pobreza absoluta un alivio a sus preocupaciones de aquella temporada. Se llevaba una infinidad de apuntes de aquellos desolados parajes, y hasta casi esta noche había estado contento.

Se echó sobre la cama con cierta desesperación. Su cuerpo joven reclamaba fuertemente cosas a las que no estaba acostumbrado a resistir, y la presencia inocente y sosa de la niña había exacerbado en él aquellos deseos. En la oscuridad empezó a fumar. Se le representó claramente el cuerpo de su mujer, sus gestos y la naturalidad y la gracia un poco ordinarias que ella tenía en algunos momentos íntimos. Jamás encontró a nadie que le aprisionara de tal manera. Vivir con ella había sido un sufrimiento, pero también un placer comparable al que proporcionan algunas drogas. Sabía que de nuevo estaba a su alcance aquella vida con María porque tenía en el bolsillo una carta suya desde Méjico. En ella le contaba con cruel naturalidad cuán desgraciada se sentía, y cuánto necesitaba de él ahora. María no era ninguna estúpida, ni tampoco mala, a pesar de que él se consolase odiándola e insultándola en su interior. Le había hecho daño, pero también le había dado alegrías que ningún ser humano le proporcionó jamás; y si eso valía algo, gracias a ella se había vuelto un ser humano mejor, más comprensivo, menos vanidoso de lo que era antes de conocerla. Aquella noche se preguntó desesperado si la alegría de crear era suficiente para compensar la pérdida de aquel esplendor vital que le daba a todo la presencia de su mujer, y si, en definitiva, él como pintor podía hacer algo tan bueno que mereciera aquel sacrificio de renunciar a su sufrimiento y a su felicidad, porque eso sí, sabía que en cuanto los tuviese de nuevo aquel sufrimiento y aquella felicidad le bastarían, le llenarían todos los momentos, no le dejarían ni respiro ni espacio alguno para su arte. Junto a María era un hombre hundido.

El alba lo encontró como él era siempre, un hombre débil, atormentado por sus dudas, enormemente triste; un hombre que a Marta le parecía un santo.

Marta, mientras tanto, había caído sobre un colchón durísimo de paja y a su cuerpo le costaba trabajo adaptarse a los hoyos que había en él. El calor dentro de aquella sofocante habitación humana era horrible, y horribles los malos olores. La chica, en la oscuridad, tenía que rascarse a cada momento porque al parecer aquello estaba invadido por las pulgas. Le daba risa de pensar en la cara horrorizada que sus amigas hubieran puesto si por un agujero hubiesen visto su situación.

De ninguna manera podía dormir. No sólo por las incomodidades que la rodeaban, sino por aquella alegría inquieta que la recorría toda entre los tormentos de la picazón de las pulgas que invadían la cama, el espeso olor de pescado en putrefacción que parecía estar adherido fuertemente a cuanto la rodeaba y el calor ahogante. No pudo resistir más, y cuando las dueñas del cuarto entraron en él, dijo que quería salir un momento.

Nadie se lo impidió. Una vez fuera trató de fijar bien en su imaginación la forma de aquella choza, y su situación para orientarse más tarde, y se fue a la playa alejándose del poblado.

El aire cálido y el mar lleno de luz plateada la llamaban. Se desnudó rápidamente en aquella profunda soledad de la arena con luna, y se metió en el agua.

El mar guardaba el calor del día y Marta jamás había nadado así, con tal delectación, entre aguas cálidas llenas de luz. La vida le parecía irrealmente hermosa. Tendida sobre el mar, sintiendo flotar sus cabellos, empezó a reírse suavemente. Nunca nadie comprendería el encanto de esta aventura contándola con las limitadas palabras que tenemos para expresarnos. ¿Qué podría decir? "Así ha sido el más hermoso día de mi vida: no comí y me fui en un coche polvoriento a buscar a mi familia a un sitio donde no estaba. Encontré a una persona a quien quiero mucho que estuvo riñéndome de la manera más agria. Dormí en un cuarto horrible lleno de pulgas, y cuando no lo pude resistir más salí a bañarme al mar yo sola, desnuda, en la noche."

Y, sin embargo, ésta era la felicidad. Profunda, plena, verdadera. Cada uno tiene una manera distinta de sentir la felicidad, y ella la sentía así.

Y tuvo un temor grande y supersticioso de que el destino le guardara algo muy malo para vengar esta alegría que ella había alcanzado quizás indebidamente. Le parecía que jamás había oído contar a nadie que una muchacha de su edad hubiera tenido tal plenitud de dicha como la que ella sentía entre las aguas del mar del Sur, esta noche, sin merecerla.

XIV

AÚN había estrellas en el cielo; apenas una raya de luz aparecía sobre el mar, cuando Marta y Pablo se dirigieron a la carretera. No era cosa de perder el único coche de hora. Marta estaba mucho más asustada que por la noche.

—Aunque no sé por qué. No he hecho nada malo, en realidad.

Pablo la miró. Él tampoco sabía por qué le conmovía tanto, ahora, a aquella luz naciente, la cara de la niña.

—Has ido contra las conveniencias sociales, querida, como diría tu tío Daniel... Van a pensar muy mal de ti. ¿Tienes miedo?

—Sí, pero sólo porque creo que me encerrarán y será muy difícil arreglar mis cosas para fugarme.

Ante aquella energía, Pablo se sintió cansado.

—Querida Marta... ¿Y si yo te aconsejara que dejases todo eso? Debías quedarte aquí, casarte, tener hijitos en tu tierra y ser feliz.

—Hay tiempo para todo. ¿No cree usted?

Esto era difícil de contestar, porque, en efecto, Marta tenía mucho tiempo delante de ella. Aún no había cumplido diecisiete años.

—No sé... Puedes tropezarte gentes en tu camino que te destrocen la vida. No sé... Tengo miedo por ti porque eres una chiquilla loca, Marta Camino. No sé lo que esperas encontrar en el mundo.

Marta se sonrió.

—Quiero encontrar gentes como usted; gentes maravillosas, distintas, a las que no les importen las conveniencias sociales, sino el espíritu... Gentes de ideas elevadas... Y otras tierras, otras caras desconocidas.

Pablo se enfadó.

—No hay gentes maravillosas. Yo no soy maravilloso ni elevado. No te das cuenta de lo ridículo que me haces sentir. No sé qué tonterías pude decirte una noche que estaba borracho; a veces me he preguntado qué era para que desde entonces andes con esas manías.

Marta le miró con una gran dulzura que la hacía parecer mayor.

—Me explicó que quería mucho a su mujer. Que le perdonaba el que ella no le dejase pintar... Y que si no quería volver con ella no era por las cosas que ella le hubiese hecho o por lo que pudiera decir la gente, o porque no la quisiese, que la quiere mucho, sino porque usted es un artista, y primero es su arte...

Había poca claridad y Marta casi no miraba a Pablo mientras decía estas cosas, de modo que no pudo ver que bajo su piel morena él se ponía rojo.

Después de esto quedaron un rato callados, en la carretera. El día brotó rápidamente de las tinieblas, y estaba todo lleno de luz y olor marino cuando apareció el coche de hora que iba a Las Palmas.

Cayeron en casa de los tíos, en Las Palmas, de la misma manera que puede caer un demonio oliendo a azufre en una reunión de ateos. El desconcierto fue enorme al verlos aparecer cogidos de la mano... Porque Marta se aferraba sin darse cuenta a aquella mano como a una tabla de salvación.

Los tíos acababan de llegar también de su excursión. Habían ido a casa de unos amigos, en un pueblo llamado Azuaje, un lugar de maravilla lleno de verdor, flores y aguas murmurantes, lo más diferente que se pudiera soñar, de los barrancos de lava. Allí habían pasado la noche, y llegaron de excelente humor aquel mediodía, para encontrarse a la criada asustada diciéndoles que José había llamado varias veces por teléfono para preguntar por su hermanita, y que parecía muy enfadado.

—Pero es usted estúpida, mujer —decía Matilde a la criada—. ¿Cómo se le ha ocurrido decirle a don José que la niña se fue con nosotros...? Pero, ¿no sabe usted que eso no es cierto?

—¡Oh, señora, no ofenda, vaya...! Yo al caballero no le dije nada; yo al caballero le dije: "Si le digo, le engaño, don José". Yo no se adónde fueron todos ustedes...

Estaban todos en el antiguo despacho del abuelo de Marta, en la parte baja de la casa, junto a la cancela de entrada. Aún no habían subido a cambiarse los trajes, que conservaban las arrugas y el polvo de la excursión, y Daniel estaba nervioso porque sentía las manos llenas de polvo y microbios. Hablaban todos a la vez, cuando sonó la campanilla de la cancela y aparecieron Marta y Pablo cogidos de la mano. Hubo un silencio de unos segundos y en el silencio se oyó la cigüeña de Daniel:

—Cloc cloc cloc cloc...

Matilde le miró furiosa. Honesta a quien miraba era al pintor y a la niña, con los ojos muy abiertos, ruborizada y ofendida. Aquello duró medio minuto, hasta que Matilde se repuso.

—Pero, bueno... ¿Me queréis explicar?

Marta se sentía muda, pero Pablo, muy sonriente y quitando importancia, contó con toda amenidad la equivocación de Marta y su aventura. Se reía él sólo, porque los otros estaban muy serios. Hones no parecía la misma de siempre, con aquella expresión de furia. Volvió a mirar a Pablo como si quisiera fulminarlo, y salió sin más de la habitación.

Daniel se dejó caer en una silla, con la boca fruncida. Pablo seguía tan fresco.

—Ya he reñido yo a esta niña, de modo que no la mires de esa manera, Matilde, que aquí no estamos en el cuartel... Lo mejor será decirle a su hermano José que ha dormido con vosotros en Azuaje. Eso quitaría muchas explicaciones innecesarias.

—¡Innecesarias...! ¿Pero quién te has creído que somos nosotros? Nunca me imaginé de ti... esa..., esa... impertinencia.

Matilde sentía tanta indignación que se ahogaba. Se volvía ahora a Marta. La muchacha se había refugiado en el rincón más lejano, detrás de la gran mesa de despacho. Estaba muy pálida. Se destacaban claramente las pecas de sobre su nariz.

—Bueno, y tú, ¿qué dices? ¿También crees que puedes hacer lo que te dé la gana sin que nadie se meta contigo ni te corrija?

Marta tragó saliva. Luego movió la cabeza en sentido negativo. Le salió una voz muy débil.

—Quizá sea mejor pagar... A mí no me importa pagar lo que he hecho.

—¡Pagar...! ¡Qué ridiculez! ¿Qué quieres decir con eso de pagar?

—Estoy dispuesta a lo que quieran hacer conmigo.

Parecía que se tratase de una sentencia de muerte. Matilde se enfureció más.

—Cualquiera que te oyese pensaría que eres una mártir, y en mi vida vi una chica más descarada... Ni que te fueran a matar en tu casa.

—Pino quiere encerrarme en un correccional.

—¡Pues es una buena idea, para que te enteres!

—Hijita..., recuerda que eres una dama...; esa palabra correccional es horrible... Pero, Martita, tú has ofendido las buenas formas... ¡Una niña distinguida...! Lo que Pablo quiere es imposible... No cuentes con nosotros.

—No cuento con nadie... Ya estuve una vez encerrada quince días sólo por tener un novio, un muchacho al que conozco de toda la vida... Nadie fue capaz de decir algo a José en mi favor.

Daniel y Matilde se miraron y por encima de ellos,

Marta vio que Pablo la miraba a ella como animándola, y sintió un agradable calor en la garganta. Daniel continuaba sentado, con su expresión estúpida, y Matilde, de pie, inquieta, con aquellas manos suyas, tiernas, que eran tan diferentes de todo su cuerpo y que no podía dominar, moviéndosele, frotándose una contra la otra a pesar de ella misma. Pablo remachó:

—Tú sabes que José aprovecharía cualquier ocasión para encerrar a su hermana. Tú misma has comentado que ese hombre quiere tener a la niña bien cogida, y que de ninguna manera permitirá que se case hasta que él la haya despojado de su fortuna o por lo menos de todo lo que pueda.

Daniel se asustó tanto al oír esto que hasta se le olvidó el tic de la cigüeña que tenía en los labios. Matilde también se asustó.

Marta oía estas cosas asombrada. Nunca se le había ocurrido. Vio que Matilde la miraba de reojo.

—No sé con qué derecho dices eso, Pablo. Nosotros jamás... Mira, nos estás ofendiendo.

Dio dos o tres paseos por la habitación. Volvió a encararse con Pablo.

—Y si quieres que te diga la verdad, no sé con qué derecho te metes en nuestras cosas... Tú tienes la culpa de todo este lío por irte a esas chozas sucias a pintar... Me revientan las poses de todas clases, ya lo sabes. Y, mira, sería mucho mejor que te fueras a cambiar de ropa y a afeitarte. Tienes todo el aspecto de un vagabundo...

Daniel murmuró algo así como que estaba malo, y que se iba a tomar un poco de agua de azahar, y salió del cuarto.

Sólo quedaban ellos tres. Matilde, nerviosísima; Pablo, siempre risueño y al parecer dispuesto a no marcharse de allí hasta que todo se arreglara, y Marta, tan conmovida por su actitud que hasta había olvidado su miedo. Matilde se dejó caer al fin en una silla mirando al suelo, pensativa, con un codo apoyado en la mesa del despacho. Fue en aquel momento cuando sonó el timbre del teléfono. Pablo lo cogió. Matilde se puso en pie de un salto mirándole, furiosa, pero se tranquilizó, como vencida, al ver que él se lo tendía inmediatamente.

—Es tu sobrino José. Quiere saber qué tal os ha ido en la excursión.

Matilde tomó el aparato, y casi inmediatamente frunció el ceño y cambió de actitud.

—Sí..., hemos ido a Azuaje... Hombre, no creíamos que tuviésemos que avisarte de todas nuestras salidas, me parece a mí, vamos... Ah, ¡la niña...! —Matilde vacilaba—. La niña..., sí, me parece mal... ¿Sólo un papel? Sí, eso está mal. ¡Yo no podía imaginarme...! Sí, está aquí, sana y salva... ¿De modo que Pino...? ¡Pobre Pino! Llámala para tranquilizarla... Si quieres la llamaré yo... Sí; Marta piensa ir al Instituto esta tarde, como todos los días, si tú no dispones otra cosa... Daniel, regular. Esta tarde irá por ahí... Adiós.

Mientras Matilde había ido hablando, su cara se había dulcificado; por ella parecían vagar sombras, dulzura, bondad. Colgó el auricular con un suspiro, como quien se rinde al fin.

Pablo la había mirado a ella, y también a Marta que parecía como indiferente a aquella conversación, muy quieta y serena.

Pablo empezó a reírse silenciosamente.

—Matilde, ¡eres estupenda!

Daniel apareció en la puerta.

—¿Qué pasa? Decidme, por favor... ¡Si vierais los ruidos que hace mi vientre!

Marta empezó a reírse entonces, nerviosa, sin poderse contener, y Matilde, en vez de enfadarse, se rió también y también Pablo.

Al cabo de un rato se despidió el pintor, y la niña, muy bajito, muy conmovida, le dio las gracias cuando le acompañaba a la puerta.

—No me des las gracias. Hacía tiempo que no me divertía tanto... Ah, te voy a decir una cosa. Estos días no se te ocurra venir a verme. No conviene. Pero si logras tus planes, ya sabes...

Sonreía, muy cariñoso, en buen ánimo, como tienen las personas después de reír con ganas. Los ojos de Marta brillaban, cálidos, verdes, en sus estrechas rayitas oblicuas. No sabía, claro, cuando miraba alejarse al pintor, que aquellas palabras que se habían dicho eran las últimas que iban a cruzarse entre ellos.

Pablo pensó en Marta con una sonrisa durante los dos días siguientes. Casi deseaba que ella lograse sus proyectos de fuga y embarque, por el regocijo que le suponía pensar en la cara de los Camino cuando se les presentase a bordo su sobrina, con aquella cara emocionada e inocente que tenía siempre y que desarmaba. Pero estos pensamientos del pintor surgían sólo de tarde en tarde. Sus propias preocupaciones y fastidios eran muy grandes y lo absorbían.

El viernes 5 de mayo, Pablo se despertó, sudando, en su cama. Por la ventana abierta vio el mar en calma chicha, de un color rojizo bajo un cielo sucio y polvoriento.

No corría ni un soplo de aire. Su patrona le informó que había venido un tiempo de Levante. Esto quiere decir que se paran los vientos de la isla y sólo llega el soplo del desierto africano. Le informó también que por fortuna este tiempo no duraría. Quizás a la mañana siguiente ya habría pasado.

—Quiera Dios que no venga una plaga de langosta como otras veces pasa.

Aquel tiempo tuvo a Pablo desganado y rabioso con él mismo. Le pareció, mientras el insoportable día se deslizaba, que había sido absurdo el venir a esta isla de Gran Canaria y el pasar en ella tantos meses inútiles. Inútil también aquella tontería de haber vivido unos días en las cabañas de los pescadores. Era un histrión ante él mismo. No tenía nada que hacer con los pinceles en la mano. Jamás sería un gran artista, jamás... La ciudad le parecía aburrida, pequeña, miserable, agotadora. Su aventura con Honesta Camino se le representó como lo más estúpido a que se había dejado llevar en la vida. Y, en fin, no veía la hora de salir de aquel rincón del mundo.

Por la tarde le llamaron los Camino para invitarle a cenar, y su ánimo, repentinamente, cambió algo. Aceptó. La casa de los Camino era antigua y fresca. Honesta tenía las suficientes virtudes domésticas para que la cena fuese agradable y bien presentada, y los vinos de las bodegas de José eran muy buenos.

Pensó que había tenido un acierto al ir allí cuando se encontró sentado a la mesa entre todos ellos.

La conversación, a pesar del calor, que aplanaba, se hizo muy animada porque todos estaban emocionados con el final de la guerra y con la idea de volver a aquella ciudad, Madrid, perdida tantos años.

Pablo pensó que a él no le esperaba nadie en Madrid, y que allí no estaba su vida. Al impulso de estos pensamientos empezó a echar demasiado vino en su vaso. Entonces sintió que por debajo de la mesa Hones le rozaba con su pie.

Cuando la cena estaba terminando ocurrió algo inesperado que les conmocionó a todos. En el piso de abajo sonó el timbre del teléfono, y Matilde, que acudió a él, oyó la voz de don Juan el médico. Al parecer telefoneaba desde la finca del Monte.

—Ha ocurrido una desgracia muy grande... Teresa ha muerto repentinamente... Sí, la pobre Teresa, la mamá de Marta...

Don Juan pedía que hicieran el favor de subir todos allí, al campo, aquella noche. También les pedía que fueran a buscar a su ama de llaves, que, como ellos sabían, era la madre de Pino; ya que Pino, pobre criatura, estaba muy afectada por todo aquello y la necesitaba.

Pablo sintió que Honesta, en el nerviosismo del momento en que Matilde apareció con aquellas noticias, se apoyaba en él, como para no caer desvanecida...

—Ven con nosotros, Pablito, por Dios...

Pablo pensó que en realidad no podía hacer nada mejor aquella noche que acompañar a estos amigos en unas circunstancias así. Pero estaba tan atontado aquel día, que le parecía estar entre las brumas de un curioso sueño, y se sorprendió cuando se vio metido en un coche de alquiler con todos los Camino y con la madre de Pino, una mujer inmensa y suspirante, subiendo al campo en la noche de más calor que recordaba haber sufrido durante su estancia en la isla de Gran Canaria.

TERCERA PARTE

XV

DESDE los últimos tramos de la escalera del comedor, Marta veía toda la perspectiva de la gran habitación de abajo convertida en capilla ardiente.

Encogida allí, oculta en la sombra, la muchacha podía ver la cara de su madre muerta, y su cuerpo envuelto en un sudario, desaparecido casi entre flores.

Todas las ventanas estaban abiertas sin que entrara un soplo de aire. Las llamas de las grandes velas de cera ardían derechas, y subía derecho un bisbiseo de rezos por el alma de la difunta.

Desde el lugar donde estaba escondida, Marta podía ver las piernas de su tía Hones, un poco abiertas, provocativas, tal como Pablo las había dibujado una vez. El traje se le subía a veces, y entonces una mano blanca y llena, un poco grande, corría a remediar este descuido.

Veía Marta a la majorera, sentada junto al cadáver, muy quieta, con el pañuelo negro echado sobre los ojos. Veía a Matilde, alta y nerviosa, que ya se había salido al jardín varias veces para fumar un pitillo. También estaban dos señoras, antiguas amigas de Teresa, que habían llegado para velarla aquella última noche.

Allí estaban, en fin, todas las mujeres. Los hombres habían hecho un refugio en el cuarto de música. Las criadas jóvenes fueron a llevarles café más de una vez. Estaban Daniel y José, don Juan el médico, y Pablo; pero a ellos Marta no les veía. Sabía que Pablo estaba en la casa desde hacía algunas horas. Lo había visto desde lejos a su llegada.

Abajo se estaba terminando el rosario. Al fin, el suave murmullo de los rezos se apagó. Hubo una pausa larga en la que se oyó el chisporroteo de los cirios. En el tremendo calor era sofocante el aroma de las flores. Las dos señoras amigas, enlutadas, se levantaron para despedirse. Estrecharon las manos de Honesta y Matilde, y se acercaron a contemplar una vez más la cara de Teresa.

—Está como dormida. Pero no parece sea ella... Cuando se la ha conocido, como nosotras, en plena juventud...

Las señoras saludaron también a la gruesa madre de Pino, que apareció en el campo visual de Marta muy vestida de negro, para la ocasión, con su traje apretado de mangas largas, tan ajustadas a los brazos que amenazaban estallar. Marta oyó que susurraba su nombre, y se encogió una vez más entre las sombras de la escalera.

—Se acostó, la pobre; está rendida.

—De todas formas no demuestra demasiado sentimiento.

Se iban. Aún contestaba la madre de Pino a otra pregunta.

—Destrozadita... Tengo miedo por ella... ¡Tantos años cuidándola!

La madre de Pino miraba furtiva, medrosa, hacia el ángulo en el que la majorera permanecía sentada. Marta recogía en sus orejas ese nerviosismo, ese cuchicheo. Preguntaban por Pino, que había caído realmente enferma en cama aquella tarde... Todas las mujeres, menos la majorera, despidieron a las visitas acompañándolas hasta la puerta.

Unos momentos después se oyó en el jardín el motor de un automóvil arrancando. Las señoras se iban... La madre de Pino entró antes que nadie en la casa, y con cara de disgusto y de cansancio se dispuso a subir las escaleras. Iba sin duda al cuarto de su hija.

Marta se retiró, nerviosa, por el corredor hasta su alcoba. Allí, detrás de la puerta, oyó los pasos de la buena mujer acercándose cada vez más. Fue al otro lado de su puerta donde sin duda se detuvieron. Conteniendo la respiración, Marta escuchó el jadeo de la otra mujer, su cansancio. Luego unos discretos golpecitos que le retumbaron en los oídos... Un silencio. Marta no quería ver a la madre de Pino. Una nueva llamada. La muchacha se decidió al fin a abrir. Lo hizo tan de repente, que la otra mujer se sobresaltó al verla aparecer sin haber oído antes sus pasos.

—¿No estarías durmiendo, mi niña?

—No.

—Déjame pasar un pizco... ¡Ay, Dios mío, qué cansados estamos todos!

Se sentó pesadamente en una silla de aquella habitación invadida por la luna. No era necesario encender la luz.

A Marta le dio mareo y asco aquella presencia oscura que transpiraba sudor por las axilas empapando su traje de lana negra, y empañando el aire del cuarto. Marta no tenía trajes negros. Iba de blanco y al claro de luna parecía un pequeño fantasma. La mujer debía de estarse fijando en este detalle desde su sombra.

—Me han dado palabra de que mañana mismo tendremos los trajes teñidos para la hora del entierro.

Marta se estremeció.

—Yo venía a verte, mi niña, porque te conozco desde chiquita y te quiero. Todavía me acuerdo de cuando te llevaba tu abuelo a casa de don Juan, y yo te metía en la despensa para darte golosinas... Parecías una muñequita, tan rubia como eras. Pino lo decía siempre. Siempre que te veía me decía a mí que si algún día tuviera una niña le gustaría que se te pareciese... ¿Qué dices?

La voz de Marta vino como desde muy lejos.

—No sé... ¡Eso es tan raro!

—¿El qué es raro, mi hija? ¿Tú no has pensado nunca cómo te gustaría que fuese un niño tuyo?

—Sí.

Marta se asombró, porque, en efecto, lo había pensado.

—Claro, no tiene nada de raro. Todas las muchachas jóvenes lo piensan alguna vez. Pino ha tenido mala suerte de no tener niños. Claro que todavía... ¡Quién sabe! No es que ella no sirva, es tu hermano..., aunque esté mal que te lo diga yo a ti, el que no quiere por ahora...

A la clara luz de la luna se vio la cara de Marta, cansada, enflaquecida, asombrada.

La mujer gruesa y oscura se inclinó sobre ella poniéndole familiarmente una mano sudada sobre el muslo.

—Tú no quieres mal a mi pobre Pino, ¿verdad, mi niña?

—Yo no...

—Ella a ti siempre te quiso. ¿No te acuerdas que lo primero que hizo al casarse fue pedirle a José que te sacara del convento? Otra, ni habría pensado en tal cosa.

—Es verdad.

Marta tuvo como un pasmo desde el fondo de su dolorida cabeza. Le parecía imposible que ella alguna vez hubiera estado interna... Aún no hacía un año de eso, sin embargo.

—¡Claro que es verdad! Ahora está la pobre malita del disgusto tan grande que tuvo esta tarde... No sólo por la muerte de tu pobre madre, en paz descanse, sino por lo que dijo ese demonio vivo, esa Vicenta que Dios confunda, y que...

Ahora aquella mole lloraba. Sacó un pañuelo blanco de alguna desconocida profundidad de su vestido, y lloraba y moqueaba ruidosamente.

Marta recordó vivamente a la majorera, con sus ojos feroces y la boca apenas crispada; aquel gesto de la barbilla jurando...

Habían pasado cosas horribles durante las últimas horas. Ella aún no tenía clara conciencia de los acontecimientos. Sabía que la habían hundido desde una gran exaltación a una sima fría de donde se debatía inútilmente para salir. Los últimos días Marta había sido un puro manojo de nervios y de actividad. Había vivido de una manera tan intensa, tan devastadora que cuando aquella noche volvía por los campos camino de la casa le hacía el efecto de que su cuerpo adelgazado no tenía peso entre la ardiente noche. A veces se quedaba parada en el camino; otras, el corazón le golpeaba duramente; tanta emoción sentía.

Acababa de resolver lo que parecía imposible. Aquella noche tenía en su carterón de estudiante el salvoconducto y el pasaje para Cádiz. Pensaba que si no tenía cuidado su cara podría delatarla en la casa. Y tan pronto pensaba en el camino estos detalles mínimos, como preparaba los acontecimientos más importantes que habrían de venir. Imaginaba ya la manera de ir al barco... El día de la marcha de los parientes sería lo más probable que Pino y José bajasen juntos a Las Palmas, por la tarde, para estar con ellos y despedirlos. Marta pensaba fingirse enferma y quedarse en la finca. En el momento en que saliesen sus hermanos cogería un pequeño lío de ropas y escaparía. Tendría tiempo de llegar antes que los otros al puerto, meterse en el barco, y esconderse. Cosas todas más difíciles de hacer que de pensar... Pero podía ver realmente el barco, sólo de imaginarlo, y las luces del puerto en la noche oscura de su escapatoria... ¡Y esto iba a ser apenas unos días más tarde! Una emoción violenta, grandísima, la sobrecogía. Una alegría casi insoportable la llenaba toda. Le venía hasta el olor del alquitrán, hasta el rumor del buque, hasta la tufarada cálida que despiden las cocinas de los barcos escapándose por las ventanillas bajas, entre un ir y venir de gorros blancos de cocineros que tantas veces había visto desde los muelles. Las redondas ventanillas encendidas, y todo aquel mundo sobre el agua lleno de vida, de gente, esperándola como la puerta de su nueva vida...

Nunca imaginó al llegar a la finca, cargada como iba de vida, de secretos, de excitación, que iba a encontrar aquello.

Toda la casa estaba a oscuras, y el comedor iluminado. Aunque venía preocupada, tuvo que fijarse en que entre las sombras del jardín aparecían algunos automóviles, y le extrañó mucho.

Antes de entrar tuvo la ocurrencia de asomarse a una de las ventanas del comedor. Vio unos paños oscuros, unos obreros que transportaban enormes velas bajo la dirección de un hombre pequeño y de José. La habitación parecía llena de gente, y de tristeza. Estaban dos señoras a las que conocía apenas, además de su hermano y de don Juan, el médico. Tardó unos segundos en darse cuenta de que estaban preparando un túmulo funerario. Cuando tuvo conciencia de ello recibió una impresión tan fuerte y tan angustiosa, que le pareció haber perdido toda facultad de raciocinio.

Apenas podía recordar cómo entró en la casa, cómo unas mujeres la abrazaron y la besaron. Había escapado a su cuarto corriendo, completamente aturdida e idiotizada.

Pasó mucho tiempo en la oscuridad, tumbada en su cama, y más de una vez en este tiempo una de las amigas de su madre se sentó al lado suyo pasándole la mano por la cabeza y hablándole. Ella soportó estos cuidados como un tormento inevitable, con una cara estoica, sin abrir los ojos, con un gesto que recordaba al de la pobre Teresa en los últimos años.

En su cabeza no había más que una idea, y una seguridad. Aquella desgracia, aquella muerte, había llegado a su vida como un peso del cielo para hundirla y para detenerla en su fuga. Esta seguridad llegó a convertírsele en obsesión.

Al fin las señoras la dejaron en paz, convencidas de que eran inútiles sus esfuerzos por conmoverla y provocarle el llanto. Sola a oscuras oyó que los hombres de la funeraria bajaban el cuerpo de Teresa al comedor. Oyó más tarde los pasos de don Juan y de José en sentido contrario. Hablaban de Pino.

—Es grave; me tiene preocupado. Esto...

Más tarde, las carreras de una de las muchachas por el corredor... Sintió como llamaban fuerte a la puerta del fondo donde estaba la alcoba de Pino y de José.

—Don José... Llegaron los señoritos de Las Palmas.

Volvió a oír los pasos de don Juan y de José que volvían. Don Juan dijo:

—Tú, Carmela, quédate con la señora.

Y la voz de Carmela, desde lejos:

—Sí, señor.

En aquel momento, Marta se levantó de su cama, se acercó a la puerta y oyó abajo rumores de voces, exclamaciones. Oyó también la voz de Pablo, y aunque le pareció a ella una alucinación, aquella voz le llamó tan poderosamente que se precipitó a la escalera. Pero se detuvo en lo alto, medio escondida, llena de aquella timidez y aquel espanto que le ponía en el alma el aparato de la muerte.

Los peninsulares, la madre de Pino, y también Pablo, habían entrado en el comedor; José y don Juan estaban allí; las mujeres se persignaban junto al cadáver. Hacían en voz baja preguntas a don Juan, que movía la cabeza en sentido negativo.

Fue entre aquel bisbiseo, entre aquel cortado rumor de las personas reunidas, cuando se levantó la majorera, que estaba de rodillas junto al túmulo.

Dijo claramente:

—Yo sé cómo ha muerto mi señorita Teresa. Yo juro ante Dios bendito que la envenenaron, y que sé quién lo hizo.

Todos quedaron medio segundo sobrecogidos; luego todos empezaron a hablar a la vez, casi gritando.

—Irá usted a la cárcel, Vicenta, por lo que dice. ¡No se da cuenta...!

—¡Qué disparate! ¡No sabe usted lo que dice!

Estos dos que se oyeron eran José y don Juan. Pero todos los demás protestaban a la vez horrorizados. Llegaban a gritar. Era como si estuvieran locos; Vicenta se dejó oír de nuevo, derecha, como si fuera una piedra entre un oleaje.

—¡La envenenó esa perra que se esconde arriba...! ¡Y matará también a la niña!

José se abalanzó lívido hacia la majorera.

—¡Ahora mismo, pero ahora mismo, sale usted de esta casa!

—Ahora, no. Mientras ella no salga, no. ¿Quién es usted para atreverse a echarme?

Don Juan se interpuso. Se le veía sudar. Se notaba que no veía. Tropezaba con las flores, con las macetas que había allí. Puso las manos en los hombros a la majorera, que no se movió.

—Vicenta, te conozco desde hace muchos años... Eres una buena mujer incapaz de romper el respeto de la casa donde hay un muerto. Tú sabes que yo quería a tu pobre señorita como si fuera mi hija... Vicenta, por el respeto de su alma no nos vuelvas locos a todos...

La majorera levantó la barbilla y miró desafiante un momento a todos los que la rodeaban. Después se enterró el pañuelo de la cabeza hasta los ojos y se sentó en la tarima sobre la que estaba colocado el túmulo, con los brazos cruzados sobre el pecho, como si nadie le importara ya.

La madre de Pino se precipitó hacia las escaleras, sollozando.

—¡Mi hija..., mi hija del alma...!

Don Juan la siguió. Pasaron delante de Marta rozándola. Ella, con los ojos abiertos, los vio pasar, con un gesto de estúpida, sin moverse.

Al cabo de un momento Marta volvió a entrar en su alcoba, y pasó horas negras, sin pensamiento alguno, como si estuviera idiotizada. Más tarde le pareció que hasta había dormido. Tuvo la conciencia de un hambre aguda que le mordía el estómago, y casi en seguida se olvidó de esta sensación. Se encontró sudando, con la blusa empapada por el cuello. Se desnudó enteramente, y la luna parecía quemarle el cuerpo. Tenía colonia en el armario, y se empapó con ella, buscando algo de fresco. La habitación se llenó de olor a lavanda hasta casi marear, pero el calor no desaparecía. Las plantas de los pies, por contraste, las tenía heladas... Se metió un traje blanco, limpio, y la tela ligera estaba caliente.

Estaba aturdida en medio del cuarto cuando oyó un rumor de rezos. Supo que ella también tenía que rezar, y muy despacio se acercó a la escalera, y se acurrucó allí, quieta, oyendo el rosario.

Ahora la madre de Pino lloraba en su alcoba con desgarradora pena. Lloraba. De ella venían olores de lana negra, de la pomada con fuerte perfume a violetas que se ponía en el cabello, y de cálido y apestoso sudor.

—¡Ay, Martita, mi niña querida! Dime que tú no lo crees, que tú no crees a esa bruja. Dímelo, porque sólo de pensar en mi pobre hija yo me vuelvo loca.

Marta dijo con firmeza:

—No lo he creído ni un momento.

Esquivó un abrazo, desfallecida sólo de imaginar que se pudiera ver apretada contra aquel pecho.

—Vaya usted con Pino... Ella la necesita más que yo.

—Voy con ella, mi niña... Ven tú también, mi niña querida. Ven para que tú le digas lo mismo que me has dicho a mí, y que me ha quitado un peso del corazón...

—No... Yo no puedo. Dígaselo de mi parte, si usted cree que es necesario. Yo, ahora, quiero estar sola.

La mujer se levantó, secándose los ojos, guardándose el pañuelo. Estaba decidida a besar a Marta, y esta vez lo consiguió a viva fuerza. Al fin se fue. Marta oyó pasos de hombre en el corredor; era José, y la madre de Pino se encontraba con él. Marta oyó decir a la mujer:

—La niña está indignada, Pepito... Es una vergüenza que esa bruja siga abajo insultándonos a todos.

Y la voz de José con un furioso "¡Cállese!", que a ella, en la oscuridad, le heló la sangre.

La luna entraba por la ventana. Marta se asomó, fascinada, al jardín. Se veía como en pleno día. Se notaba el agostamiento de las flores, y subía, pesado, el olor de los jazmines. Las buganvillas, de colores vivos, parecían quemadas. La luna era enorme, despiadada, y no estaba clara en aquel cielo que empañaba el calor; una legión de puntos negros, finos, movibles, parecían bailar entre los ojos de Marta y la luna, como si una nube de moscas enturbiara la noche.

Las manos de Marta eran siempre secas, ásperas, decididas, y las sintió húmedas al llevarlas a las mejillas. Unas manos débiles, indecisas, como si hubieran perdido todo su valor. Sin embargo, sus ojos estaban tan secos que suspiró llena de angustia y rezó: "Dios mío que yo no sea un monstruo, que yo pueda llorar por mi madre; yo, que lloro por cualquier cosa insignificante".

Estaba asustada porque le sucedía igual que cuando pensaba en la guerra y sus catástrofes y no podía sentir las mismas emociones que los demás sienten. Le parecía que una zona de su alma estaba seca y árida, y que sólo infinitas desgracias, infinitas penas, podían redimirla de esta sequedad. No lloraba, aunque quería. No podía, aunque quería, pensar en Teresa muerta.

Durante horas no había pensado nada. Ahora, sin proponérselo, recordaba cosas que también parecían increíbles y sucedidas en tiempos lejanos. Cosas que ella había realizado y que aquella misma tarde eran su vida fluyendo por minutos, vertiginosa. Había sido capaz de arreglar sus papeles para la marcha, de haber puesto aquella inocente sonrisa al empleado que le extendía el salvoconducto. Recordaba con entera claridad la escena: la oficina, la mesa llena de papeles, aquel muchacho joven, azarado, que conocía muy bien a su familia, y que le decía, jugando con el pisapapeles:

—Necesita usted una autorización. No tiene más que dieciséis años...

El muchacho era delgado, de cara bondadosa y simple. Tenía todo el interés posible en hacer algo, según dijo, por la nieta de don Rafael.

—Es que... precisamente, ¿usted sabe que mis tíos se marchan?

—Sí, sí, claro; yo mismo arreglé...

—Pues mi hermano me ha dicho que, si soy capaz de arreglar yo sola mis papeles, me deja ir con ellos; si no, no... Él no quiere saber nada.

El muchacho la miró. Era la niña de una familia muy conocida en la ciudad la que tenía delante. Una niña tranquila, inocente, sencillamente vestida con su blusa de seda cruda y mirándole con sus ojos limpios. Le pareció que no había ningún mal en hacer aquel favor, y despreocupadamente extendió el salvoconducto. Ella le estrechó la mano y le dio las gracias tres veces, tan efusiva y tiernamente, que el joven enrojeció, como si se le hubiera colgado al cuello. En verdad, era eso lo que había tenido ganas de hacer. Colgarse a su cuello y gritar de alegría.

Luego, la calle. El mar brotando, herido de luz, como un telón de fondo en todas las calles, detrás de todas las casas... También parecía lanzar gritos de espuma, júbilo, victoria...

Otra escena recordaba, también con un mar de fondo, un mar sucio bajo unas nubes negruzcas, a media tarde. Sixto fue a buscarla, el día antes, a la salida del Instituto. Vestido de paisano, con una corbata algo chillona. Sixto resultaba muy raro. Se asustó mucho al verle, porque lo había olvidado. Él parecía apurado y decidido a un tiempo.

—Si mi hermano me ve contigo, me mata...

—¡Pero cómo te va a matar...! ¿O es que tú no

me crees a mí bastante hombre para partirle la cara a tu hermano...? No seas rara, Marta. Tú sabes que entre nosotros... Vaya, tú sabes que yo te quiero. Mi padre estuvo hablando conmigo... Mi familia, toda, te quiere...

Marta, plantada en una acera, veía detrás de Sixto el edificio del Instituto; al fondo, el mar. Había polvo en el aire. Ella se angustió. Sus amigas la habían dejado sola con aquel muchacho que le parecía desconocido. No tenía ganas de pensar, encima de todas sus preocupaciones, que quizá se había portado mal con él. Hubiera sido mucho más cómodo que él se hubiera olvidado, como ella, de aquellos despreocupados días de playa, tan recientes y tan lejanos ya.

—Yo, ahora, no tengo nada, pero si tu hermano se pone con muchas exigencias, te depositaremos, y nos casamos en seguida... Después seré yo el que tenga que decir la última palabra en tus asuntos. Tu hermano no es nadie...

Parecía mentira que Sixto hablase tanto. Se veía que había aprendido una lección. Marta le miró desesperada. Vio su bella boca, y sintió un profundo asco de sí misma.

—Yo no hago las cosas así... Adiós.

Echó a correr. Alcanzó jadeante a sus compañeras. Se cogió del brazo de Anita casi desesperada. Sixto las seguía. Luego se quedaba parado. Marta le vio apenas, de reojo, sin atreverse a volver del todo la cabeza. Anita se reía; creía que se trataba de una tonta riña de enamorados. Ella tenía miedo y remordimientos.

Todas esas cosas le habían sucedido a ella, a Marta, antes de encontrarse con la muerte de su madre delante de los ojos de aquella manera repentina.

Un rato antes estaba entontecida. Ahora, tan fría, tan serena, pensando aquellas cosas, como si viera en el cine las historias de otra persona. Se acordó de las palabras de la majorera: "Y ahora matará a la niña..." Tampoco le hacían efecto estas palabras. No creía nada de lo que aquella pobre mujer pudiera decir. Una vez, ella misma había intentado interesar a Pablo inventando cosas tremendas en su vida... ¡Si él se hubiera asustado por Marta, al oír a Vicenta, si él lo creyese...! Estaba en la casa. No pararía hasta encontrarla y hablar con ella. Le diría: "Tienes que marcharte, no hay más remedio... Ahora, sí".

Le latió el corazón, por primera vez en aquella noche, con una tímida y absurda esperanza. Si Pablo la cogiera de la mano y la ayudara, su perdido valor renacería. Pablo era a sus ojos un ser perfecto... Si él le dijera que no sería tan monstruoso como a ella le parecía escapar de una casa con las persianas bajas en señal de luto, a los pocos días de la muerte de su madre... Si él le dijera que no era aquello una orden del cielo contra sus planes, que no debería estar asustada ni deprimida... Y Pablo le diría estas cosas, a lo mejor, si ella misma le hiciese ver que estaba muy asustada, que temía, en efecto, que la mataran. Él la miraría con aquella pensativa y bondadosa mirada suya: "Hazlo... Yo te ayudo".

Marta sabía muy bien que aquello no iba a suceder. Pablo haría tanto caso a la majorera como ella misma había hecho. La pobre Pino podía ser enferma y obsesa, pero de ninguna manera criminal... Era demasiado bajo y malvado proyectar aunque fuese una sospecha de esa clase sobre una persona inocente para lograr un fin propio. Marta no había caído aún en tanta maldad.

Pablo estaría en la casa toda la noche, y Marta no le vería. Nunca más le vería en su vida... Dentro de unos días se marchaban todos, y ella sabía, ahora, que se iba a quedar... En la vida real no sucede nada: ni crímenes, ni fugas... Por lo menos en la vida tranquila que Dios le había deparado a ella haciéndola nacer entre gentes mediocres llenas de bienestar económico y de deberes y fórmulas que cumplir y en una isla cerrada, como un destino, entre los oleajes del Atlántico.

Unas noches antes había mirado con temor la cara de Teresa. Se había preguntado: "¿Me detendría ella?"

Teresa había respondido. Nunca pensó que pudiera hacerlo de una manera tan implacable.

De nuevo dejó su cuarto y se acercó a la escalera, a cuyo borde se detenía siempre aquella noche, como si alguien le hubiese prohibido bajar. Con las rodillas temblonas, se sentó en aquellos escalones últimos. Apoyó la cabeza contra los barrotes de madera y sintió la dureza de sus propios pómulos... Teresa estaba sola con sus flores, sus enormes velas de cera ardiendo y la majorera, a sus pies, como un perro.

Habían apagado las luces. Sólo las velas ardían. Las flores se marchitaban en el inmenso calor de la noche. Marta notó un silencio tremendo... Alguien había parado el reloj de debajo de la escalera y no se oía su tictac. Aquella noche no tenía horas.

Desde allá arriba, la cara de Teresa era la de una desconocida. No infundía miedo ni pena en su último sueño.

En los últimos años Marta había pensado muy poco en Teresa. De niña la había reclamado con insistencia, meses enteros, cuando la separaron de ella. Pero el día en que de nuevo la pusieron en su presencia lloró y pataleó, desesperada, diciendo que aquella mujer no era su madre.

Muchas veces, al crecer, había pensado que estaría más cerca de ella si Teresa hubiese muerto de veras. Entonces le habría hablado como hablaba a su padre, y a los autores, y hasta a los personajes de sus libros favoritos, desde una gran soledad. Ahora, al fin, Teresa estaba muerta.

"No puedo llorar por ti... Pero mírame desde donde estés. No quiero hacer nada que tú consideres mal hecho. Mírame. Ya no me escapo."

Después de esta infantil oración cerró los ojos, y entonces vio de verdad a Teresa. Se vio también ella misma en aquel mismo lugar, en aquel rincón de la escalera, descalza y en pijama. Era muy pequeña entonces, quizá no pasara de los cuatro años. Había invitados a cenar aquella noche, y a ella la habían acostado, pero se escapó de la cama y se acercó, como siempre, con curiosidad, hasta la escalera. Sabía que, de ser descubierta, su padre la azotaría sin piedad, pero el espectáculo de los mayores la fascinaba.

Abajo todos reían; sobre todo reía Teresa de aquella manera agradable y contagiosa que parecía tener sólo ella; hasta podía oírla aún, al cabo de tantos años. Estaba muy guapa, con un traje escotado, y llevaba sus perlas en el cuello. A Marta le parecía una reina. La vio levantar la copa de vino para beber, y la niña supo que, al alzar los ojos, ella también la había visto. Fue un segundo maravilloso. Su madre no hizo ningún gesto, para no delatarla, pero le envió una tierna y risueña mirada como un beso. Ella se había quedado llena de la primera emoción violenta y dulce que recordaba. Sabía que su madre era amiga suya, cómplice suya, contra su padre y contra todos... No, su madre no le habría impedido nunca que realizase sus deseos. La habría ayudado como nadie.

Se le reblandeció el espíritu de tal modo, que empezó a llorar ahora, con los ojos cerrados. En verdad, los muertos no nos abandonan tanto como suelen hacerlo los seres vivos. Los muertos se acercan a nosotros muchas veces, podemos hablar con ellos desde nuestro corazón. Ahora mismo, a Marta, alucinada, le parecía sentir aquella compañía y aquella perdida y olvidada complicidad.

Abrió los ojos mojados, doloridos, al resplandor de las velas de abajo. Allí estaba aquella desconocida muerta, que no era la misma que un momento antes parecía hablarle. La majorera, en la sombra, parecía fumar. La consoladora sensación que había tenido desapareció.

Todo tenía un peso triste y real.

La puerta de muelles que llevaba a la cocina se abrió sin ruido y apareció Hones con una taza de infusión en la mano. Quitaba respeto y misterio a la noche ver a su tía andando a cuidadosos saltitos, con aquella taza en la mano, rodeando el túmulo, atravesando toda la habitación y pasando, al fin, delante del arranque de la escalera, para llevar aquello al cuarto de música.

Aquel aire despreocupado y prosaico de Honesta en aquella noche, entre aquellas velas, aquel calor y aquella muerte, tenía algo de fúnebre, de mal gusto. Algo que a Marta le produjo náuseas.

XVI

La majorera, sola entre la penumbra, el calor y las flores, hizo un gesto maquinal; sacó su paquete de cigarros amarillos, se metió uno en la boca y aspiró el humo negro. Sintió luego que se le apagaba, allí, prendido al labio. Oyó la voz de Teresa:

"—Vicenta, no fumes esa porquería... ¡Oh!"

Llevaba muchos años oyendo la voz de Teresa. No se extrañó ni se movió. A Teresa no le gustaba el olor de aquel tabaco. Sin embargo, Vicenta había ido varias veces a la tabaquería por orden suya para comprarle egipcios, y ella los fumaba nerviosa e indolente a la vez. Casi siempre los dejaba a la mitad... Su voz era despótica: "Vicenta, no fumes"; sus ojos se volvían en seguida risueños. Era tiránica en la casa, y lo quería todo a su gusto. Se hacía obedecer sin rechistar, frunciendo las cejas, pero no tenía ni pizca de orgullo. Orgullosa era Marta, aunque nunca mandase nada. Orgullosos todos los señoritos nuevos, que tratan bien a las criadas, que no las riñen ni se meten en sus vidas, pero pasan los ojos sobre ellas como si fueran leños.

Teresa era guapa, derecha como una palma, coqueta y sensual... Por eso quizá, como son las verdaderas mujeres, era humilde. Vicenta había visto a Teresa llegar a arrodillarse a los pies de su marido, suplicándole...

Teresa exigía de Vicenta todo: trabajo, horas de sueño, fidelidad constante. Lo aceptaba con naturalidad, como si no le diese nada, pero también con Vicenta era humilde. Se confiaba a ella, se inclinaba a su vida con interés real, ansioso.

"—Cuéntame, por Dios... Mira, estoy impresionada. Cuéntame todo, Vicenta."

Sus grandes ojos se abrieron espantados más de una vez al relato de su vida. La majorera sólo para ella había hablado, y nunca para nadie más. A nadie le importaban sus cosas, su vida oscura, como tantas vidas.

"—Vicenta, ¿cómo era tu pueblo?"

No llegaba a ser aquello un pueblo. Unas casas agrupadas junto a las dunas de una gran playa desértica. Recordaba que detrás de las casas, hacia las tierras de labor, se veía muy clara la silueta de tres grandes palmeras, una de ellas de dátiles. También se recortaban en el aire las aspas de madera de un molino. La vegetación de los alrededores estaba compuesta de tuneras, tabaibas y llorones. Las casas, construidas casi todas de piedras sueltas colocadas unas sobre otras. Había algunas encaladas. La de Vicenta era una casa encalada con tres habitaciones y un patio pequeño. Las cercas del patio estaban formadas de piedras y de tuneras. Vicenta tenía tierras, aunque muchas veces la tierra no servía para vivir.

Sobre las casas, sobre Fuerteventura entera, un cielo implacable y sin agua se inclinaba sobre las entrañas secas de aquella tierra. Eriales que en los años de lluvia daban buen fruto. En las sequías prolongadas, el hambre y la sed llegaban hasta a hacer morir a hombres y a animales. Vicenta había crecido sabiendo que la gran riqueza es el agua, pero también un dios maligno que puede desatar fuerzas dormidas.

De joven fue a servir a Puerto de Cabras, la ciudad de su isla. Allí se hizo mujer, allí fregó escaleras y patios, allí aprendió cocina y se hizo alta de estatura, fuerte y decían que hermosa también. Su cabello era negro y rizado, sus pechos altos le henchían las blusas y se llevaban las miradas de los hombres cuando, un año de lluvia y de abundancia, la madre la mandó a buscar para llevarla al pueblo. Aquel año fue el de su boda. Se celebró con jolgorio, alegría y guitarras.

Después vino un tiempo de oscuridad y miseria. En el cielo, durante siete años, ni una nube con agua. La majorera conoció el hambre en su aldea y se familiarizó, entre hambre, con el duro trabajo de sacar cada año un hijo de su cuerpo y de amamantar a aquellos hijos con las espaldas doloridas a cada tirón de sus bocas en un pecho exhausto. Se acostumbró también a verlos morir.

Se le murieron los cuatro varones que tuvo y una hembra. Le quedaron las dos hijas mayores, quizá porque ella estaba más fuerte cuando le nacieron, porque no había maldecido al tenerlas, o porque las mujeres, que, según dicen, valen menos que los varones, son como la mala hierba, más fáciles de criar.

A la vuelta de aquellos siete años el marido se le embarcó para América, sin despedirse. Una mañana cogió el camino polvoriento que lleva a la ciudad, y nadie nunca más le volvió a ver por allí. Al principio a ella le dijeron que estaba en la Gran Canaria, trabajando.

Muchos hombres hacen lo mismo. Y Vicenta no encontró en este proceder motivos para demasiada extrañeza. Por lo demás, todo el mundo sabe que las mujeres solas se las arreglan mejor para sacar adelante a las criaturas, aunque sea pidiendo por los caminos. Ya no hay en la casa quien dé palizas, ni quien vuelva a castigar el vientre con otro hijo... Hay mujeres que se vuelven locas por los hombres y les persiguen para lograr sus caricias; pero ella no era de estas mujeres. Ella aborrecía a su marido como no había aborrecido a nadie en el mundo, como no aborrecía ni a los ricos que tienen pozos y los guardan para ellos, para sus cabras y sus camellos, cuando la gente muere de sed...

Ahora, ¡qué extraño!, al cabo de los tiempos, ella no sabía ya cómo fue la cara de aquel hombre, su marido. Podía encontrárselo por las calles y no lo reconocería. Ni un rescoldo de rencor le quedaba... Podía él tener otra mujer y otros hijos allá en América, a ella poco se le importaba. En sus tiempos fue un hombre bien plantado, ella lo había podido elegir. Pero, ¿qué recordaba de él? Las ropas sucias que le lavaba cuando podía lavárselas, las vomitonas de ron, las palizas a ella y a los niños, y el arrimo de su cuerpo, que había acabado por odiar. De él sólo le gustaba el tabaco que traía en los bolsillos y que le robaba viciosamente.

El año en que aquel hombre desapareció la tierra fue feraz. Como si hubiera estado esperando aquella marcha, el cielo retuvo al fin las nubes, se hincharon los pozos y los estanques, y hubo cosecha. Vicenta compró dos cabras. Empezó a mirar con agrado las caras churretosas de sus hijas. Sin proponérselo, empezó a pensar alguna vez en ellas, y pensando, las encontraba bonitas.

A la mayor, cuando tuvo edad, la mandó a servir, como había servido ella, y luego a la otra, pero menos tiempo, por ser la preferida y porque las cosas le iban bien.

El poblado progresó lentamente en los años. Se hizo una casa nueva a la salida, cerca de las tres grandes palmeras. Allí se instaló una tienda humilde que causaba admiración y atraía la envidia. Esto fue una sensación muy grande. Otra sensación del pueblo fue cuando, en un trozo de tierra vendida por Vicenta a un rico, se abrió un pozo con mucha agua.

La familia dueña del tenducho tenía un hijo en América que les enviaba dinero. Otros dos varones les quedaban allí para ayudar a los padres, y las mozas de los alrededores se los disputaban. Los hombres hablaban de ellos con una risa de desconfianza, porque estaban bien comidos y eran pendencieros. Fue un triunfo cuando la hija mayor de Vicenta se hizo novia de uno de aquellos muchachones durante las fiestas del Santo. A los dos años hubo lluvia y feracidad, y se casaron.

La majorera, desde que se realizó aquella boda, conoció lo que era la envidia a su alrededor. Envidia escondida en el interior de todas aquellas casas humildes y acechándola en todos los ojos.

Sus consuegros, quizá por chismes que les llevaban y traían, no vieron nunca bien a Vicenta. Encontraban que el hijo había traído poca cosa a la casa con aquella muchacha de labios frescos y grandes ojos negros.

A ella le iban con los cuentos, y se sonreía. Su hija estaba bien. Engordaba detrás del mostrador de la tienda que era una hermosura. Y ¿qué, si no la dejaban venir a ella? Ella estaba bien. Y ¿qué, si la consuegra apenas saludaba a Vicenta y no la quería en casa?... Ella le tenía guardada una buena sorpresa. La otra hija era más bonita aún que la mayor, tenía quince años ya, y Vicenta sabía lo que sus consuegros ignoraban. Sabía que el otro hijo de ellos andaba loco por la suya.

Todo iba bien. El agua que se encontró en sus terrenos atraía compradores a otras tierras suyas. Por aquel tiempo iba ella algunas veces al pueblo más cercano, que tenía iglesia, para aconsejarse con el cura acerca de sus asuntos. Hacía las cosas tranquila y marrullera, y se iba defendiendo.

Ahora había quitado de servir a la pequeña y la tenía con ella. Decían que le estaba comprando telas para hacerle la dote de la boda y que la misma niña las bordaba. Decían que la estaba malcriando como a una señorita, que aquello iba a acabar mal. Vicenta dejaba decir. Le gustaba el desplante de su hija, su gracia, su coquetería con aquel ceñudo y mal encarado hijo de los tenderos. Él no se decidía a hablarle en serio; quizá temía el disgusto de los padres. Ella no se daba por aludida tampoco. Vicenta vivía interesada con estas cosas. Le gustaba sobre todo ver contenta a la niña. Un día asintió a una decisión de la hija:

—Mañana vamos a la "taifa", yo quiero bailar.

Había fiesta en un poblado cercano. Hasta algunos señoritos de Puerto de Cabras llegarían para bailar con las muchachas del pueblo y pagarían por ello a la entrada del baile. La hija de Vicenta preparaba sus trajes, excitada. Pero la madre tuvo un mal presentimiento.

—Mira que ése te amenaza. Tú ten cuidado.

—¿Qué se me importa? ¿Es mi novio acaso?

—Pues vamos.

Ella se sintió parrandera viendo a la hija. Cuando Vicenta le contaba a Teresa cómo era su hija, le parecía tenerla delante otra vez. Era finita, de buen color, con los ojos grandes y las manos suaves de caladora. Daba gusto mirarla. Al andar levantaba la cabeza, balanceaba el talle, con los ojos bajos. A Vicenta le daba gusto mirarla y sabía que despertaba envidia en otras mujeres.

El día de la fiesta salieron aún de noche de su casa para no quemarse con la luz del sol. Ella nunca olvidó ese día. Pararon en casa de un pariente en el otro pueblo.

Los hombres, desde la mañana, cuando salió la procesión, ya estaban bebiendo. El ron corría como en buen año que era, y los ánimos andaban alborotados y alegres. El pueblo estaba lleno de hombres. Había algunos venidos del interior, pastores, que tenían los ojos brillantes sólo del olor de las mujeres, que desde hacía meses no habían sentido. Había labradores. Estaban algunos señoritos ciudadanos parranderos. Dominaban en número los hombres por las calles, enardecidos, juerguistas desde el amanecer, con sus guitarras y sus cantos. Las mujeres, detrás de las ventanas, con los ojos bajos, se reían contentas.

Vicenta estaba contenta también. Ella de joven fue seria, arisca y de poco "enralo", pero ahora se le calentaba la sangre tardíamente viendo a su hija. Le parecía como si su cuerpo brotara y se reverdeciera, como un árbol seco al que pueden salirle hojas. Sentía con la carne y la vida de la muchacha. Estaba detrás, como su sombra, para defenderla.

Por la tarde, en la "taifa" no se podía respirar, pero ella sentada en su silla, arrimada contra la pared, fumaba y ayudaba a la música con el calor de su cuerpo y una especie de grito melódico que se le formaba en la garganta.

Todas las mujeres de respeto se alineaban, como Vicenta, a lo largo de las paredes de aquella habitación cuadrada, casi sin ventilación. Sólo dejaban un espacio a los tocadores, y en el centro, un vacío para las parejas sobre tierra apisonada. Las paredes estaban encaladas de blanco y añil, y adornadas con guirnaldas de papel que las moscas habían ensuciado. Sobre los músicos, tocadores de guitarras y timples, había un espejo cubierto con una tarlatana rosa. Cuando terminaba una tanda del baile, las mujeres bebían vasitos de anís y comían turrón de miel. Los hombres y muchas viejas preferían el ron.

Los hombres iban entrando por tandas, después de pagar. Mientras una tanda de hombres bailaba, una cola se iba formando a la puerta con los nuevos aspirantes. Dos hombres forzudos armados de garrotes vigilaban el orden.

Lo que es la animación de la "taifa" entre la juventud en fiesta nadie lo sabe si no lo ha vivido. Hombres afeitados, con la camisa limpia, que bien pronto empapaba el sudor. Mujeres empolvadas, con todas sus galas encima como ídolos. Los compañeros de baile tienen la delicadeza de extender su pañuelo en la espalda de las mujeres para no mancharles el traje con la manaza sudada. Olor de vino y de cuerpos, y polvo, y ardiente calor, mientras la música sube frenética haciendo dar vueltas, agitarse sin espacio para ello a aquella masa de bailarines.

Vicenta veía bailar a su hija con unos y con otros. Oyó una crítica y le subió una contestación.

—¿Y qué, que se agarre al señorito? ¿Es que tiene novio que se lo estorbe?

—Ni tendrá.

—¿Usted qué sabe, cristiana, lo que es eso?

Se hubiera enzarzado. Hubiera mordido, se hubiera peleado si en el paroxismo del baile, en aquel momento, una mujer no hubiese caído al suelo con una pataleta histérica, reclamando oportunamente la atención, haciendo que se formase a su alrededor un coro de caras excitadas, congestionadas ante sus ojos en blanco.

—A ver, cristianos; el zapato de una María o de un Juan... ¡Venga! ¡Un zapato!

El zapato aplicado a la nariz despertó los sentidos de la accidentada antes de que la llevaran a la calle. Ya luego, el aire ardiente y limpio acabó de espabilarla, y también las palabras y las bromas de los hombres que esperan su turno fuera.

Las mujeres seguían incansables bailando, mientras los hombres se renovaban, cada vez más excitados y sombríos, o más jocosamente alegres por el ron. Dos señoritos ciudadanos se habían mezclado en la fiesta. La muchacha más halagada resultó ser la hija de Vicenta; con su cintura delgada y sus caderas llenas.

Ardía de bonita la muchacha. Detrás de su agitación había un despecho, porque su pretendiente no llegaba nunca. La madre sabía este despecho tan bien como ella, y tenía la saliva amarga; los ojos enfurecidos a la más pequeña insinuación.

—Dicen que Perico el del tendero está bebiendo.

—¿Y a mí qué se me da?

—Dicen que está diciendo que buen provecho te hagan los señoritos.

La hija de Vicenta se encogía de hombros y bailaba.

Cuando le vio llegar miró para otro lado y se agarró a bailar con el primero que le hizo una seña. Él se quedó junto a la puerta estorbando a los bailarines, con la cabeza baja, en gesto de embestir. Un hombre guapo y moreno, con la faja bien apretada a la cintura, y la cara congestionada de alcohol.

De pronto le dio al hombre como una furia, y Vicenta se puso en pie al verle avanzar entre aquella masa de los bailarines, abriéndose paso entre las parejas y parando el baile.

—A mi novia la querré bailar yo, ¿no es verdad?

—Dispense, amigo, no se enroñe...

La hija de Vicenta miró con rabia a aquel Juan Lanas que no sabía pleitear por sus ojos bonitos, y se entregó sin más al abrazo del pretendiente.

Vicenta volvió a sentarse, con una sensación de orgullo, de ardiente triunfo, mientras los pies de las parejas volvían a levantar el polvo de la tierra, y los oídos se ensordecían, más que con la música de los instrumentos, con aquel taconeo endiablado, subido de tono, frenético, que llegaba a la histeria. Había quien lanzaba gritos. Y de pronto, un grito agudo, y otros; unos gritos salvajes, cortados por un silencio de espanto, la hicieron ponerse en pie otra vez, lanzarse a aquel apretado corro humano. Luego, cuando aquellas gentes le abrieron una brecha entre ellos, fue ella la que gritó, con un grito tremendo, con un aullido como ningún nacimiento ni ninguna muerte de sus hijos le había hecho lanzar.

Ella fue la que cogió a la hija en los brazos, quitándosela a los hombres que la llevaban. La muchacha tenía tres cuchilladas en el cuerpo, y por la garganta se le iba la vida. Se le murió en los brazos antes de que tuvieran tiempo de tenderla en una cama. La sangre de ella le empapó los vestidos a la madre, de tal manera, que las moscas verdes que van a las carroñas, al día siguiente intentaban posarse en el cadáver, y también intentaban chupar en los vestidos de Vicenta la sangre de la hija.

Desde entonces se le hizo amarga Fuerteventura a Vicenta. Aquellos llanos, aquellas peladas montañas, aquella desolada playa de su lugar donde el viento ardiente movía las dunas... Al principio, ella no tuvo conciencia de esta amargura, sino de otras.

En el lugar, dos casas estaban de luto. La suya y la del homicida, que fue llevado a presidio. En la otra casa de luto, en la casa de los tenderos, la única hija que le quedaba estaba encerrada, sumisa al marido y a la suegra, y no vino a verla. Todos los conocidos de aquel lugar y de otros le llenaron la casa y su hija no vino.

Se fue quedando muy sola entre las cuatro paredes recién albeadas. Muy sola en su cama, que no compartía con nadie. Muy sola con sus animales, y con el trabajo de buscarles comida, y muy sola con los atardeceres cuando veía una labor empezada y abandonada en su costurero... Su hija había sido como una señorita, había bordado y había calado. Ella, al ver las labores, veía siempre aquel fino cuello por el que salía a golpes la sangre, el pecho partido por la hoja del cuchillo canario bien hundido hasta el puño.

Una noche de luna llena, un hombre del pueblo se santiguó viendo a una figura oscura y trágica sentada en pleno campo, con las dunas blancas cegadoras detrás. Reconoció a Vicenta y lo contó en su casa.

—Para mí que echaba mal de ojos. Estaba mirando para la tienda.

Dos días más tarde apareció muerta la mejor cabra de los tenderos. A Vicenta le fueron con la noticia, y ella se encogió de hombros. No se le daba nada. Tan entontecida andaba aquellos días, que ni se figuró que aquella desgracia se achacaba a sus artes. A poco le vinieron con la nueva de que a los tenderos se les morían las gallinas a montones, como si alguien les hubiera echado "maleficio"... Desde entonces sí que echó de ver Vicenta que los vecinos la saludaban con recelo, y le quitaban a los chiquillos de delante de los ojos. Le tenían miedo.

Vicenta era entonces, como ahora, alta, canosa, con la cara de barro cocido. En su juventud, con el hambre y los hijos, perdió de un golpe la frescura, pero luego los años no podían con ella. Era más fuerte entonces que de muchacha. Trabajaba en el campo, si había labor para mujer, aguantaba las cargas como un camello. A sus hijas las había cuidado como se deben cuidar las niñas solteras, con todo el regalo que pudo darles, pero ahora no tenía a nadie a quien cuidar. Los chiquillos se escapaban delante de su cara impenetrable, de sus ojos feroces.

Una noche encontró en su casa a una mujer. Estaba en sombra la habitación, pero no tardó en reconocerla ni un minuto... Salió al patio y estuvo echando el agua que traía sobre la cabeza en una lata, a una gran taya donde la almacenaba. Mientras tanto, la visita estaba sentada junto a la mesa, muy enlutada y llorosa.

Volvió Vicenta con una luz y estuvo examinando la cara hinchada de la hija, sus negros cabellos, y las manos, que retorcía una contra la otra.

—¡Oh! ¿Qué viento te trajo a ver a tu madre, mi hija? Ya, yo creía que tú no tenías madre.

La hija empezó a llorar, a llorar. Vicenta la miraba asombrada.

—Estás preñada, tú. Ya me lo dijeron. A mí me vienen con todos los cuentos.

La hija tenía miedo de ella también. Escondía el vientre, como si sus ojos pudieran maldecirle aquello.

—¿Para qué viniste?

La hija se le puso de rodillas de pronto.

—Madre, si usted no se va del pueblo, mi marido se marcha a América con el hermano. Madre, mi suegra está maldita, muriéndose. ¿No tiene compasión de mí? Se nos murieron los animales; todo nos sale mal desde aquella muerte... Nadie en la casa tuvo culpa de aquello, sino mi hermana misma... Usted sabe, madre, que con los hombres no se juega. Y ella, ella era...

Vicenta, sin compasión ninguna de aquella mujer gruesa que arrodillada pugnaba por levantarse agarrándose a una silla, la cogió por el moño y le dio dos bofetadas fuertes, sonoras, en la cara.

La vio huir despavorida, dando gritos, entre las casuchas.

Ella pasó la noche sentada en una silla.

Al alba se echó a andar por el mismo camino por donde había salido con su hija pequeña el día de la fiesta; el cielo estaba nuboso, y dilataba las narices aquella humedad. Cuando llegó a casa del cura le dijo que quería venderlo todo. Toda la tierra. Todo lo que tenía en el mundo.

Había dejado la casa abierta, y abandonadas las cabras y las gallinas. Abandonado el arcón con los trajes, y el costurero con las labores, y el retrato de su boda... El cura le arregló los papeles de sus ventas, y en ellos le incluyó todo. Cogió una bolsita con dinero que se colgó al cuello, y sin volver la cabeza atrás, fue a Puerto de Cabras. Luego embarcó. Unos meses más tarde, en la Gran Canaria, encontró a Teresa.

Las cosas pasan y se olvidan. Cada día trae sus quehaceres, y se empolvan los asuntos viejos. A la majorera no le gustó nunca recordar aquello. Si recordó alguna vez fue para Teresa. Ahora Teresa había sido desposeída de la vida, tan brutalmente como su hija, y otra vez Vicenta se encontraba sin nadie a quien cuidar.

Detrás de las ventanas subía el calor de aquella noche, amenazando un alba tórrida. La majorera oyó pasar a Honesta a su lado. Vio en el jardín una pequeña sombra. Alguien paseaba bajo la luna.

XVII

Matilde paseaba por el jardín. Iba vestida con su traje más oscuro, el uniforme de Falange, que se había puesto para venir a esta casa de duelo. Estaba enervada. Si miraba a la casa, aquella rojiza iluminación del comedor le daba una sensación de incendio; la abrumaba. No deseaba irse a acostar a una alcoba por nada del mundo; pero quería tenderse porque le dolía la espalda. Recordó el cómodo banco con toldo y balancín y fue hacia él.

Pasó delante de la ventana del comedor, y de la puerta de entrada. Luego en la sombra, por delante del cuarto de música. Estaba abierta la puerta ventana y se veía el interior iluminado por una lámpara con pantalla. Don Juan, Daniel y Pablo estaban allí. Don Juan y Pablo entretenían las horas de la noche jugando al ajedrez. Matilde consideró que se hacen raras cosas en un velatorio. Daniel les miraba interesado mientras sostenía una taza de infusión en la mano. También a su rápido paso pudo ver Matilde a Honesta allí, entre los hombres, detrás de la silla de Pablo. Matilde esbozó una mueca; tenía idea de que Hones se había ido a acostar ya.

Mientras se tumbaba con un suspiro de alivio en el cómodo asiento del jardín, el recuerdo de Hones le molestaba un poco, entre el ambiente angustioso de aquella casa y aquella noche. Acabó encogiéndose de hombros y decidiendo dormir. Cerró los ojos. La luna emblanquecía hasta el negro picón de los senderos del jardín. Le persiguió los oídos otra vez la voz de Honesta y hasta hubiera jurado que su risa sofocada.

Aquella mujer estaba loca por el pintor, y no era capaz ni de respetar una noche como ésta. Hones no podía vivir sin estar loca por alguien, pensaba Matilde, y tenía la suerte, además, de no ser demasiado exigente; cualquiera que en un momento determinado estuviese próximo servía para el caso. En familia se aludía discretamente a ciertas vagas y terribles desgracias amorosas que había sufrido Honesta. En verdad, en los primeros meses de su matrimonio, cuando Matilde aún no carecía del sentido del humor, este nombre de Honesta le parecía una broma estupenda. Una vez intentó comunicar a su marido sus impresiones y la cólera de Daniel la dejó helada.

Hones tenía una especie de estribillo al referirse a ella: "Parece mentira que seas casada..." Y Matilde no podía contestar: "Parece mentira que seas soltera". Porque esto hubiera ido contra las púdicas normas de la familia Camino. Hones no era soltera. Casada, tampoco, ya que jamás había tenido marido o novio, o como quiera que pudiera llamársele, de una manera fija y a las claras. Hones tenía alma de divorciada, o de viuda de muchos maridos.

"Cuántos disparates... Este banco me está mareando." Trató de parar el balancín con el pie. Al abrir los ojos, la noche y su blancura volvieron a acalorarla. Pensó que era una suerte poder salir de la isla antes del verano. Aunque le habían jurado que allí en verano hace fresco, que apenas es algo más cálido de temperatura que el invierno, y que el Levante duraría apenas dos o tres días, Matilde no acababa de creerlo.

"Una isla. He estado encerrada en una isla." ¡Qué pensamiento más raro! Sin embargo, la isla había sido muy acogedora para ella. Las gentes canarias habían sido para los tres refugiados extraordinariamente amables y sencillas. Los interiores de las casas que se les habían abierto eran gratos, confortables, llenos de sentido de la belleza y de la intimidad. Había visitado jardines hermosísimos siempre floridos, había probado el sabor de una existencia como un remanso. Pero no era eso lo que había hecho feliz a Matilde, aunque sí a Hones y a Daniel. Si ella hubiera dejado sueltas las riendas a Daniel, capaz hubiera sido de haber pedido a José quedarse para siempre.

Pero ella no podía quedarse allí siempre, en aquel clima siempre igual, apartada por tanto mar de los continentes, de las grandes tareas del mundo.

A Matilde lo que la había hecho feliz después del vagabundeo por Francia era haber encontrado aquella emoción política. Haberse afiliado a una organización activa, haber logrado en ella una jefatura, un mando para la tarea de levantar su patria. Ella creía en la acción organizada, y en la eficacia de lo que estaba haciendo. Siempre había creído en el deber de una entrega de la individualidad al bien común.

Cuando joven, unos años antes, Matilde se sintió atraída hacia el comunismo. Como al mismo tiempo era sinceramente religiosa, vaciló. Más tarde encontró a Daniel, y se apartó por completo de aquellos problemas para entrar en un mundo confuso... Ahora tenía la impresión de haberse salvado.

Matilde había sido siempre fea, trabajadora, decían que inteligente. Su familia era muy humilde. A costa de becas y de esfuerzos le habían pagado una carrera universitaria. Pero ella tenía un tipo refinado, de intelectual nata; un desparpajo natural, una autoridad que encubría cierta timidez muy oculta. A los veintisiete años Matilde no había tenido un solo pretendiente a sus encantos. Muy allá dentro sabía ella que esto no le hubiera importado lo más mínimo si no existiera esa manía, inculcada desde la cuna en las mujeres, de que han nacido para gustar a los hombres, y que si no su vida puede considerarse un puro fracaso.

Matilde no podía decir la verdad; no podía decir:

"No me interesan lo más mínimo los asuntos amorosos..." Esta verdad encontraba siempre una sonrisa compasiva. Y esta sonrisa compasiva fue la que la hizo sentirse preocupada y amargada por tal asunto. Compuso unas poesías muy oscuras, muy intelectualizadas, sobre el ansia del amor carnal —ansia que jamás había sentido—, ya que el espiritual le parecía un poco ridículo como tema. Entre su grupo de amigos aquellas poesías tuvieron franco éxito. Ahora sabía ella que aquellos versos no valían nada; que ella no era artista, sino organizadora, constructora. Hasta se avergonzaba al pensar en ello.

A Daniel lo conoció Matilde cuando un amigo la llevó a un concierto que Daniel dirigía. Matilde no tenía el menor sentido musical, y aquel hombre de cabellos rizados que con su batuta en la mano tenía una curiosa dignidad le pareció un genio. El amigo de Matilde le explicó vagamente:

—Es un tipo de salón... Pierde sus facultades entre duquesas. Cuando joven compuso algo que estaba bien. Luego no ha hecho nada.

Se lo presentaron, y Matilde quedó sorprendida por el azaramiento y nerviosidad que demostraba aquel extraño señor "de salón" delante de ella. Daniel le hizo dos o tres ridículas reverencias.

Desde entonces lo encontró varias veces en la calle, porque daba la casualidad que los dos vivían en el mismo barrio. Daniel, muy atildado, la saludaba con una cortesía cómica. Un día se acercó a ella y muy demudado y tembloroso le pidió como un enorme favor que accediera a tomar algo con él en un café.

Matilde aceptó con naturalidad. Estaba acostumbrada a salir con hombres, a charlar y a discutir con ellos. Desde luego, ninguno de sus amigos se parecía a aquel caballero. Se quedó sorprendida e interesada cuando él, balbuceante, apuradísimo, le confesó que estaba profundamente enamorado de ella.

—Esa manita..., esa manita que usted posa sobre el

vaso, yo la besaría sin temor a su suciedad y a sus microbios.

Matilde, que era una mujer muy limpia, y cuya mano estaba tan honradamente lavada como la del mismo Daniel, ni siquiera pudo enfadarse. Soltó la carcajada, y se levantó para marcharse. Entonces Daniel casi se arrastró a los pies de ella, y Matilde, muy sorprendida, molesta porque había quien los miraba, se quedó.

Oyó infinitas sandeces aquella mañana sobre su sombrerito, sus deditos.

—Usted, Matilde, es criatura humilde y basta, pero yo la venero como a una dama.

Matilde se ruborizó. Recordó que le habían dicho que aquel hombre rarísimo vivía muy metido en sociedad. Pero ella no creía tener aspecto de criada. Si algo había notable en su aspecto era una exagerada espiritualidad. Daniel, con sus mejillas infladas y su boquita pequeña, levantaba hacia ella la cara observando con curiosidad aquel rubor. Sintió que le aborrecía.

Después de aquella entrevista llegó a su casa un verdadero asedio de cartas y flores. La madre de Matilde empezó a interesarse con aquello, asombrada del éxito de su hija.

Aún recordaba las carreras de su madre por el pasillo, su cara radiante al abrir la puerta del cuarto donde trabajaba.

—Hija, ¿tienes suelto para una propina? Otra vez tienes flores y una carta.

Matilde afectaba un aire de fastidio, pero aunque le hiciera reír aquel asunto, muy en el fondo sentía ella cierto vergonzoso halago por este triunfo.

Las cartas estaban escritas a máquina, firmadas con una X o con fantásticos seudónimos: "El rajá de Kapurtala", "El sha de Persia".

Aquello al mismo tiempo que cómico le resultaba tan inaudito que accedió a varias entrevistas más, y hasta se dejó tocar, con una mezcla de curiosidad y repugnancia, los deditos deseados. Daniel se confesó a ella. Era casado; su mujer poseía un título nobiliario; era de familia distinguidísima, pero al mismo tiempo una mole de carne. La música no le hacía vibrar, y a él no le respetaba. Daniel confesaba también ser un miserable, que la engañaba continuamente. Si no lo hacía más era por temor a los contagios; las prostitutas profesionales le daban asco.

—Pero, ¿es que me está usted proponiendo que yo sea su amante, para evitarle contagios? —le dijo ella un día.

Matilde estaba francamente indignada; le miró severamente desde su altura, le vio sumido en una desconcertada desesperación, con la boca más pequeña que nunca, y los ojos asustados.

—¡No, no! A usted la amo. Estoy perdido por usted, me pongo enfermo por las noches al pensar en usted. Me tengo que levantar al water por lo menos dos o tres veces.

Desde luego era imposible enfadarse. Siempre le daba risa.

Por fin, un día Matilde se dio cuenta de que en verdad aquel extraño caballero estaba obcecado con ella. La seguía, más bien podía decirse que la perseguía. Al lograr encontrarse con ella le explicaba que la encontraba fea y con cara de enferma, y que a él su enamoramiento le provocaba descomposiciones. Pero, por increíble que resultase, todo aquello respondía a un sentimiento auténtico y cada vez más fuerte. En vista de ello, a medias porque ya le cansaba, y a medias porque era buena persona, Matilde decidió cortar esta amistad. Y lo hizo a su estilo, de pronto, y sin contemplaciones.

Fue por la época en que publicó su librito de poesías, y en verdad muchas de las rijosidades que Daniel había confesado le sirvieron de orientación para encontrar palabras adecuadas con que construir sus forzados versos. Por aquella época se inclinaba a las teorías comunistas, con gran horror de su madre. Discutía apasionadamente de política. En su peña tenía cierta autoridad que la hacía feliz.

Pasó dos años sin ver a Daniel. Y aparte de sus compañeros de café, jamás volvió a tener otra persona interesada por su vida. A veces leía en una reseña de sociedad, entre otros nombres de asistentes a una fiesta, los de señores y señorita de Camino. Sabía que Daniel tenía una hermana. Había oído contar historias de ella y se la imaginaba una verdadera vampiresa. Lo único que no podía imaginar era su físico. ¿Tendría también la boca pequeña y el cabello rizado? Imposible que tuviese aspecto tímido y nervioso. Acabó imaginándose una pelirroja desgarrada y cínica, vestida exquisitamente. Conoció a un tipo que pregonaba haber sido su amante; era un hombre de lo más ordinario. Entonces la imagen de la desconocida Hones se volvía más dura y fuerte en su imaginación.

A veces, desde su soledad, echaba de menos los ramos de flores y las cartitas ridículas, tan cómicamente prudentes.

Un día vio a Daniel. Era una mañana de primavera en que ella había salido temprano de su casa para dar unas clases. Las acacias estaban floridas, y de la Sierra venía un olor a pinos. El aire de Madrid era vivo y divino. Quizá aquella hermosura del día que empezaba, aquellas tiernas hojas en los árboles, aquel despertar de la Naturaleza entre el asfalto de la ciudad contribuyeron a trastornarla. Porque se sentía distinta y como envenenada de ardor adolescente.

Daniel iba delante de ella sin haberla visto. ¡Su único enamorado! Sin darse cuenta de lo que hacía le siguió y con asombro le vio entrar en una iglesia. Ella entró también. Daniel se arrodilló. Ella, detrás. No tenía muy clara conciencia de sus actos, entre el silencio y el recogimiento del templo. Pero se sentía como un ser a quien se le ha inferido una ofensa. Los movimientos de Daniel, su aire de beato la ofendían.

Sabía por qué estaba en la iglesia Daniel. Recordó

con irritación las puercas historias que el hombre le había confesado, y también recordó, cómo él, después, le decía arrepentirse y pedir perdón a Dios. ¡El viejo rijoso! Se sublevó. Le tocó en el hombro con un golpecito seco. Daniel se volvió y los ojos azules, redondos, brillaron encantados en la cara gordinflona moteada de pecas. La boca parecía una *o* minúscula.

—No le sirve ese arrepentimiento. Eso le quería decir. ¡Hipócrita!

Nada más. Salió de la iglesia, furiosa con ella misma por aquel estúpido arrebato. Daniel la alcanzó, temblando, jadeante, nerviosísimo como siempre.

—Matilde, por Dios... Escúcheme. Es algo muy grave.

Matilde se detuvo. Daniel la miró moviendo la cabeza ante el aire frío de ella.

—Mi pobre mujer murió hace tiempo... ¿Quiere...? ¡Vamos a un café!... ¿Quiere usted casarse conmigo? Nada me importa su origen plebeyo. Nada me importa su cara de mal color... ¡No huya, Matilde!

Quien sabe por qué, ella, siempre tan ecuánime, estaba como loca aquel día.

Matilde recordaba con horror los primeros meses de su matrimonio. Todas las timideces de Daniel en la calle eran despotismos en casa, y voces fuertes. Su estómago y su piano eran sagrados para todos. Vivían en casa de la madre de él: una especie de Buda inmenso, gordísimo, vestido de seda negra, y con una pequeña renta vitalicia que los mantenía a todos. En aquella casa cargada de muebles y recuerdos de grandeza se llegaba hasta a pasar en ciertos días del mes verdaderas necesidades. Matilde jamás había tenido comida escasa en su casa humilde y bien administrada. Todo el dinero se gastaba en su nueva vivienda en "representación social", en costosos convites dos veces al mes. Daniel había prohibido expresamente que su mujer trabajase ahora que era una dama. Esta palabra "dama" que tanto le había hecho reír al principio se le convirtió en obsesión.

Daniel no hacía otra cosa que tocar el piano y dirigir algún que otro concierto benéfico. No sólo no le pagaban, sino que Matilde sospechaba que él daba dinero, con tal de que su nombre apareciese en los periódicos. Hacía años que preparaba una gran sinfonía, pero no la terminaba nunca. Se ponía muy nervioso y disgustado si alguien aludía en su presencia a cierta habanera compuesta por él como un capricho, que le había procurado en sus tiempos un éxito efímero.

Hones fue otra sorpresa. Resultaba, vista en la interioridad de su hogar, algo así como una niña recién puesta de largo a la que hubiesen guardado en conserva. Estaba cargada de remilgos y de rubores. Sus asuntos amorosos, vistos desde la familia, tomaban un aire rosáceo y sentimental, como si Hones tuviera siempre quince años. La franqueza de Matilde se consideraba de mal gusto allí. Y como era inteligente aprendió a callar y a observar desde el primer día. Parecía Matilde un fantasmón largo y pálido, siempre silenciosa por los pasillos de aquella casa.

Otro personaje de la familia era un hermano de Daniel, ingeniero de minas, que de cuando en cuando venía a Madrid y dejaba algún dinero. Estaba tan poseído como los demás por su importancia familiar. Era un tipo mediocre, mezquino. Creía sinceramente que Daniel se había trastornado al elegirla, tan insignificante le parecía. Se consoló al saberla poetisa. "Eso da tono", comentaba.

Matilde, que no era tonta, comprendía que muchas de las personas a las que trataban se burlaban de ellos. Toda aquella vida horriblemente falsa la ahogaba. No tenía tratos con sus antiguos amigos, que eran considerados intelectuales de baja estofa. Amigas no había tenido nunca. Quizá por una inconsciente rebelión contra su sexo, consideraba a las mujeres seres inferiores con las que pocas veces se podía hablar de nada interesante. No había logrado sentir afecto por ninguna mujer en toda su vida. A su madre no se había confiado jamás, porque a su manera también la despreciaba.

Comprendió en seguida que había hecho una locura en casarse con aquel ridículo desconocido, pero estaba llena de buena voluntad. Era honrada, y había jurado fidelidad y obediencia a este hombre en una edad en que sabía muy bien lo que se hacía, y no quería desesperar, aunque le resultaba bien difícil.

—Tienes que ser más señora, más dama —decía Daniel.

—¡Quién fuera tú, que has realizado tu amor! —decía Hones, y bajaba las pestañas para ocultar sus tragedias, reales o pretendidas.

—Daniel es el más delicado de mis hijos; un genio. Esperamos mucho de él. Su primera mujer era una criatura exquisita —decía la suegra.

En verdad, toda la familia, hasta el sensato ingeniero de minas, esperaba algo de Daniel, como se espera de un adolescente, aunque rondaba los sesenta años.

Matilde vivía atontada. No sabía lo que hubiera resultado de aquel temor, de aquella especie de aturdimiento en que se encontraba si a los pocos meses de estar casada no hubiera sucedido el cataclismo. Comenzó la guerra civil. Hubo una espantosa sacudida que repercutió en aquella casa. El hermano de Daniel, el ingeniero, fue fusilado. La suegra monstruosa murió oportunamente de un ataque al corazón. Matilde empezó a desplegar actividades, a vivir, a luchar. Consiguió un refugio en una Embajada para Daniel, que pasaba el día temblando. Consiguió la salida de los tres a Francia. Allí se ingenió ella para ganar dinero como pudo. Hones no se portó mal; seguía con su buen humor y sus romanticismos, y decía que un misterioso señor español la había hecho su secretaria. A última hora resultó tan misteriosamente como antes, que no era secretaria de nadie; un conocido de la familia, un joven pintor que estaba allí de paso, era muy generoso con ella... Acabó llevándolo a casa, y Daniel lo aceptó con entusiasmo porque era persona elevada. En los últimos años Pablo había vivido en Madrid en gran tren. Estaba casado con una millonaria sudamericana, y para tener noticias de ella, que había quedado en zona roja, iba continuamente a Francia.

Matilde acogió a Pablo con reservas; pero luego le pareció demasiado bueno para tener un "plan" con Hones. Muchas veces llegó a pensar que, en efecto, entre ellos no había más relación que la de pura simpatía y bondad de aquel hombre hacia unos compatriotas en peores circunstancias que él. Por ser muy casta por temperamento, a pesar de no tener un pelo de tonta, Matilde propendía siempre a pensar bien en estos asuntos; luego recordaba quién era Hones y cómo era y se encogía de hombros.

Daniel recordó, gracias al encuentro con un caballero de Canarias, que él tenía familia en esta isla. Por primera vez, Matilde oyó hablar de un hermano, "oveja negra de la casa", que hacía muchos años fue enviado a la isla con un hijo medio tonto y una mujer tuberculosa. Había hecho un segundo matrimonio muy conveniente, y luego había muerto. El señor de Canarias informó que el niño medio tonto se había convertido en un importante hombre de negocios. Escribieron.

El pintor Pablo, que estaba como desarraigado de todo, tuvo la idea de acompañarles a la isla, con gran contento de Hones.

Matilde había vuelto a vivir; se había vuelto a encontrar ella misma en una labor, después de aquella conmoción de la guerra. Cuando llegase a Madrid trabajaría, y Daniel también tendría que hacerlo. Aquí había probado que no era inútil. En su labor de la oficina no lo había hecho mal. Es verdad que José había sido generoso y que le gustaba recalcarlo. ¡Qué tipo raro aquel José!

Matilde interrumpió sus pensamientos. Por la ventana abierta del cuarto de Pino llegaba a veces como un murmullo de voces. Ella no les prestaba atención, pero ahora Pino gritó. Se oyó un grito.

—¡Si dices algo más, me mato! ¿Oyes? ¡Me mato!

Luego, voces sofocadas. Sin querer, Matilde estaba sentada en aquel banco, todo lo asustada que podía, y aguzando los oídos.

Grillos lejanos daban una nota de verano al campo. La luna había empezado su declive en un cielo polvoriento, donde su luz se comía a las estrellas y a las nubes.

Después de aquel grito, nada más. En la puerta del cuarto de música apareció Daniel. Matilde vio su figura recortada en negro desamparada en la raya de luz amarilla que se fundía con la de la luna al salir de aquella puerta. Vio que no se había quitado la chaqueta, aunque Pablo lo había hecho, y también don Juan. Sintió como una ternura por él. Desde la guerra, cuando ya no estaba asustada por su personalidad, había sentido a veces aquella ternura por Daniel. Se dejó ver, y lo llamó.

—Es insufrible esta noche, hijita —dijo Daniel, acercándose—. José ha venido a buscar a don Juan para que asista otra vez a Pino. Hones me trajo tila, pero hubiera necesitado algo más, unas gotas de azahar.

—Daniel, quería hablar contigo... He pensado cosas esta noche. En Madrid, ¿qué vas a hacer?

Daniel pareció sorprendido.

—No sé a qué te refieres. Los malos tiempos terminaron ya. Nos escribe tu madre que el piso está intacto, y el piano en buenas condiciones. No pretenderás que vuelva a meterme en una oficina, con mi prestigio. Eso está bien aquí. Pero tú misma has dicho que aquí no quieres quedarte. Pues volveremos a vivir como siempre en nuestro ambiente.

No había mucha seguridad en aquellas afirmaciones. Matilde le miró y vio que la luna y la sombra le daban un aspecto patético. Le iba a contestar con cierta ironía: "¿Qué ambiente?" Pero no hizo la pregunta.

"Es viejo —pensó—; los viejos son como los niños. Es como si fuera un niñito mío lleno de empachos y de mal genio."

La vida iba a ser trabajosa con él al lado, pero ella había descubierto que sólo era feliz en la actividad y en el trabajo. Le cogió una mano; él la miraba.

—Tienes un traje impropio, hija mía. Debieras cuidarte un poco más; una dama...

Matilde sonrió con cierta tristeza. Su perfil violento era muy noble, lleno de seguridad. Volvió a recostarse en el balancín, mirándole siempre con aquella sonrisa, mientras Daniel la observaba con algo de sorpresa. Nunca más podría tener él poder para desconcertarla o anularla. Había recobrado una absoluta confianza en sí misma. La mirada de Matilde se hizo más viva. Se enderezó como para escuchar.

En la ventana del cuarto de Pino vio encenderse una luz muy tenue. Debía ser alguna de las lamparillas de la cabecera de la cama. Matilde tuvo como una extraña visión relacionando aquella luz con la de las velas que rodeaban la cara cérea, joven y consumida de la muerta.

Deseó que la noche pasase pronto. La noche y los seis días que faltaban para salir de la isla.

XVIII

En el tranquilo corredor se oyó un portazo. Un ruido inverosímil en la casa sumergida en duelo. No había ni un soplo de aire que pudiera producir corriente para justificarlo.

Marta encontró a su hermano. Ella volvía a la alcoba, y él venía desde su cuarto. José hizo un gesto de sorpresa delante de aquella aparición blanca y demudada. Parecía asustado al tropezársela.

—Creí que estabas durmiendo.

—Ahora voy a acostarme. ¿Cómo está Pino?

—Mejor. Anda a tu cuarto.

Cuando Marta se volvía hacia su puerta, José le puso la mano en el hombro. Tenía la voz cortante.

—¿Has estado hablando con Vicenta?

—No... Me quedé arriba en la escalera.

Marta miró a su hermano; lo veía mal, porque las luces del corredor no estaban encendidas, y sólo entraba la luna por las ventanas. En la larga figura de José se notaba un cansancio que no tenía otras veces. Marta le dijo:

—Yo no tengo nada que hablar con Vicenta. No me gustan los chismes de las criadas.

José no contestó a esto. Con la mano que tenía en el hombro de la muchacha la empujó suavemente hacia su alcoba. Cuando la puerta se cerró detrás de ella aún quedó pensativo.

Había salido irritado de su propia habitación. La

presencia de la madre de Pino le parecía a él que enturbiaba sus relaciones con su mujer. Se había instalado allí, atornillada a la cabecera de la enferma, cogiéndole la mano, charlando, acariciándola. Ella había sido la que inició la conversación sobre la muerte de Teresa; sobre la vergüenza que resultaba tener a la majorera abajo.

—Pepito, no puede ser que esa mujer siga allí a la hora del entierro. Está muy bien que la dejaras quieta antes; pero ahora ya se fueron las visitas. Mañana se va a llenar la casa de gentes. No es decente que esté ni un minuto más.

José se sentía crispado al oír la palabra "Pepito".

—Le voy a pedir un favor, señora: no se meta en mi casa. Vicenta está despedida. Es una bruta, es un animal, si usted quiere, pero tiene derecho a estar aquí. Yo no voy a dar otro escándalo delante del cuerpo de Teresa. Mañana se irá. Si usted conociera a estas gentes sabría que ya ha dicho todo lo que tiene que decir. No molestará más.

Pino enterró la cara en las almohadas. Del cuerpo de ella llegaba su olor joven, la áspera ráfaga de sus cabellos. Dijo en un murmullo desesperado:

—¡Cállese, madre! ¿No ve que mi marido no me cree? Cree a esa bruja. ¡Ah, pero me alegro de la muerte de Teresa!

Se volvió a José en la oscuridad, se incorporó en la cama. Le desafió a media voz:

—¡Me alegro!

José trató de tranquilizarse para no contestar violentamente, mientras la madre lloraba.

—¡Ay, mi hijo, tú no sabes lo que dices!

La ambición de José había sido siempre la de ser un hombre sin nervios. Su padre decía de él que tenía vocación de lord inglés, una vocación completamente fallida porque era precisamente lo contrario de su manera de ser, añadía Luis Camino. Cuando decía estas cosas, José le odiaba.

José, que estaba sentado a los pies de la cama, ir-

José thinks Pino is posessed

guió los hombros. Dijo de la manera más fría posible, con la intención de hacer daño a su mujer:

—Hay una cosa que puedo hacer por ti. Pedir la autopsia del cuerpo de Teresa.

Entonces fue cuando Pino se desprendió de los brazos de su madre, y gritó a todo pulmón, histérica:

—¡Si dices algo más, me mato! ¿Oyes? ¡Me mato!

Se revolvió, feroz, luchando contra su madre, sollozando. José se puso en pie. Sintió que un sudor frío le empapaba la camisa. Necesitaba estar solo con aquella mujer. No había estado solo ni un momento con ella desde que llegó de Las Palmas aquella tarde. Siempre visitas, o don Juan, o la madre. Era su mujer. Suya, su propiedad. Tuvo ganas de coger a la madre por el cuello y echarla de la alcoba. Solos los dos, sabrían explicarse.

—Ve a buscar a don Juan, Pepito. Le va a dar un ataque.

Pino, vencida otra vez, echada contra las almohadas, gemía.

José no hizo nada de lo que deseaba en aquel momento. Tampoco sabía exactamente su deseo; quizá quería abrazar a Pino, como después de los histéricos ataques de celos que le daban a ella... Sólo sabía de cierto que aquella endemoniada mujer gruesa le estorbaba la acción, enturbiaba el aire.

Salió de la alcoba dando un portazo. Este gesto brutal le alivió apenas. Sudaba. Se metió los dedos entre el cabello húmedo. Cuando oyó unos ligeros pasos y levantó la cabeza, su hermana se le presentó a los ojos como una aparición. Casi tuvo un escalofrío al verla. Se había olvidado de la niña en todo aquel horrible día. La consideró, irritado, con su figura, su peso, su vida. Le pareció que la chica había hecho un gesto de espanto al verle, y a su vez tuvo miedo de ella. Cruzó unas cuantas palabras con la muchacha y su voz de jovencilla le tranquilizó.

Empezó a bajar las escaleras, como había hecho innumerables veces, desde aquella tarde. Se detuvo, fascinado, a su mitad, mirando. Un olor podrido y dulzón venía de todas aquellas flores, de aquel féretro. La oscura sombra de la criada seguía allí. No se había movido ni un momento. Parecía imposible que un cuerpo humano pudiera aguantar tanta inmovilidad. José se sintió rendido. Teresa también estaba allí, muerta. Era extraño; llevaba horas ocupado en aquella muerte, en su ceremonia, en sus violentas complicaciones, pero en Teresa no había pensado.

Sus pasos se hicieron despaciosos, pesados, al continuar bajando los escalones. Se le puso el cuello tieso; no quería mirar más, y tenía la idea de que unos ojos le acechaban.

La oscuridad del pasillo le reconfortó. Apareció con una cara tranquila en la puerta de la salita de música, y frunció el ceño con disgusto.

El ambiente no podía ser más despreocupado. Aquel pintor cojo amigo de sus tíos parecía encontrarse a sus anchas. Se había quitado la chaqueta y con la mayor tranquilidad se había aflojado la corbata y arremangado la camisa. Jugaba al ajedrez con don Juan.

El viejo médico también había perdido la dignidad; no tenía las mangas de la camisa subidas; pero se había quitado la chaqueta igualmente y el sudor le manchaba la fina tela blanca. Tenía una cara congestionada y triste, como de borracho, y estaba absorto en el juego. Su enorme humanidad llenaba gran parte de la habitación.

Hones se apoyaba en el respaldo de la silla de Pablo. A veces decía alguna palabra referente al juego, pero se veía que estaba interesada por otras cosas. José pudo apreciar de un golpe, y le pareció repugnante, que rozaba a veces disimuladamente su cuerpo contra la cabeza y los hombros del pintor.

Como en una fiesta, los ceniceros estaban llenos de colillas. Había tazas de café por todas partes. Daniel, vestido de oscuro, con su triste barbilla huidiza y sus

Thinks Pablo is like Luis Camin
in his behaviour

cabellos pulcros, daba una nota de dignidad a la escena. Tomaba, silencioso y anonadado, una taza de infusión.

La voz de José, que él hubiera querido firme y tajante, le salió estridente:

—Don Juan, siento interrumpir el entretenimiento, pero le necesito para Pino.

Don Juan parpadeó:

—¿Eh...? Sí, hijo; ahora mismito.

José se cruzó con la mirada de Pablo. En aquel amigo de sus parientes encontraba él algo singularmente desagradable. La chispa que brillaba en sus ojos al mirarle, a José, le hizo enrojecer de aquella manera violenta, descarada e inevitable con que se le teñía la piel hasta los ojos. En aquel mismo momento supo a quién le recordaba Pablo. Se parecía a su padre, Luis Camino. No era que físicamente tuviera ni un solo punto de contacto; aquel peludo y moreno Pablo era el reverso de la medalla de Luis, que había sido rubio y de facciones correctas. El parecido estaba en la manera de moverse, y en cómo lo miraba.

Don Juan se dirigía a la puerta.

—Por ahí —dijo José.

Indicó a media voz la dirección del pasillo contraria al comedor.

El pasillo terminaba en un cuarto de baño, una especie de salón destartalado, que servía al mismo tiempo de cuarto de armarios. Esta habitación tenía salida directa al jardín.

—Quiero hablar con usted. Luego, si le parece, suba a ver a Pino. No hay más sitio para estar solos que el jardín.

La bañera estaba atestada de flores cortadas. Había habido una verdadera furia en cortar flores para el cadáver de Teresa y allí se acumulaban las restantes. Las flores y la humedad hacían grato y fresco el paso por aquella habitación. Afuera, en el jardín, les volvió a oprimir el calor y la luz nocturna.

Don Juan miraba pensativo al suelo mientras andaba.

—Dime, mi hijo.

José sintió en aquel tono de voz que el viejo y grueso caballero estaba abatido. Esto le alegró. Había sido una impresión desagradable verlo jugando a su ajedrez como si no sucediese nada. Tenía necesidad de impresionarle. Cuando el médico se volvió a José, esperando, encontró una cara seca de hombre importante y consciente.

—¿Cree usted que debo pedir la autopsia de Teresa?

Don Juan hizo un gesto como quien va a lanzar un suspiro.

—Te estaba viendo venir... Primero quieres echar a patadas a Vicenta para que se diviertan los extraños. Ahora quieres mandar a hacer la autopsia...

—Quiero saber exactamente cómo murió.

—Yo no la vi morir, ni nadie... Pino la encontró en su sillón. ¿Para qué hablar de eso otra vez? ¡Pobre Pino!

José andaba por el jardín con unos pasos más largos de lo que don Juan podía seguir sin esfuerzo. Al darse cuenta se detuvo junto a unos macizos de geranios, en un límite del jardín con la finca. Contempló las vides bajo la luna.

—Si hay algo extraño, tengo derecho a saberlo, por mucho que quiera a mi mujer... Usted dijo que ella hoy no era responsable de sus actos...

Don Juan movió la cabeza. Sacó un cigarro de sus bolsillos, y le temblaban las manos al encenderlo.

—¿Para eso me trajiste aquí? Yo te digo que hagas lo que te dé la gana... Pero yo soy un hombre honrado. Teresa era hija de mi mejor amigo. La vi nacer, y he firmado su certificado de defunción. No querrías tú a Teresa más que yo.

La voz de don Juan sonaba a conmovida, pero José era insensible en aquel momento a lo que no fuesen los pensamientos que le corrían bajo el cráneo. Siguiéndolos, dijo sin transición:

—Hay que pensar en otra persona.

—¿Quién?

—Mi hermana.

José había arrancado una hoja de malva. Tuvo tiempo, antes de que contestara el médico, de aplastarla contra su mano; su grato y punzante olor se le metió en la nariz.

—¿Qué le pasa a tu hermana...? ¿Te dijo algo, acaso? Yo hablaré con ella.

—No. Estaba yo pensando que ahora es la dueña de todo esto.

—Bueno, ¿y qué?

José no sabía expresar con claridad sus pensamientos. Había querido decir: "Ahora, si ha oído a la majorera, puede tener miedo de que deseemos su muerte por la herencia". No se atrevió a decirlo. Repentinamente don Juan le molestó. Sobre todo cuando empezó a hablar otra vez.

—Tú has pensado ya mucho en Teresa y en su hija durante toda la vida, José. Eso, si me lo permites, no es natural, mi hijo. Tú lo que debes pensar es en Pino. La pobre niña ha sufrido y se ha desquiciado aquí dentro. Debes llevártela a Las Palmas y tratar de distraerla.

José vio al médico como un entrometido. Aquel viejo era como una prolongación de su suegra. Él le había metido a Pino en casa, y había apadrinado sus bodas. Se creía con demasiados derechos. Ni por un momento querían darle la impresión de que se iba a dejar manejar por él. José tenía los pantalones bien puestos en su casa, y le importaba mucho que don Juan lo supiera.

—Yo no me voy de la finca. Puede decírselo a Pino y a su madre. Tengo la intención de comprar esta casa... cuando pueda. Pino se queda aquí conmigo. No pienso cambiar esta casa por ninguna otra. Se lo puede decir.

Todo aquello resultaba mucho más apasionado de lo que él quería. Siempre le salían las cosas así.

Don Juan le tocó en el hombro, con unos golpecitos que a él se le antojaron despreciativos.

—Mira, yo voy a subir a ver a tu mujer. Después voy a buscar un rincón donde acostarme; creo que lo estoy necesitando hace rato. Mañana, tú y yo estaremos más tranquilos, mi hijo.

José le vio alejarse hacia la casa sintiendo opresión en el pecho. Siempre tenía la sensación de que le dolía aquel estrecho pecho suyo.

Se había portado como un idiota. Don Juan nunca dejaba de considerarle como un chiquillo algo desquiciado. Lo había dejado plantado, tranquilamente, harto de él.

Se echó a andar como un alma en pena, sin prisas, sin fijarse adónde iba, entre las vides de la finca. A veces lo hacía las noches en que tardaba en venirle el sueño. Buscó instintivamente los senderos más duros, trillados por el paso, entre la aspereza movible de la lava, tan molesta para andar, donde se hundían los zapatos. Lo mismo que a Marta, a José le gustaba andar. Lo hacía mecánicamente cuando tenía alguna preocupación. Estas cosas de él no las entendería nunca Pino. Pero tenía la idea muy arraigada de que tampoco era necesario. Pretender que la mujer propia entienda a su amo y señor le parecía tan ridículo como pretender que nos entienda enteramente un perro favorito.

"Fallido... Un lord fallido."

José sabía que su padre tenía razón. Desde chiquillo se había esforzado en dominar los nervios. Su apariencia fría no engañaba a nadie. Era difícil que los hombres lo considerasen importante en ninguna circunstancia de la vida. No sabía por qué era esto, pero así resultaba siempre. Por eso no encontraba amigos, fuera de las relaciones puramente de negocios. Y aun así tenía la sensación de que todos trataban de burlarse de él. El tono protector de don Juan al despedirse le escocía.

Los pasos le llevaron bajo la sombra de una higuera solitaria en el campo. Se sentó en una de las raíces sa-

remembers when father introduced Teresa

lientes. Le parecía que la noche había pasado ya del punto de su máximo esplendor. No tenía idea de qué hora podría ser. No sabía cuándo comenzaría el alba.

Desde allí veía la casa. Veía un tenue resplandor rojizo entre los árboles indicando que aun ardían cirios en el comedor. José había querido el lujo máximo en la instalación de la capilla ardiente de Teresa.

Pero no había pensado en ella. No había pensado en ella en verdad hasta que un rato antes bajó las escaleras frente a su cuerpo, y se detuvo a mirarla.

Ahora se sintió cansado, abatido, hasta con ganas de llorar como si hubiera sido un niño. Como el día en que su padre le presentó a Teresa. Eso había recordado al bajar la escalera. El día que la había conocido.

Tragando saliva, al pensar en aquel día, José se recordó sin compasión como una especie de espantajo. Un muchacho largo, con unas piernas amarillentas que salían ridículas de unos inadecuados pantalones cortos.

Iba vestido de luto aún por la muerte de su madre. Llevaba un traje teñido y lleno de manchas. Este descuido de su ropa y su gran fealdad le hacían sentirse torpe y desgraciado. Luis no parecía preocuparse lo más mínimo por la indumentaria de su hijo, y José callaba siempre las bromas de los compañeros de estudios, un calvario que padecía sufridamente. Tenía la impresión de que Luis lo sabía, sin importarle, y de que le hubiera contestado a sus confidencias con un distraído: "A mí no me sucedería eso"; "Ya tienes edad de defenderte".

En aquella época vivían los dos solos en una casita terrera, casi sin muebles. Al pensar en ella, José volvía a oír el ruido del mar que se estrellaba a las espaldas de aquella casa. Su madre, pobre mujer, había muerto allí.

Estaban absolutamente solos. Ellos mismos se hacían las camas y la comida. Luis y él amontonaban platos sucios en el fregadero de la pequeña cocina durante toda la semana, y por las noches era imposible entrar en aquella cocina sin oír el vuelo de las cucarachas. Aquellos bichos de país cálido se comían las ropas y los libros, que Luis no había sacado aún de su cajón de embalaje. Cada ocho días venía una mujer a hacer un poco de limpieza y era admirable que Luis conservase siempre su aspecto pulcro y cuidado de señor con aquella vida.

Se acordaba José de aquella tarde en que su padre le había recomendado que "se pusiera guapo" porque lo iba a llevar a casa de su novia.

Mientras Luis se afeitaba, José, sentado al borde de la cama, en que las sábanas enseñaban desoladamente su suciedad, se estaba poniendo los calcetines.

Hacía años que había olvidado aquella habitación y esta noche le parecía sentir otra vez el olor descuidado que había en ella, las manchitas de sangre que salpicaban las ropas invadidas por las pulgas. Toda aquella repugnancia, todo aquel desorden.

La mujer que los cuidaba se ocupaba principalmente de la ropa personal de Luis; y casi de nada más. Aquellos calcetines que se estaba metiendo tenían muchos agujeros por los que salían los dedos pálidos. Eran unos calcetines negros que se le desteñían en el pie, y se le acartonaban cuando los usaba días y días, sin esperanzas de encontrar otros para mudarlos. Los sujetó con unas ligas bajo las rodillas, estirándolos sobre las feas piernas donde un vello rojizo quitaba toda idea de infantilidad. Los zapatos eran fuertes, en buen estado, y cubrieron piadosamente la suciedad y los agujeros del calcetín.

Oyó canturrear a su padre en el cuarto de baño. A Luis no le importaba lavarse en agua fría, y alguna vez había querido obligar a José a ello, pero al cabo se cansó de producir terror al chico, y lo dejaba vivir a su manera, con el cabello rubio muy alisado por el cepillo y las orejas con mugre.

Cuando Luis volvía tarde por las noches encontraba a José estudiando y a veces llorando sobre los libros.

Iba a la Escuela de Comercio, pero las lecciones no le entraban. Ahora sabía José que no era tan tonto en aquella época, como le decían los ojos de su padre, ni como él mismo había llegado a suponer. En aquel tiempo tenía décimas, estaba al borde de una grave enfermedad y su cerebro no le respondía.

Mientras oía cantar a su padre se sintió a la vez fastidiado y deprimido. "El viejo loco", pensó. Esta locución canaria que había adoptado le aliviaba mucho al aplicársela a Luis; siempre, desde luego, en su pensamiento, porque nunca se había atrevido a levantar la voz ni a replicar delante de Luis. José sabía que su padre iba a hacer una boda por interés. Se lo había declarado con su cinismo de siempre.

—Si consiento en este disparate es por ti, quiero que los sepas. Yo he sido siempre una calamidad, pero a tu madre la he querido y ella tenía la obsesión de tu porvenir.

Una tristeza negra llenaba a José mientras imaginaba a una vieja solterona acechando, aquella tarde, la visita de los dos para prodigarle zalamerías mientras esperaba el momento de cogerlo entre sus manos y manejarlo a su gusto. No se hacía ilusiones respecto a madrastras convenientes. A pesar de su juventud, José no se hacía grandes ilusiones sobre nada. Había llorado lágrimas muy amargas con sus ojos desteñidos en lo que llevaba de vida. No se atrevió tampoco a decirle a su padre que era preferible la pobreza casi miserable en que vivían, que la abundancia en casa de una mujer desconocida, que seguramente estaría todo el día echándoselo en cara. Antes de venir a Canarias con su padre, José ya había probado, durante una temporada espantosa, lo que era comer de caridad. Le mandaban dos veces al día a casa de su abuela, y en aquella mesa había oído las más enconadas y envenenadas discusiones sobre el porvenir de sus padres y el suyo propio. La última faena de Luis había sido un desgraciado negocio que pagaron en metálico los tíos y la abuela. A la hora de ely surprised at Teresa

las comidas volcaban su mal humor mortificando al muchacho.

José fue a peinarse delante del único espejo de la casa y quedó embobado mirando su gran nariz rojiza de pecas. Luis le gritó magnánimo:

—¡Puedes usar mi fijador!

Antes de salir le echó una ojeada y alzó las cejas sin hacer comentarios. José se notó enrojecer, y sintió que aborrecía a Luis por la burla de sus ojos.

No le pareció extraño que su padre le condujese a una casa del barrio antiguo, ni que les hiciesen pasar a los dos a un salón con los postigos entornados para que el sol no estropease los muebles. Esperaba ya entrar en una casa rica. Se sentó al borde de una silla, mirando hacia el suelo, y sintiendo desagradables golpes en el corazón parecidos a los que le acometían cuando le llevaban a casa del dentista.

Olía a flores en la sala. Fue una sensación agradable. A flores y a suelo encerado. Todos los jarrones estaban cargados de flores frescas. Siempre, en los años siguientes, relacionó a Teresa con este olor limpio y rico de los suelos encerados y las flores.

En seguida se abrió la puerta, y José se puso en pie. Su sorpresa fue tan grande que le hizo tomar una expresión de idiota.

Teresa aparentaba algunos años más de los dieciocho que tenía entonces. Le gustaba vestirse muy de mujer exagerando la moda. Por entonces se recogía los cabellos en un moño de maravilla que a José le costó un silencioso disgusto cuando, pocos años más tarde, lo cortó sin piedad para peinarse a lo *garçon*. José no imaginaba que fuera poco mayor que él aquella mujer radiante, pero sí le pareció la misma juventud.

—Déjame ver... ¡Pero si esto es un hombre...! Luis, te mato si no encargas unos pantalones bajos al niño.

Decía las cosas con una naturalidad y un gracejo que al muchacho le dejó encantado. Maravillado y conmovido desde su silencio, vio moverse a Teresa. Vio que trataba a su padre con una desenvoltura y un ardor que en aquel tiempo resultaban inconvenientes en una señorita bien educada. Tenía maravillosas las pestañas y la risa. Estaba tan enamorada de Luis, que desde aquel momento José tuvo celos. Cuando se marcharon Teresa, cariñosamente, le pasó a José los dedos entre el cabello, y él se sonrojó, frunciendo el ceño, huraño y conmovido hasta los huesos.

Después de conocer a Teresa, José conoció la finca que tenía esta noche ante los ojos. Era entonces una casa antigua, bastante abandonada, con bodegas y lagares para el pisado de la uva. Teresa hizo de arquitecto y puso toda su cabeza y su actividad en que quedara bonita y acogedora para vivir en ella por lo menos unos años, ya que el chico tenía décimas y lo necesitaba.

En aquella casa conoció José por primera vez lo que era una vida sólida y feliz. La presencia de Teresa imantaba aquella vida de un encanto singular. Pero después fue la misma finca, sus labores, el paisaje que se veía desde el jardín lo que llegó a prender el alma de José. A veces se despertaba sudando y soñando que alguien le obligaba a marcharse de allí.

Fue como una pasión que empezaba a crecer en secreto, y que él unía a las emociones que le provocaba la presencia de su madrastra. De Teresa le gustaban hasta los enfados ruidosos que tenía a menudo por cualquier cosa. Le gustaba verla atormentada por los celos que sentía de Luis. Aquel hombre, mucho mayor que su mujer, no le hacía gran caso. Pasaba todo el tiempo posible lejos de ella. A Teresa le contaban que tenía amantes. Ella llegó a utilizar a José para que averiguase la verdad de tales historias, y el chico, sombrío y sintiéndose a un tiempo muy importante, le contaba todos los chismes que podía recoger en la ciudad acerca de su padre. Luego veía llorar a Teresa, enfadarse con Luis, y encerrarse en interminables charlas con la majorera.

Luis decía que Teresa era una mujer primitiva y sin dignidad alguna.

José vivió varios años interesado por la expresión cambiante del rostro de Teresa. Como todos los seres a los que consume una pasión, ella parecía a veces desgraciada, a veces tan feliz que a José le causaba rubor. No podía soportar verla besar a Luis.

A él, personalmente, Teresa le mimaba y le consentía. Parecía tener una idea muy clara de que los hombres son seres que necesiten ser protegidos y cuidados amorosamente. En la mesa, ella misma les servía los platos, quedándose la última. Este natural servilismo hacia ellos, a Luis le fastidiaba; a José le esponjaba el corazón. Por otra parte, Teresa exigía piropos a su propia persona, y atenciones constantes, exclusivas, que Luis no le concedía siempre. Le parecía que todos los que estaban a su alrededor eran en cierta manera propiedad suya, pero al mismo tiempo y por eso, los defendía briosamente. A José lo defendía delante de Luis cuando el pobre se burlaba de él por su poco aprovechamiento en los estudios.

—Yo te digo que el niño vale. Tú lo vas a hacer un tímido con esa manera de tratarlo.

Teresa fue la primera persona que creyó en él, quizá la única.

José se sintió desposeído cuando nació Marta. No era muy agradable ver a su madrastra extasiada con aquella muñeca, dándole el pecho y jugando con ella. No era agradable tampoco pensar que a aquella niña, el día de mañana, le pertenecería todo lo que José disfrutaba como suyo: la casa, la finca.

Teresa, que siempre tenía intuición para los estados de ánimo de los que ella llamaba los "suyos", se dio cuenta de que José estaba tristón, y por aquella época se empeñó en que su padre le metiese a trabajar en la casa comercial. El muchacho era ya un hombre.

Se había cogido la cara con las manos, pensativo. Apoyaba los codos en sus piernas. Ahora no veía más que la sombra negra, inmóvil, de la higuera recortándose en la luz de la luna sobre el campo.

Las dos cosas más importantes de su vida fueron el encuentro con Teresa, y el encuentro con aquel pedazo de tierra, con esta finca. Durante mucho tiempo estas dos cosas estuvieron confundidas dentro de él. Cuando su madrastra enfermó, José se había desesperado. Quiso quedarse allí, en la finca, con Teresa y por Teresa.

Levantó los ojos de nuevo hacia la casa, hacia el resplandor rojizo entre los árboles. "¿Por ella?" La había olvidado tanto en el paso de los años viviendo a su lado, que tenía que afirmárselo a sí mismo, convencerse de su sinceridad, como había convencido a todos. Se había quedado en la finca cuidando a Teresa, por amor a Teresa.

Enderezó la espalda, la apoyó en el tronco rugoso. Quiso evocar el sonido de la voz de Teresa, la calidez de sus ojos y de su risa, y no pudo. Hacía mucho que dentro de él había muerto aquella mujer, cuyo cadáver se velaba esta noche. Él no podía decirse desde cuándo sucedió esto. Quizá desde que conoció a Pino.

Se dio cuenta de que este amor, en un tiempo tan sincero, tan desinteresado, tan profundo como jamás volvería a sentir otro, se había ido convirtiendo en una máscara bajo la que crecía la pasión por esta casa y el deseo de hacerla suya, de que sus hijos nacieran en ella cuando ya pudiese llamarla de su propiedad. Él no deseaba hijos, por el momento, pero pensaba en ellos siempre, como si alguien le dijese exactamente en qué año de su vida, a voluntad suya, estarían esperándole para admirarle y seguir su obra y respetarle.

Todos los recuerdos de su vida afluyeron a esto todas las angustias de su niñez y de su adolescencia Hasta aquel rencor admirativo que guardaba a su padre contribuía a esta pasión; hasta aquella desesperación de juzgar a Luis como la personificación viviente de lo que él no quería ser: bohemio, despreocupado, perezoso y a fin borracho y cínico; y al mismo tiempo de envidiarlo por guapo, por brillante, por ser el amado de una mujer como Teresa, y por tener aquel poder milagroso de herirla con un gesto, de enloquecerla de celos o de hacerla brillar de felicidad.

Esto es, un José serio, trabajador, ahorrativo hasta la avaricia, marido celoso de quien desde el primer momento supo demostrarle celos. Nadie antes que Pino había tenido celos de él jamás. Quizá por eso la quiso. Pino era, como había sido Teresa, una mujer primitiva.

"Esto" era sobre todo, un José enamorado de aquella casa y aquella tierra que habían llegado a constituir una obsesión de su vida, que se parecían los cimientos sobre los que él tendría que construir su familia, su continuación, su seguridad. Quería que los hombres como Luis Camino volviesen la cabeza hacia él, no con ironía, sino con respeto y con admiración, dándose cuenta de su impotencia para ser como era José, firme y sólido como una roca.

Hizo un gesto de impaciencia recordando los histerismos de Pino respecto a la finca. Él no hacía caso de estas cosas propias de mujer. Pensaba que las mujeres se doblegaban con facilidad si se las trata con mano dura y se las satisface sexualmente. Era bien estúpido el viejo don Juan al empeñarse en que él no quería entender a su mujer. Cuando Pino tuviese un hijo defendería aquello que sería patrimonio de su hijo aun mejor que él mismo.

Se sonrió. Volvió al recuerdo de Teresa cuando tenía a su niña pequeña. La había visto enfurecerse como una gata si Luis le daba azotes. Hubiera sido capaz de defenderla hasta la muerte.

Una idea imprudente se le deslizó detrás de este pensamiento, y le puso nervioso. "Hasta la muerte y quizá más allá", se había dicho, y había sentido miedo. Teresa era tan fiera debajo de su dulzura, tan constante en sus afectos... Trató de reírse de sí mismo.

Pero al fin y al cabo, desde que encontró a su hermana en el corredor y pasó luego ante el cadáver de la madre, ¿no era esta idea, la idea de que Teresa desde algún lugar ahora veía, observaba, se enfurecía como ella sabía hacerlo, la que tanto le había turbado? Se puso en pie con brusquedad.

La calina encendida de luna ponía un fantástico vaho en el paisaje. Con los ojos bien abiertos José creyó ver sombras blancas. Una sombra blanca, alta, viniendo hacia él sobre las vides enlunadas.

Parpadeó. Se dijo que tenía un miedo de niña histérica. El campo estaba solo, absolutamente solo, bajo el calor y la luna. Se destacaban en negro la silueta de una palmera aislada, dos o tres higueras, una fila de taharales junto al camino. Muy clara la avenida de eucaliptos, la masa compacta del jardín.

La sombra blanca tembló y pareció levantarse y deshacerse de nuevo delante de sus ojos.

Espantado, tardó unos segundos en empezar a andar hacia la casa. Furioso con él mismo se detuvo a los pocos pasos. Se limpió el sudor de la frente. Tenía la sensación de que alguien le estaba mirando, con una mirada que traspasaba su ser entero hasta lo hondo y oculto de su corazón. Aquella mirada escocía ardientemente en su pecho como la picadura de un tábano. Rápidamente, enloquecidamente, empezaba a hablarse a sí mismo en alta voz:

—¡Este miedo es ridículo! Jamás hice nada de lo que tenga que arrepentirme. He ahorrado para comprar esto. Pero si me asusté al ver a Marta esta noche bien sabe Dios que fue por miedo de que ella pudiese pensar lo que no hay. No le deseo ningún mal. No quiero meterla interna, ni mortificarla. A ella la finca no le importa. Quiere irse; esa es la prueba de que no le importa. Tampoco quiere casarse. Ese tipo era un idiota que sólo buscaba su dinero. Yo lo sabía bien. Yo no soy inhumano.

Se dio cuenta de que en realidad estaba hablando con Teresa. Sus nervios le traicionaban siempre.

La soledad, el silencio le envolvían. Ni los perros ladraban en esta noche demasiado calurosa. Aquella picadura interna escocía. Apretó el paso hasta tropezar con los geranios que bordeaban el jardín separándolo de la finca. Allí sintió que se tranquilizaba. No comprendía siquiera lo que le había pasado. Soltó a media voz una palabra fea mirando hacia la luna.

—Una noche así es capaz de enloquecer a un hombre.

Oyó el gotear de la fuente entre la sombra del jardín, y aquel ruido de agua le refrescó la garganta seca. La luna en su declive enrojecía. Dicen que la luna roja trae viento. Quizá quedaran pocas horas del angustioso tiempo de Levante.

Volvía a ser él mismo. Allí, en la casa tan cercana, Teresa no era nada. Un cuerpo pudriéndose entre el calor y las flores. Allá arriba estaba Pino en su cama, con los ojos abiertos, asustada, esperándole. ¡Qué miedo tenía! ¡Qué miedo! Bien sabía él que ella no era capaz de ningún crimen. Pero vivía horas espantada de la majorera, espantada de que él creyese... La sintió tan próxima como si la estuviera abrazando, respirando su olor, rozando sus mejillas contra los cabellos ásperos. Siempre la deseaba mucho. Casi con desesperación.

Se enfrió repentinamente al recordar que al lado de Pino estaba su gruesa madre. Tuvo hasta un rasgo de humor pensando en que en un caso semejante Luis Camino no se hubiera andado con chiquitas. Hubiese mandado al ama de llaves del médico a dormir con el viejo señor en el cuarto de huéspedes.

—"Todos sabemos que se acuesta usted con el viejo. Pues, ¡hale, no estorbe!"

Pero él no era Luis Camino.

Daniel estaba solo en el cuarto de música, adormilado en el diván. Se despabiló muy de prisa cuando José apareció mirando desde la puerta ventana. Tartajeó:

—¿Nos buscabas? Matilde se durmió en el banco del jardín, la pobre.

Miró a su alrededor, como si esperase encontrar más gente, muy apurado de estar solo y dormido delante de la severa mirada de su sobrino. Este hombre en otros tiempos había humillado a José con su despectiva voz aflautada. Pero ahora las cosas tenían otro aspecto y era él quien desde que llegó a la isla se sentía desconcertado por José. Él era el ridículo, el que quedaba en inferioridad. José cruzó la habitación y se sentó frente a su tío, mirándole con una media sonrisa, disfrutando de la expectación del otro hombre.

A José la presencia de Daniel le sugirió una idea, y según iba hablando, llegó a parecerle que esta idea había estado latente en él toda la noche desde que escuchó la salida de tono de la majorera. Quizás era de eso de lo que había querido hablar con don Juan un rato antes, cuando enfocó tan mal la conversación.

—Quería hablarte a ti, Daniel. Tengo que decirte que no se van a marchar ustedes el día doce.

—¿Eh? ¿Cómo? ¡Hijo! ¿Qué van a decir las damas? ¿Por qué?

Todo aquel cuarto donde estaban tenía un aire de cansancio, de abandono, que parecía rechazar la protesta como una cara fatigada. Daniel no se atrevía a levantar la voz.

A la luz de la pantalla verde cerca de la que se había sentado, José le daba a Daniel la impresión de un cadáver. Sus dientes eran horribles al sonreír. Mucho mejor que si estuviese serio.

—Ya has oído las magníficas barbaridades que ha soltado nuestra Vicenta junto al cadáver de Teresa. La gente hablará. Si después de esto yo retengo a mi hermana conmigo, y por casualidad le diera a la chica por enfermar y morir, la vida se me haría imposible.

—¿No estaba antes en un convento? Aún es muy joven...

José se revolvió, molesto:

—Ya he pensado... No es tan joven. Ahora termina el Bachillerato. Las gentes hablarían también. Por mí, no me importa, pero tengo que pensar en mi mujer..., y en los hijos que más adelante tendremos.

—Bien, sí. Pero nuestro viaje... No veo... Matilde está impaciente por abrazar a su madre.

—Ahora voy a eso. Marta se marchará con ustedes. Me lo ha pedido mil veces... Antes yo no lo consideraba conveniente. Ahora creo que será lo mejor. Ella se llevará una alegría cuando se entere mañana.

José se enderezó en su asiento. La lámpara verde iluminaba un trozo de pared enteramente cubierto por fotografías antiguas. En ellas aparecían los abuelos de Marta, numerosos parientes desaparecidos, y quizá Teresa de niña. José continuó:

—Las cosas hay que hacerlas bien. Tampoco quiero que se marche a los cinco días de morir su madre. Eso despertaría habladurías, y con razón. Sin contar con que le conviene examinarse aquí de su último curso. A ustedes les da igual un mes más en la isla. Dentro de un mes o mes y medio, será buena fecha para la marcha. ¿Qué dices?

Evidentemente no esperaba una negativa. Su tono no era de consulta, sino de afirmación. Daniel frunció su boca. Miró con aquellas bolas azules apagadas de sus ojos al sobrino. Todo él expresaba un cansancio absoluto.

—Eres admirable, hijo. Parece imposible que en una noche como ésta, con tantas preocupaciones, puedas pensar en este asunto y resolver hasta sus menores detalles. Te confieso que yo en tu lugar estaría aturdido.

En verdad, sin ponerse en lugar de José, Daniel estaba aturdido. Seguía sentado en el borde de la cama turca sin mucha seguridad de no estar durmiendo aún.

José se levantó con un gesto cansado y satisfecho al mismo tiempo, como quien cierra una carpeta al terminar el trabajo del día.

—Voy con mi mujer.

Se detuvo un momento después de esta afirmación. Vaciló, fruciendo el ceño en la puerta; y Daniel, que estaba impaciente por volverse a echar en el diván, sintió cierto pánico. Quizá José quisiera hacerle nuevas recomendaciones. Carraspeó. Él no podía saber que José estaba detenido por una extraña aprensión al pensar en aquel largo camino que le esperaba pasando por delante del féretro, hasta llegar a la alcoba oscura, empapada de nerviosismo y de angustia, custodiada por aquella mole charlatana a la que de alguna manera iba a sacar de allí.

Dio una ojeada a la salita, tan desordenada y vacía. Dijo con acritud:

—¿Qué es del amigo pintor? ¿Dónde puede estar durmiendo?

Daniel movió la cabeza.

—No lo sé. Tal vez esté en el jardín. Tal vez las criadas le hayan buscado algún acomodo.

José dio unos golpecitos en el hombro de Daniel.

—Tú procura descansar. En cuanto a lo que hemos hablado, es cosa absolutamente decidida. Mañana me darás los pasajes para devolverlos.

Se acercó a la puerta que conducía al interior de la casa, y Daniel vio cómo la abría y cómo desaparecía luego tragado por la oscuridad del pasillo.

XIX

Marta dormía echada sobre su cama sin deshacer. Le había parecido imposible desnudarse esta noche, a pesar de su cansancio. Antes de dormir, todos sus pensamientos habían vuelto hacia Pablo. Desvestirse y meterse en la cama se le había antojado como una renuncia a verle por última vez y a despedirse de él para siempre.

En el sueño de Marta se cruzaron ruidos, imágenes. Se vio un día de verano en el jardín, descalzándose para quitar el picón de las sandalias... Esto, sin duda, había sucedido alguna vez. Oía el ruido del rastrillo en el picón. Chano, que había muerto en la guerra, cantaba en su sueño. Sobre los altos picos de la isla, estaba sentado Alcorah, el dios pagano, y la melodía de su flauta bajaba por los barrancos hasta los límites redondos que cerca el oleaje del mar. Con los ojos aún cerrados, Marta despertó. Sintió el calor implacable. Sintió una gran pena aplastándola. El olor del jazmín sustituía en sus sentidos a la música de Alcorah.

Siempre estos jazmines darán su olor, y las cumbres sus sombras, y el mar sus oleajes. Los barcos saldrán del puerto y se llevarán lejos a los seres amados...

Marta supo esta noche, se atrevió a saberlo, que no era otra cosa que amor el sentimiento que la llenaba cuando el nombre de Pablo le hacía arder al pronunciarlo. Y había sido muy absurda, muy cobarde, y muy niña en no saberlo antes. Ahora estaba casi orgullosa de ello. No había un sentimiento que pudiese llevar un nombre más fuerte que la apasionada admiración de ella hacia aquel hombre. No importaba que no hubiera espera de él más que algún encuentro ocasional. No importaba que Pablo fuese un hombre casado; no importaba que a él, ella le hubiese parecido solamente una niña algo boba. Hay amores así.

Por querer a Pablo, Marta había comprendido muchas cosas en la vida. Por lo menos había comprendido cuánto dolor cabe dentro del alma de otra persona; y eso ya era mucho. "Nadie —pensó con orgullo— ha sabido adivinar su pena, sus fuerzas y su sabiduría, más que yo."

Por ser demasiado reservado, demasiado superior, fuerte y lejano, él no había aceptado ni siquiera la mano que ella le había tendido tímidamente desde su amistad. Quizás —este pensamiento la había hecho llorar antes de dormirse, enterneciéndola— él recordase a Marta, cuando estuviera lejos y pensara en la isla. Quizás algún día la echase de menos. No le parecía posible ahora que un sentimiento tan grande como el suyo pudiese pasar sin dejar un surco profundo en el espíritu de Pablo.

Esperaba verle aún aquella noche, aunque fuese un momento. No sabía cómo, pero le era necesario hablar con él y contarle que había vencido todas sus dificultades para la marcha, y que había renunciado a ella. Necesitaba, como siempre, que él estuviera enterado de todas sus cosas, que las aprobase. Ya que él se iba, que supiera al menos por qué se quedaba ella, voluntariamente. Su sacrificio se le antojaba menos horrible. Incluso encontraba que tenía una gran hermosura, que era necesario y hasta bello.

Volvió a sentir el amor de Pablo llenándola como el agua a un estanque, rebosándola, oprimiéndola. Aquella fuerza enorme estaba destinada a perderse.

Nunca, pensaba, podría querer a ninguna otra persona de esta manera. No es posible que un sentimiento tan grande, sin base alguna de realidad, se dé dos veces en la vida.

Al abrir los ojos, Marta se dio cuenta de que el cielo estaba azul rojizo. Al declinar la luna, brillaban con más fuerza las últimas estrellas.

Algo la había despertado. Alguien lloraba en el jardín. Escuchó. No era llanto. Alguien hablaba a media voz. Se oía muy bien... Era Hones. Sofocaba la voz, pero en el gran silencio llegaban todos los murmullos.

—...¡sacudes las enredaderas!...

En efecto, las floridas enredaderas debían soportar el peso de un cuerpo arrimándose a ellas. Se notaba en lo alto como un rebullir de los pájaros que hacían allí los nidos. Los pájaros se asustaban de algo, despertando en mitad de su sueño. Silencio.

El corazón de Marta latió mucho. Pablo hablaba debajo de la ventana.

—Algo me debías por esta noche insufrible... Déjame que...

Hones hablaba despacio, con languidez.

—Pablo, desde que te encontré, siempre... Esto va contra mis principios, en esta casa... Casi delante de mi familia... ¡Qué sinvergüenza eres!

Un murmullo de Pablo. Marta, sin moverse, como si fuese de piedra, tenía los oídos en tensión. Detrás de la confusa respuesta, una sola palabra audible.

—...¡tonterías!

—No, no.

—¡Me vas a decir que tu familia no está al cabo de la calle!

—Por Dios, calla...

Se callaron. Pero estaban allí, debajo de la ventana, en el cálido y solitario rincón de las enredaderas y los jazmines, Pablo y Hones. Marta, aunque había aguzado sus sentidos para recoger todas las sílabas que venían de abajo, estuvo unos minutos sin comprender. Al cabo de un momento supo que Hones había dicho, sin lugar a dudas: "¡Qué sinvergüenza eres!" Él había contestado: "Tonterías".

Sin duda se habían besado. Sintió que le entraba

un extraño mareo sólo de pensar que Pablo, aquel hombre triste y bondadoso, pudiera besar a la mujer imbécil, vieja y pintarrajeada que era su tía Hones.

Estaba empapada de sudor, sin moverse, sobre la cama. Ella también había besado a Sixto, pero esto, estaba segura, era menos bajo, menos puerco, más limpio. ¡Cuánto había insistido Pablo en que no hay hombres superiores, en que de los seres humanos sólo alcanzan la perfección los santos! Sin embargo, a ella la había sermoneado duramente.

—"¡Tú no debes, tú eres joven, tú eres fuerte!"

Aquel día ella tuvo ganas de arrodillarse delante de él, como delante de Dios, para pedirle perdón por su impureza.

Delante de las estrellas, cada vez más brillantes, bailaban círculos negros. Él apenas se dignó perdonarla cuando Marta le contó sus amores con Sixto. ¿Por qué, si ni siquiera le importaba? Y además, ¿con qué derecho, si besaba a Hones?

Pensó que todos aquellos rumores, aquellas palabras, formaban parte de una pesadilla sin sentido. ¿Estaba segura de que era Pablo quien había hablado abajo?... ¡Pero si a lo mejor no estaba allí nadie!

Escuchó de tal manera que sus oídos parecían estallarle.

No había duda de que estaban allí. Se les oía de nuevo, después del silencio. Marta se incorporó en la cama. Temblaba y no sabía ni deslizarse hasta el suelo, como si hubiera perdido el dominio de su cuerpo. Una curiosidad ardiente la devastaba toda. De puntillas se pudo acercar a la ventana, al fin. Se apoyó en ella, y miró.

Al pronto no vio nada. La noche se había oscurecido antes de entrar el alba. El calor levantaba su polvareda entre la tierra y las estrellas; y las sombras, bajo las enredaderas, eran aún más densas. Le siguió las miradas un jadeo y un murmullo, del que salía una risita de Hones.

Vio una sombra más oscura que las otras, en el lugar donde estaba el banco de cemento. Parecía la sombra de un solo ser. Luego distinguió claramente: Hones estaba sentada en las rodillas de Pablo.

Lo que ellos hacían le hizo perder de un golpe todas sus ideas sobre el pudor y la decencia. No sufría nada al ver aquello. Se sintió presa de una curiosidad sin pensamiento alguno. Una curiosidad más hirviente y más sucia que nada de lo que había podido hacer en su vida. Aquello arrastraba a sus besos con Sixto, hasta el mundo donde viven las cosas bellas y puras; los glorificaba, los hacía inocentes... Aquello la mareaba como puede marear la vista de la sangre saliendo de una herida.

Vio que, de pronto, se detenían en sus caricias. Se quedaban quietos, en absoluto silencio. Ella también estaba quieta, en absoluto silencio, con medio cuerpo asomado a la ventana, y con los ojos abiertos. Tan quieta, tan sin respirar, que pudo oír el soplo del cuchicheo de Hones.

—Dios mío... Había olvidado que...

Hones la había visto.

Ahora sí, sintió una vergüenza abrasadora. Todo lo que estaba parado en ella empezó a latir violento. Su sangre, su pensamiento. Se dejó caer de rodillas en el suelo de su cuarto... Desapareció así, para los de abajo. Quedó con la cabeza apoyada en la pared, y latían tanto sus arterias, que le parecía estarse dando golpes, y que los golpes retumbaban, como un día en que José le había pegado.

Más tarde, empezó a sufrir... no de celos, ni de envidia, porque su cuerpo era demasiado joven y su amor por Pablo demasiado espiritual, demasiado lleno de idealismo para eso. Empezó a sufrir de asco. Empezó a sentirse tan enferma, que tuvo ganas de vomitar. Tenía un zumbido en los oídos que la aislaba de los ruidos de afuera. Ni siquiera sintió los pasos de ellos dos haciendo crujir el picón, al alejarse.

Al amanecer cedió el tiempo de Levante. Corrieron los vientos de la isla y respiraron al fin los pechos oprimidos. La atmósfera estaba limpia, con unas nubes blancas, pequeñas y puras nadando en el azul, a la hora del entierro de Teresa.

A aquella hora, Marta no sabía aún que su hermano accedía a que ella se marchase fuera de la isla.

Todas las ventanas de la casa se entornaron. El jardín empezó a llenarse de hombres, que esperaban, fumando y charlando, la salida del féretro. Entre ellos había muchos trabajadores, y todos los empleados de las oficinas. Las mujeres subieron a la alcoba de Pino y la abarrotaron. Por primera vez recibía Pino un homenaje social de importancia, y desde la sombra de un silloncito observaba, hablaba y miraba con desconfianza y orgullo a un tiempo. A veces se volvía hacia sus muebles, después de mirar a las visitas, y una satisfacción extraña le iluminaba la cara. Otros momentos se sentía mal, al borde de un ataque de histeria. Entonces la envolvía un murmullo aprobador y compasivo.

Marta, empujada por la madre de Pino, apareció también en aquella alcoba con una cara desfigurada, horrible. Parpadeaba como si no viese bien. La habitación, tan grande siempre, ahora estaba llena de seres vestidos de oscuro. Aquellas mujeres gruesas, flacas, jóvenes y viejas, en las que por el olor se distinguían desde señoras refinadas hasta mujeres trabajadoras, suspirantes todas, le produjeron un atontamiento y un mareo indecibles.

Marta, tal como le indicaron, se inclinó para besar a Pino, y la cara de su cuñada le pareció enorme, grisácea y fría. Al levantar la cabeza, sintió que le daba vueltas... Pero esto era tan preferible a las horas de angustia que había pasado, que se notaba contenta de aquella invasión de la casa, de aquellos besos, de aquellas conversaciones que le impedían pensar. Comprendió la utilidad de los duelos; y la manía de atontar a la familia de los dolientes le parecía llena de senti-

celos - demonios

do... Era como una especie de inyección de morfina todo aquello. La adormecía.

De pronto vio a Hones que se levantaba y venía hacia ella; resultaba la misma imagen de la modestia y la compunción metida en su traje negro.

Marta sintió un dolor agudo, irracional, que le hizo asomar lágrimas a los ojos. Hones la abrazó. Entonces ella notó una rabia ciega, irrefrenable que la envolvía en aquella habitación llena de gente enlutada. Hubiera matado a Honesta. La abrazó también con fuerza, con los dientes crispados. Y como en una especie de pataleta le pisoteó los pies con sus sandalias. La hizo gritar.

Fue una suerte que todo el mundo lo encontrase natural y propio del momento. Pino misma empezó a contagiarse inmediatamente de aquel histerismo, y las visitas levantaron murmullos, revuelos de faldas negras, auxilios. Se sentían verdaderamente felices.

Marta pensó: "No quiero volverme loca". Se fue al filo de la ventana entornada, huyendo de sí misma, de aquella locura que le había entrado y que la avergonzaba un poco. Aunque quisieron apartarla de allí, para que no viera el coche fúnebre que ya esperaba en el jardín, permaneció rígida, mirando.

Buscó desesperadamente a Pablo con los ojos, pero no lo vio. Estaba avergonzada también de seguir necesitando su presencia. Recordó cuánto había despreciado a Pino por buscar a José y necesitarlo, aunque creía que tenía líos con las sirvientas. A Pablo, por la misma razón, por perdonar a su mujer, le había considerado un héroe... Tan superior como se creía, tan llena de ecuanimidad y bondad, y había sido monstruosamente injusta. Y ¿no era injusto también haber descargado su rabia con Hones? ¿Hubiera pisoteado así a Pablo?

Se daba cuenta de que lo que había visto la noche anterior la marcaba como un hierro al rojo, y la trastornaba. Era como si hubiera estado huyendo de la vida para acercarse a un resplandor, a una belleza, a un ideal, y al acercarse allí se hubiera visto envuelta en las llamas del infierno.

Allí, junto a la ventana, oía el murmullo de todas las mujeres como un correr de agua lejana; un sordo zumbido del que prescindía, quieta como una estatua... Nunca volvería a ser la criatura ciega y feliz de antes, después de haber sido mordida por los demonios.

Sintió que su amiga Anita estaba allí, a su lado, hablándole, tratando de apartarla de la ventana. Anita estaba asombrada de su actitud.

—Vamos a tu alcoba, Marta. Todas "las niñas" han venido. Están allí y te esperan.

Marta fue con ella.

Entre "las niñas", sus amigas, escogidas entre muchas, el valor y la naturalidad eran normas a seguir. ¡Cuántas veces habían criticado juntas la hipocresía de otras gentes, de otras generaciones! No comprendían la absoluta desesperación de Marta por la muerte de la pobre enferma, de la que estaba tan desligada. Pero que era una desesperación real, sincera, no había más que verlo. Marta les dijo:

—Nunca volveré a ser feliz.

Todas se miraron. En verdad, algo parecía haberlas separado de ella para siempre. Sus conversaciones sobre fruslerías, sus comentarios sobre la vida, las gentes, los enamoramientos, le provocaban una risita muy rara. Estaba insufrible. Les dijo en el mismo tono que Pino había empleado con ella en una ocasión:

—Ustedes no saben nada de la vida.

Luego se echó a llorar. Pensaba en la imagen de ella misma que había imaginado que vería Pablo siempre, al acordarse de la isla: una chiquilla pura, ardiente, corriendo por los caminos para encontrarle, ofreciéndole el alma abierta. Esta imagen estaba tachada. Pablo buscaba otra clase de consuelos. A ella la vería como una boba impertinente. Nada más.

Pero claro, las amigas que la rodeaban no sabían nada de estos pensamientos. Se portaron con ella de manera admirable. La acompañaron todo el día. Soportaron su humor desquiciado. Cuando Marta oyó decir que ya había salido el entierro, sus amigas no la detuvieron... Ella salió de la alcoba; cruzó el pasillo como una loca, y se metió en la solitaria habitación de huéspedes, desde cuyas ventanas alcanzaba también la fachada principal de la casa.

Aquello fue inútil. No vio lo que deseaba. El jardín se iba quedando desierto. Sólo alcanzó a ver en el principio de la avenida de eucaliptos una masa de hombres anónimos, desconocidos, que seguían al coche fúnebre. Sabía que allá arriba, en la carretera, aguardaba una gran fila de automóviles.

En aquella tranquilidad, en aquella luz temblorosa del jardín, no había nadie. La chiquilla sufría. Le parecía que no podría resistir seguir sufriendo tanto. Era demasiado joven para saber la existencia piadosa, implacable y segura, del olvido.

Sobre los caminos de picón, apareció una figura. Era la majorera. Llevaba puesta su toquilla de lana negra sobre los hombros erguidos. Aquel aire obtuso que se desprendía de toda la criada, hasta de su manera de caminar, a Marta le causó cierta envidia.

La vio cruzar lenta y con seguridad aquel jardín. Comprendió que se iba para siempre sin volver la cabeza ni un instante para mirar la casa en que había vivido tantos años.

Entonces, Marta la siguió con la vista, fascinada, y por un instante tuvo un ligero atisbo de otras cosas, de otras penas, quizá tan importantes o más que las suyas, que se habían cruzado a su alrededor sin que ella fuese capaz de entenderlas ni sentirlas.

La majorera, con su paso seguro, monótono, pasó delante de una fila de limoneros floridos, y alcanzó aquella masa de hombres que iban detrás del féretro. Se confundió con ellos.

XX

Los días son una extraña medida de tiempo en nuestra vida. Algunos corren locos, indiferentes, casi no los sentimos pasar. Otros son lentos, de horas inacabables. Sin embargo, sobre las tumbas todos deben ser igualmente rápidos y seguros. Las medidas del tiempo, para los seres vivos, están desquiciadas por el ritmo de su corazón.

Pasaron los días de mayo de aquel año. Se sentía en la casa una gran calma, una especie de dulzura. Pino estaba mucho más tranquila y era amable aquellos días, casi como los primeros tiempos de su matrimonio. José era más cariñoso. Parecía que aquella muerte ocurrida en la finca los hubiera hecho sufrir a todos, y a todos los hubiera purificado.

Llegó el mes de junio a su mitad. Y al fin, la nueva fecha fijada para la marcha por los parientes de Marta. Este día último en la isla, para la muchacha fue muy largo, muy hermoso también. Había amanecido nublado y fresco; pero hacia mediodía, las nubes se descorrieron preparando una tarde y un crepúsculo llenos de serenidad.

Al fin, el sol comenzó su declive. Hizo hervir el caos montañoso del sudoeste, aquella parada angustia de montañas, que Unamuno llamó un día "tempestad de piedra". A los ojos de quien pueda verlo, este paisaje tiene una emoción religiosa. El Poniente lo ilumina y lo traspasa de manera que picos y vertientes encendidos parecen flotar en humaredas azules y violetas. Sobre este oleaje pétreo se levantan los monolitos sagrados del Nublo y del Bentayga. Y desde estas alturas, a Norte y Sur, Este y Oeste, los ojos de Alcorah ven el mar.

El sol, camino del Oeste, enrojece el Atlántico detrás de la Cumbre, y se va a hundir más allá de las montañas de la isla de Tenerife, convertidas en humo por la distancia.

Marta salió de la casa. Llevaba un propósito bien definido. Había metido en su cartera de cuero algunos cuadernos y papeles sueltos, y también una caja de fósforos. Pensaba quemar aquellas cosas en cualquier rincón de la finca.

Llevada por la fuerza de costumbre, con su carterón de estudiante bajo el brazo, subió la avenida de eucaliptos, y se encontró en la carretera de Bandama. Estaba cargada de flores en sus bordes, íntima y solitaria a aquella hora.

Hacía tiempo que Marta no se paraba a mirar aquellos parajes, y al salir de la finca detuvo algo el paso, sorprendida, como si aquel camino, sus tapias, y la lejana Cumbre, le hubiesen salido al encuentro repentinamente, después de una larga espera.

Había tenido mucho que hacer en el último mes. Estudió hasta entontecerse y aprobó su último curso de Bachillerato. Como había presentido, no volvió a ver a Pablo. Él se fue de la isla, el día en que al principio habían fijado su viaje los parientes. Aunque a ella misma le pareciese imposible, este hecho la conmovió poco, porque estaba como sumergida en la fiebre de los preparativos para su propia marcha... A esto la ayudaban todos. Desde Pino, que se distraía llevándola a las modistas para preparar un extenso equipo de viaje, que al parecer era imprescindible, hasta Matilde, que la atosigaba vigilando sus estudios, porque ella también se sentía nerviosa, impaciente por salir, y cada una de las asignaturas que aprobaba Marta parecía acercar la fecha de partida. Matilde, desde que se enteró que su sobrina iba con ellos, empezaba a tomar con Marta un aire autoritario. A la niña esto la asombraba un poco, pero se dejaba dominar pasivamente, con todas sus fuerzas y sus esperanzas concentradas en la próxima partida.

Unos días después de irse Pablo, Hones, durante una comida en la casa de Las Palmas, hizo un comentario sarcástico sobre él.

—No creo que le volvamos a ver en Madrid... Su mujer está en Méjico y, como tiene dinero, él parece que le perdona con gusto todas las debilidades que ha tenido... Creo que prepara sus papeles para marchar con ella.

Marta se enfadó. Ella sabía bien que Pablo no era tan artista como para renunciar a su mujer por la pintura. Aunque fuese verdad que él no podía hacer aquellas dos cosas al mismo tiempo, quererla y crear su arte.

Ahora le parecía a Marta que la vida se le presentaba con dimensiones distintas, con contornos más precisos. Estaba segura de que aquella balbuciente conversación que el pintor tuvo con ella, una noche, en el barrio antiguo, era sólo una confesión de su impotencia para desligarse del atractivo de su mujer, y se admiraba de no haberlo entendido desde el primer momento así. Pablo no era, al fin y al cabo, un ser más extraordinario que Daniel o José, o ella misma. Ninguno sacrificaría a un fin más grande sus pequeños deseos momentáneos, sus perezas, sus pasiones. Ella misma pensaba a veces que si Pablo la hubiera querido, no habría sabido nada, ni su ilusión por salir de la isla, que no hubiese sacrificado por él. Pero la vida que ella creía ver desde su nueva sabiduría, estaba ya suficientemente llena de cosas pequeñas y tristes para que aún se inventasen chismes calumniosos y se empequeñeciesen aún más las personas queridas. Honesta sabría que aquello que había dicho era una mentira inspirada por el despecho, y Marta la miró a los ojos.

Desde la noche en que murió su madre, Marta había rehuido mirar a Hones; entonces lo hizo con descaro. Honesta quedó muy tranquila, mirándola también, con unos ojos inocentes y unas cejas muy levantadas. Fue Marta la que empezó a ruborizarse y a quedar desconcertada. Sin embargo, se atrevió a decir:

—A Pablo no le importa el dinero. Tú misma has dicho muchas veces que él tiene de sobra.

—Comparado con la fortuna de su mujer, no es nada. Todos los hombres son unos interesados... No seas inocente.

—No soy inocente.

Hones sostuvo una sonrisita mirándola entre los párpados entornados.

No sucedió nada más. Al terminar aquella comida, llegó un invitado a tomar café a casa de los tíos... Hones les presentó a un caballero bigotudo y simpaticón, de edad mediana, con el que había trabado conocimiento hacía poco. Daba la casualidad de que aquel caballero necesitaría ir pronto a Madrid por sus asuntos, y Hones había querido presentarlo a sus hermanos. Marta se marchó pronto al Instituto, sin fijarse en aquel señor, obsesionada por la conversación que ella y Honesta habían tenido. Aquélla fue la única mención del pintor que Marta y su tía sostuvieron después de la noche en que murió Teresa.

Los recuerdos de aquella noche, a Marta, ahora, le parecían confusos. Tenía idea de que durante unas horas había renunciado a salir de la isla, y ya no sabía por qué.

Mientras andaba aquel día de junio, en cambio, le parecía haber echado sus penas a la espalda. Sentía su juventud como los árboles, después de un chaparrón primaveral, sienten la savia hinchándoles de vida. Su equipaje acababa de ser enviado a Las Palmas... Pino había estado husmeando cerca de ella mientras lo estuvo preparando. Marta se había detenido mientras colocaba torpemente pilas de ropa blanca, abrigos, trajes... Por primera vez en aquella temporada Marta deseaba algo, aparte el afán absorbente de marchar que la había sostenido. Era una pequeña cosa y miró a Pino vacilante.

—Quisiera llevarme algo de esta casa.

Pino esperaba esto, de modo que levantó la barbilla con aire de desafío. Aquel día no llevaba puesta ninguna de las joyas de Teresa. Pino no se fiaba de las grandes amabilidades de Marta en los últimos tiempos. Siempre le parecía que los ojos de la muchacha estaban fijos en aquellas joyas, cuando ella se las ponía, y el día aquel las guardó cuidadosamente. Estaba esperando a que Marta se refiriese a ellas y ya tenía pensada una respuesta. Miró a su cuñada con rigidez, desconfiada.

—¿Qué es lo que quieres llevarte?

—Alguno de los libros que hay arriba, en el cajón del desván.

Pino consideró de arriba a abajo aquella criatura. Siempre la creyó algo boba, pero no tanto como en aquel momento. Soltó una risa de alivio. Se encogió de hombros.

—¿Y quién te lo impide?

Marta miró a Pino también. Vio una mujer desgraciada, sentada en un extremo de su cama observándola. Pensó que Pino no se sentiría nunca feliz. Parecía no poder soportar las paredes de su casa y sin embargo sólo se preocupaba de las cosas que sucedían allí. Era como un animal cogido en una trampa. Todo el día estaba pensando en el precio del azúcar o en que la costurera le había dejado mal hecho un traje, o en pequeñas cosas semejantes, a pesar de que estas preocupaciones no la llenaban. Su cara, algunas veces, daba la impresión de un ser que está asfixiado. Todas estas cosas, sin pensarlo, las sintió confusamente Marta, viéndola. Comprendió que los libros eran de todo lo que contenía aquella casa lo menos deseable para Pino. Sin embargo, como ella se sentía tan rica con su cambio de vida en perspectiva, cualquier antojo de poseer cosas que los que se quedaban pudieran disfrutar, le parecía un poco abusivo. Dijo:

—Quizá a José no le guste... Eran de mi padre.

José no hizo la menor objeción. Marta hubiera quitado sus ropas de aquel baúl demasiado lleno para llevarse todos los libros, pero no se atrevió. Fue colocando los que pudo, y al fin se cerró el baúl.

Un grupo de amigas llegó más tarde hasta la finca, para despedirla. Marta miraba aquellas caras, que la juventud hacía florecer. Estaban conmovidas y excitadas con su marcha, pero no la envidiaban. Más bien parecían temerosas por ella.

—¿No vas a volver nunca? ¿Ni en vacaciones?

—Nunca.

Marta no sabía por qué estaba tan segura de esto, pero lo estaba. Sabía que ella no era de las personas que vuelven.

—¿Estás segura de que te vas "a hallar" en Madrid?

—No sé...

Madrid era el principio de una meta. Pero después —pensó Marta detrás de su sonrisa—, hay carreteras, otras ciudades, fronteras que se pueden atravesar... El mundo es inmenso. Está esperando ojos que lo miren, piernas que lo crucen. Si había una persona destinada a correr por el mundo, esa era ella. Hubiera podido ser cogida, detenida por el amor... Pero hay personas a las que el amor no quiere detener ni aprisionar. Ella estaba libre delante de su juventud. Para sus pies eran los caminos. Así pensaba.

—Pero, ¿no te da miedo?... Allí, vivir en una ciudad tan grande. Aquí es todo tan acogedor, tan de una... A mí me daría pena ir por las calles, y encontrar montones de gentes desconocidas.

—A mí me gusta.

—¿Tú qué sabes, niña?

Marta sabía. Las mayores alegrías, las mayores penas que había tenido en su corta vida, las había pasado en soledad. Recordó sus vagabundeos, por las calles de Las Palmas, y sus llantos por cosas de que ellas no tenían idea, y recordó una noche con luna, cuando ella se bañaba sola, en el mar. La soledad no le daba miedo. Ni lo desconocido.

—A lo mejor al mes de marcharte estás pidiendo que te vuelvan a traer a tu casa. Dicen que Madrid está todo sucio y destrozado después de la guerra... Dicen que las gentes tienen sarna y caras de hambre, y, además, la guerra europea está encima, y allí tan cerca... ¡Fíjate que si España entra en la guerra otra vez!... Entonces me imagino que volverás aquí, ¿eh?

—No.

Estaban en el jardín, Marta y sus amigas. Cada una le decía una cosa. Todas llevaban los trajes veraniegos de colores vivos, alegres. Ella uno negro, de mangas cortas. Estaban en aquella glorieta de piedra, sobre el barranco, sentadas las amigas alrededor de la mesa, donde Marta se había encaramado, balanceando las piernas. Se sentía llena de sinceridad. No podía fingirles.

—No volveré. Siempre supe que me iría.

Se rieron. Dijeron que se acordara de cuando su hermano le negaba el permiso para la marcha.

—Si no fuera por tus tíos...

—Me hubiera ido de todas maneras. Ahora lo sé.

Estaba convencida de lo que decía, pero las otras no la creían. Las consideró, sonriendo. Estuvo a punto de contarles aquellos preparativos de huida, que hasta a ella misma le parecían, ya, una leyenda... No les dijo nada al fin. Al repasar el corro de caras alzadas hacia ella, vio que de ninguna manera comprenderían, aunque la quisieran tanto, aunque llegaran a reírle, como una gracia, la aventura.

Todos aquellos rostros eran dulces, felices, y Marta sabía que para entender cualquier cosa ajena a nuestra manera de ser, es necesario sufrir mucho.

Poco más tarde llegó el momento de despedirse de ellas. Una le dijo que, a medianoche, cuando saliera el barco, pensaba ir al muelle con sus padres para darle el último abrazo. A otra se le saltaron las lágrimas al besarla.

Al fin, subieron el camino de eucaliptos hacia la carretera, volviéndose muchas veces para decirle adiós con la mano. Un grupo coloreado de melenas rizosas, de tallas jóvenes. Marta las conocía una a una, las diferenciaba una a una. De lejos se confundían, sin embargo, en una misma masa juvenil.

Se quedó sola. Se le hicieron muy largos aquellos últimos momentos hasta la hora de la cena. Un rato más tarde se le ocurrió aquella idea de quemar sus papeles. Así, casi sin darse cuenta, se encontró en la carretera con el carterón de cuero bajo el brazo.

Tenía el sol de frente, marcando con una raya luminosa las líneas altas de la Cumbre al ponerse detrás de ella. El pico Saucillo se enrojecía como un carbón ardiente, en lo alto.

El suelo que pisaba, junto a una tapia, estaba lleno de bugambillas caídas; crujían bajo los pies y le recordaron las alfombras de flores frescas que se extienden en las calles el día de Corpus, al paso de la procesión. Junto a aquella tapia se reclinó un momento y dilató la nariz al olor de la tierra. De cada tallo, de cada hoja, de cada trozo de tierra, subía un olor distinto. No sabía ella si todos los campos del mundo tendrían aquel perfume. Estaba conmovida.

Por última vez sintió la música de Alcorah. Aquella sinfonía de tonalidades que bajaban por los barrancos desde la cumbre central, y de olores que suben de la tierra. Ella creyó un día que Daniel sería capaz de interpretarlos en su piano.

A un lado del camino encontró un lugar apropiado para encender su fuego, junto a una gran piedra.

Le parecía que la vida que iba a empezar era tan nueva, que no quería meterse en ella cargada con recuerdos viejos. Rompió sin compasión la pequeña agenda en que, día a día, había resumido durante varios meses, en unas frases cortas, sus impresiones. La niña que había escrito aquellas cosa no era ella ya. Le prendió fuego con mano segura y vio como ardía, con una especie de encantada fascinación. Luego, llegó el turno a unas cuantas hojas de cuaderno, cargadas con una letra alta y trágica, que había servido para expansionar su amor hacia Pablo, su primera desesperación... Sintió un poco de temblor al quemarlas. Aquello era, verdaderamente, convertir en cenizas su adolescencia. Ardieron más de prisa las hojas arrugadas que la agenda. Levantaron una breve y cálida llama que le iluminó la cara, y se consumieron rápidamente.

Dentro de la cartera sólo quedaban las leyendas de Alcorah. Las consideraba su obra, su ilusión. Le gustaban mucho, y no había pensado en desprenderse de ellas. Algo quería recordar de la isla cuando se fuese y estas leyendas suyas le servirían.

La escocían un poco los ojos con el humo. El olor a papel quemado se le pegaba al vestido. Oyó las campanillas de unas cabras, y se puso de pie. El crepúsculo estaba cayendo con rapidez. A la última luz se recortaron las siluetas de aquellos animales esbeltos, barbudos, parados un momento al silbo del cabrero, en la cuesta del camino de la Atalaya.

Marta se sonrió. Ella había visto así a los viejos demonios guanches. Los había hecho bailar hieráticos, entre las vides, en una de sus leyendas.

Sin saber por qué, cogió una ramita, y se inclinó al borde del camino donde había polvo. Escribió muchas frases ilegibles.

"Los demonios están en todas partes del mundo. Se meten en el corazón de todos los hombres. Son las siete pasiones capitales."

Las sombras caían tan rápidas, que aunque el polvo hubiese sido menos blando, y la rama con que escribía más afilada, tampoco hubiera podido leer sus palabras. Se irguió, y, con cierta vergüenza, borró aquello con sus sandalias. Ni siquiera era verdad que los demonios fuesen las siete pasiones capitales. Los demonios no se pueden contar.

Al apoyarse en la gran piedra junto a la que había hecho su hoguera, vio que el cielo al ennegrecerse había volcado un aluvión de estrellas grandes, bajas; a cada segundo más pesadas y brillantes, como si descendieran en una silenciosa y oprimente lluvia hacia ella.

El Roque Saucillo parecía traspasarlas.

Entonces supo Marta que no tenía necesidad de llevarse las leyendas de Alcorah para recordar la cálida hermosura de la isla. Supo el porqué de su rotunda afirmación de que no volvería allí.

Todos aquellos caminos, hartos de soportar el peso de sus sandalias, estaban dentro de su alma. La silueta de la Cumbre, y el silencio de los barrancos, el mar y las playas, humedecerían siempre el latido de su sangre. Donde quiera que fuese, la isla iría con ella.

Despacio, acabó de vaciar su cartera. Arrugó los papeles que quedaban allí; de nuevo frotó una cerilla para prenderlos. Las leyendas que no quiso leer nadie, se quemaron, crepitando, humeando, como la víctima del sacrificio a un dios pagano. Al fin, quedaron sólo unas cenizas retorcidas. Marta las aventó.

El fulgor del cielo pesaba angustiosamente sobre el camino, cuando la muchacha volvió hacia la finca. Tuvo la sensación, como tantas otras veces, de que se le había hecho muy tarde. Empezó a correr.

Al llegar al jardín, oyó su nombre. La llamaban José y Pino, más nerviosos que ella misma, para su última cena en la casa.

Este libro se acabó de imprimir
en Limpergraf, S.A., Ripollet del Vallès (Barcelona)
en el mes de octubre de 1991